天使と悪魔の契約結婚

登場人物紹介

グリフィン

名門公爵家の当主。
自身の野望のため、セラフィナに
契約結婚を申し込む。
黒い髪に瞳、冷酷な性格から
「悪魔」という異名がある。

セラフィナ

婚約破棄をされた子爵令嬢。
家族に疎《うと》まれ、家を離れて
暮らしていたところ、
グリフィンから契約結婚を
持ちかけられる。
常にひたむきで
真っ直ぐな性格。

ユリエル▼
国教会の侍祭《じさい》。
物腰の柔らかい青年だが、
出自には秘密が
あるらしく……？
クローディア▲
グリフィンの幼馴染。
セラフィナには意地悪で、
何を考えているのか
分からない女性。
エリナー▲
ある町で食堂を営む女将《おかみ》。
セラフィナの恩人であり、
母のような人。
▲クレア　エリカ▲
セラフィナの継母と異母妹。
二人とも自己中心的な
性格をしており、
セラフィナを虐めていた。
エドワード▲
セラフィナの元婚約者。
セラフィナがエリカを
虐めていたと思い込み、
彼女との婚約を
破棄してしまう。

プロローグ

王都にあるスペンサー伯爵家のタウンハウスは評判がいい。羽振《はぶ》りのよさを物語るかのように、大広間の床には白と黒の大理石が格子《こうし》模様に敷きつめられ、壁は白地に金の象嵌《ぞうがん》が施《ほどこ》されていた。片隅にはお抱《かか》えの楽団が控え、軽《かろ》やかな三拍子の音楽を演奏している。招待客はそれぞれがダンスに、会話にと社交を楽しんでいた。

そんな中で少々痩《や》せ過ぎの少女がひとり、ぽつんと壁際に立っていた。本来ならば、若い女性が舞踏会でどの男性にもエスコートされずにいるなどありえない。婚約者や兄弟など、必ず誰かの手を取っているものなのだ。ところが、少女を気にする者はいない。彼女がレノックス子爵家の令嬢、セラフィナなのだとは、説明されなければ誰も思わないだろう。

周囲の艶《つや》やかな髪と豊満な身体を持つ令嬢らと比較すると、くすんだ薄茶の直毛と痩《や》せた身体は、十五歳の令嬢とは思えないほど貧相だった。身に纏《まと》った流行遅れで地味な青のドレスにすら負けてしまっている。ただ、その小さな顔におさまる大きな瞳だけは、宝石にも似た輝きを放っていた。

わずかに紫の混じる澄んだ青は、セレストブルーと呼ばれるまれな色合いだ。その美しさから、神が住む空の色だとも、至上の空色だとも言われている。セラフィナが亡くなった母親から受け継いだものだった。

その瞳は今ここにはいない婚約者のエドワードを探している。彼はセラフィナの幼馴染《おさななじみ》であり、スペンサー伯爵家の次男だ。

セラフィナはスペンサー伯爵夫人から、家族ぐるみで今日の舞踏会に招待されている。エドワードもこの件は承知しており、婚約者としてエスコートをすると約束してくれていた。

ところが、約束の時間を十分過ぎても、二十分過ぎても一向にエドワードは姿を現さない。だから、彼が見つけやすいようにと、入り口からもっともよく見える位置で壁の花となっていたのだ。

しかし、さすがに一時間を過ぎたころには、約束を忘れられたのではないか、あるいはすっぽかされたのではないかと、様々な可能性が脳裏《のうり》を過《よぎ》った。だが、すぐにエドワードはそんな人ではないと思い直す。彼は昔から心配になるほど、真っ直ぐで正義感の強い青年なのだ。

セラフィナが待ち続けている間にも、美しく装《よそお》い紳士に手を取られた貴婦人が、次々と大広間へやってくる。艶《あで》やかなその姿を眺めながら、セラフィナは自分以外の家族が揃って舞踏会を欠席したことにほっとしていた。

父のヘンリーと継母《ままはは》のクレア、異母妹のエリカとは、関係がうまくいっていない。というよりは、三人が一方的にセラフィナを邪険にしているのだ。

クレアとエリカは、前妻の娘であるセラフィナの存在そのものが気に入らないらしい。口を開けばセラフィナの悪口ばかりで、そんな二人を好きになれるわけもなかった。

一方、ヘンリーとは血が繋がっているはずなのに、疎《うと》んじられている。理由はよくわからないけれど、近ごろは話すことさえ避けられており、セラフィナも近づきづらくなっていた。

彼らに今のセラフィナの状況を見られたら、なにを言われるか考えただけでも嫌になる。だからこそ、セラフィナひとりで舞踏会に参加しているのは気が楽だったのだ。

セラフィナは久々に肩の力が抜けた気がして、大きく息を吸い込むと、あらためて扉に目を向けた。ちょうど二組の男女とひとりの背の高い男性が入場している。長身の男性はこちらに背を向けていたが、濃紺《のうこん》の上着とトラウザースに包まれた後ろ姿からでも、均整の取れた体格なのだとすぐにわかった。

セラフィナは見るともなしにその男性を眺めていたのだが、男性も視線に気づいたのだろうか。彼が何気なく振り返った瞬間、目と目が合った。

男性の丁寧に整えられた髪は、混じり気の一切ない漆黒《しっこく》だった。顔立ちはきりりとして端整で、鋭さを帯びた頬の線と引き締まった唇が、厳格な人柄を物語っている。髪と同じ漆黒《しっこく》に見える切れ長の目は闇を思わせ、謎めいた印象を与えていた。その男性の目がセラフィナをしっかりと捉《とら》える。

「えっ……」

セラフィナが息を呑んだ瞬間、楽団の音楽も人々の騒《ざわ》めきも瞬《また》く間に遠くなり、大勢いる招待客の姿が目に入らなくなった。世界から自分たち以外のすべてが、消え去ったみたいに感じる。

漆黒《しっこく》と至上の空色の眼差しが空中で絡み合う。セラフィナは男性から目を逸らせなかった。彼も食い入るようにセラフィナを見つめている。

それは一瞬だったのか、あるいは永遠だったのか。気がついたときには、男性は迷いなくこちらへ向かってくる。

セラフィナは得体の知れない恐れを感じ、思わず身じろぎをしたのだが、壁際にいた彼女に逃げ場などなかった。男性がセラフィナの前に立ち、手を差し伸べる。

「お嬢さん、失礼。よろしければ私と一曲踊っていただけませんか？　壁の花にしておくには、あなたは魅力的過ぎる」

セラフィナはいまだに男性から目が離せなかったが、その誉《ほ》め言葉付きの申し出を丁寧な謝罪とともに断った。

「せっかくのお誘いを申し訳ございません。そろそろ婚約者がやってくる予定なのです。手違いで少々遅れているようなので、こちらで待っているつもりですわ」

婚約者を待っているのに、他の男性の誘いを受けるなど、淑女《しゅくじょ》としてはあるまじき真似《まね》である。

それに、不貞《ふてい》はセラフィナがなにより嫌うものだったのだ。

「婚約者がいるのですか……。そうか、わかった……」

男性は手を引くと身を翻《ひるがえ》した。

「私ならレディを待たせるなどありえないがね」

セラフィナは男性を見送りつつ、先ほどの瞬間はなんだったのかと思う。

ふと大広間の中央に目を向けると、何組かの男女が踊っている。その軽《かろ》やかなステップを見ているうちに、今し方の不思議な感覚が薄れていくのを感じた。やがて楽団が演奏を終え次の曲の準備に取りかかると、カップルらもいっせいに動きを止め、笑い合いながら場を移し始める。

すると、舞踏会の華やかな雰囲気に相応《ふさわ》しくない、怒鳴り声が響き渡った。

「セラフィナ！　セラフィナはいないか‼」

何事かと招待客らが足を止める。名を呼ばれたセラフィナは声がした方に目を向けた。

扉を塞《ふさ》いで立っていたのは、金髪と水色の瞳を持つ青年である。瞳に合わせた水色のシャツと漆《しっ》黒《こく》の上着、同じく漆黒《しっこく》のトラウザースがよく似合っていた。優男《やさおとこ》風の佇《たたず》まいは、さぞかし令嬢らに人気だろうと思わせる。ところが、その印象を覆《くつがえ》すかのように、優しげな顔は怒りで真っ赤になっていた。

「エドワード……？」

セラフィナは驚きをもって青年の名を——婚約者の名を呟いた。

彼の隣には、若草色のドレスを身に纏《まと》った栗色の髪の少女が立っていた。一見可愛らしい顔立ちだが、気の強さが目つきに表れている。

「あのご令嬢はレノックス子爵家の次女、エリカ嬢ではないか」

異様な事態に招待客らが騒《ざわ》めき始めた。しかし、好奇に満ちた彼らの目など気にすることもなく、エドワードはエリカをエスコートし大広間を突っ切っていく。そして壁際の間近にきたところで、立ち竦《すく》むセラフィナに鋭い眼差しを向けた。

なぜエドワードがエリカとともにいるのか。なぜ自分にこんな目を向けるのか。セラフィナはなにもわからず混乱していた。

そんなセラフィナをよそに、エドワードが重々しい口調で告げる。

「このときをもって君との婚約を破棄し、新たにエリカを婚約者とすることを宣言する。君は卑《いや》しい身分の後妻の娘だからとエリカを虐《しいた》げ続けたそうだな。そのような卑怯な真似《まね》は許しがたい」

「虐《しいた》げた……？」

エドワードの非難にはまったく心当たりがなかった。

「エリカから相談を受けていたんだ。いくら腹違いの妹が気に入らないとはいえ、身分を理由に孤立させるだなんてひどいじゃないか。おまけにエリカの大切なものを取り上げてまで……。僕はエリカを守らなければならない」

セラフィナはさすがに絶句し、エドワードとエリカを交互に見つめた。エリカの緑の瞳には勝ち誇った光が浮かんでいる。

ようやくセラフィナは、エリカにしてやられたのだと気づいた。彼女が近ごろエドワードに会っていたのは知っていたが、それはこのためだったのかと唇を噛む。

エドワードは生真面目で正義感が強いぶん、一度こうだと思い込むと頑固に意見を翻《ひるがえ》さない。この場で反論をすればますますムキになり、公衆の面前で非難の応酬《おうしゅう》となるだけだろう。結果、恥を掻《か》くのは自分たちだけではない。この舞踏会の主催者であるスペンサー伯爵夫人――エドワードの母の面目もまた潰してしまう。

幸か不幸かエドワードの母は現在、玄関広間で招待客らの歓迎をしている。彼女の仲裁を期待できない以上、自分がこの場をおさめなければならない。セラフィナは心を落ち着かせるために息を吸い、エドワードに宥《なだ》めるように語りかける。

「エドワード、このお話は別の場所でしましょう。招待客の皆様もいますから――」

「誤魔化すつもりだな？　そうはいかないぞ！」

彼の怒鳴り声に大広間がざわりと揺れる。

「エドワード、お願い。落ち着いて」

「僕は落ち着いている！」

ついに我を忘れたエドワードに、周囲は貴族にあるまじき醜《みにく》さを感じたのだろう。あちらこちらから囁《ささや》きが聞こえた。

「あの方はスペンサー家のエドワード様よね？」

「こんなところで言い争い？　みっともないわね」

「夫人はどんな躾《しつけ》をなさってきたのかしら」

これはまずいとセラフィナは内心頭を抱《かか》える。エドワードに気づいてくれと目を向けたものの、彼はセラフィナを睨《にら》みつけたままだ。こうなってしまうとエドワードは止まらない。セラフィナが認めなければ、ますます激高してしまうだけだ。

ここにきてセラフィナは覚悟を決めた。幼馴染《おさななじみ》としての、そして婚約者としての長年の絆《きずな》が、こうも呆気《あっけ》なく崩れ落ちるものかと、虚《むな》しい思いに駆られながら。

「エドワード」

セレストブルーの瞳で、真っ直ぐにエドワードを見つめると、彼は一瞬はっと息を呑んだ。セラフィナはすっと背筋を伸ばし、エドワードを見据《みす》えたまま静かに告げる。

「私との婚約を破棄されたいとの旨、確かにお聞きしました。面倒でしょうが我が家に使者を送ってくださいませ。そのあと両家での話し合いとなるでしょう」

エドワードとエリカが驚くほどに冷静な口調だった。

「エリカへの嫌がらせを認めるんだな⁉」

セラフィナの三日月型の眉がピクリと上がる。

「いいえ。神に誓ってそのような恥知らずな行いをした記憶はございません」

「証拠はあるのか⁉」

「エドワード、証拠は被疑者《ひぎしゃ》ではなく告発人が提出するべきものです。私にではなく、エリカにセラフィナ・グレイシー・レノックスが確かにやったのだという証拠をお求めください」

エドワードはぐっと押し黙りセラフィナを睨《にら》みつけた。

「この話はこれで終わりですね」

セラフィナはエドワードから目を逸らすと、ドレスの裾《すそ》を摘まみ退出の一礼をした。

「……昔は楽しかったわ。どうぞ妹とお幸せに。皆様、大変お騒がせいたしました。今一度、今宵《こよい》の舞踏会をお楽しみくださいませ」

セラフィナはそれだけを言い残すと、静まり返った一同を残し大広間を出ていった。その背を先ほどの男性が見つめていることなど知らずに――

第一章　漆黒《しっこく》の公爵

セラフィナがエドワードと知り合ったのは、六年前のことである。当時エドワードは十二歳、セラフィナは九歳だった。スペンサー伯爵家とレノックス子爵家は、爵位の差こそあったが血縁関係があり、互いの家に招き合っていたのだ。同じ年ごろの少年や少女が少ない中で、二人の距離が縮まるのは自然な成り行きだった。

やがてスペンサー伯爵家から縁談の申し込みがあり、正式に婚約者となったのが五年前。エドワードとは燃える恋こそないものの、家族も同然の穏やかな関係を育《はぐく》んできたつもりだった。しかし、それも昨日で終わりを告げてしまう。思えば、セラフィナが十三歳の秋に母のアンジェラを亡くしてから、彼女の手からはすべてが零《こぼ》れ落ちていった。

「セラフィナ、とんでもないことをしてくれたな。今日スペンサー家から婚約解消の使者がきたぞ」

ヘンリーの冷たい声を聞きながら、セラフィナはゆっくりと顔を上げた。ヘンリーはマホガニーの椅子に腰かけ、厳《いか》めしい表情で机の上で手を組んでいる。セラフィナは罪人のようにその前に立たされていた。

こうしてヘンリーと相対《あいたい》するのは久しぶりだとセラフィナは思う。アンジェラが亡くなってからの二年はセラフィナと呼ばれることはおろか、顔を合わせて話をすることすらなかった。

その間にヘンリーの表情はよりかたくなったと感じる。恰幅《かっぷく》のよい身体を椅子に押し込め、セラフィナを冷たい目で見つめるさまは、法廷で判決を言い渡す裁判官を彷彿《ほうふつ》とさせた。身に纏《まと》った仕立てのよい紳士服が、法服と同じ漆黒《しっこく》であるから猶更《なおさら》である。きっちり整えられた灰色の髪と灰色の瞳、眉間に寄る皺《しわ》が、セラフィナへの冷酷さを増して見せていた。

それでもセラフィナはヘンリーから目を逸らさない。娘のセレストブルーの瞳にヘンリーはかすかに眉を顰《ひそ》めた。ヘンリーの隣に立ち控えるクレアもまったく同じ表情になる。

厳格な見た目のヘンリーに対して、クレアはきつめの派手な美人である。顔立ちはエリカによく似ており、緑の瞳には抜け目のなさがあった。着飾るものも装飾の凝《こ》ったものを好《この》み、ここにきてから何着ドレスを作ったのか不明なほどの浪費家である。なぜこんな正反対な二人が夫婦となったのか——セラフィナにとっては永遠の謎だった。

やがてヘンリーが重苦しい口調で告げる。

「婚約を破棄されるなどあってはならないことだ。もはやお前が娘だという事実は恥でしかない」

「……」

セラフィナは言い訳をしようとはしなかった。最近のヘンリーの自分に対する扱いで、どのような主張も聞き入れられないとわかっていたからだ。現在はセラフィナに対して冷酷なヘンリーも、二年前までは愛情深いとは言えないものの、父親としての役割は果たしていた。だが、アンジェラが死んだ今、義理を立てる気はないのだろう。

アンジェラは、とある富裕な伯爵家の出身だった。対するレノックス家は歴史の古い名家だったが、ヘンリーの祖父が事業に失敗し、借金塗《まみ》れとなっていたのである。一時期は社交界でろくに相手にもされなかったのだそうだ。

だが、ヘンリーはアンジェラと結婚し、その多額の持参金で財政を立て直した。さらにはヘンリーの興《おこ》した事業が軌道《きどう》に乗り、貴族としての面目と生活を取り戻すことができたのである。ところが同時期にアンジェラが事故死した。セラフィナにはアンジェラを生贄《いけにえ》に、レノックス家が再興したかのように見えた。

セラフィナにとっての不幸はそれだけでは終わらなかった。ヘンリーはアンジェラの死後三ヶ月も経たぬ間に、後妻のクレアと異母妹のエリカをレノックス家に迎えたのだ。ひとつ下の妹がいると知った日の衝撃は忘れられない。ヘンリーの長年の裏切りを示すものだったからだ。

継母《ままはは》となったクレアは準男爵家の出身である。準男爵家は爵位こそあるものの、貴族の中では最下位であり平民扱いをされていた。後妻でなければ、歴《れっき》とした貴族であるヘンリーが妻に迎えることは叶わなかっただろう。

クレアはセラフィナの由緒正しい血筋が気に食わなかったのか、アンジェラを慕っていた執事や使用人、世話係を追い出し、セラフィナを家庭内で孤立させた。家族での食事にセラフィナが同席することも許さなかった。つまりエドワードが舞踏会で主張した虐《いじ》めとは、そっくりそのままセラフィナが受けていた仕打ちだったのだ。

ヘンリーもそんな妻を咎《とが》めることすらしなかった。ヘンリーはアンジェラを愛してなどいなかったのだろうし、愛してもいない女性との娘を守る気もないのだろう。

「出ていけ。当分は自室に謹慎《きんしん》だ。外に出ることは許さん」

セラフィナは「かしこまりました」と答え一礼をすると、表情ひとつ変えず部屋から出ていった。命令どおりに自室へ戻るつもりだったのだが、途中、扉から漏《も》れ出る声に思わず立ち止まる。

「気味悪いったらないわ。本当にあの女の目にそっくり。見るだけでぞっとするわ」

「あとしばらくの辛抱《しんぼう》だ。ようやく修道院に入れる理由ができたからな」

セラフィナはやはりそうかと唇を噛み締める。修道院に一生閉じ込め厄介《やっかい》払いするつもりなのだ。ところがそんなヘンリーにクレアが異議を唱《とな》えた。

「待って、ヘンリー。あの娘はまだ使えるわ。トムソン男爵を覚えているでしょう？」

トムソン男爵ならセラフィナも知っている。好色と噂《うわさ》の肥え太った老人であり、セラフィナと同じ年の孫がいたはずだ。

「あのご老体はアンジェラにお熱だったわ。忘れ形見であるセラフィナを後妻に欲しいと言っていたじゃないの。ほとぼりが冷めたらトムソン家に縁談の打診をしましょう。最近羽振《はぶ》りがいいそうだから、今のうちに恩を売っておくのよ」

とんでもない提案を耳にし、セラフィナは呆然と呟く。

「……冗談ではないわ」

壁に背をつけ自分で自分を抱き締める。こんな仕打ちを受けるなんて、本当に冗談ではなかった。

自室での謹慎《きんしん》も一週間が過ぎるころ、セラフィナはヘンリーにふたたび呼び出され、三日後に修道院に入るよう命じられた。そこで舞踏会での醜聞《しゅうぶん》がおさまるのを待ち、トムソン男爵へ輿入《こしい》れさせるつもりなのだろう。

準備をしておけとヘンリーに告げられたものの、セラフィナに私物はほとんどなかった。母の形見の宝石類はいくつかを残してクレアに奪われているし、わずかに持っているドレスにも未練はない。

セラフィナは退出すると、邸宅の片隅にある自室へ戻った。扉の前まできたところでエリカが壁に背をつけ、意地悪い表情で腕を組んで立っているのを見つける。気にせず部屋に入ろうとするセラフィナの背に、エリカが勝ち誇った声をかけた。

「昨日、エドワードが私の婚約者になったわ。私が十八になったら結婚式を挙げるのよ」

セラフィナは扉にかけた手を止める。その発言はレノックス家の跡取りが、セラフィナからエリカに挿《す》げ替えられたことを意味していた。

レノックス家のように男児のいない貴族は、家の存続のために血縁から婿《むこ》を取る必要がある。本来であれば長女であるセラフィナがエドワードと結婚し、当主の地位を夫に託す形で断絶を免《まぬが》れるはずだった。

だが、格上であるスペンサー家のエドワードが、婚約破棄を宣言した以上、セラフィナがその役割をするわけにはいかない。すべてはエリカの筋書きどおりということなのだろう。

「欲しいものは自分の力で手に入れるものよ。母さんや私のようにね」

エリカは嬉しくてたまらないといったふうにセラフィナの顔を覗き込んだ。

「ああ、可哀想なセラフィナ、あなたには味方が誰もいないのね。お父様にもエドワードにも見捨てられて。みんな、あなたではなく私を選んだのよ」

みんな、自分ではなくエリカを選ぶ——セラフィナはその言葉に、ヘンリーとの十五年を走馬燈《そうまとう》のように思い浮かべた。

思えばヘンリーはセラフィナの幼少期から、決して目を合わせはしなかった。セラフィナがヘンリーをじっと見つめると、さりげなく顔を逸らしてしまう。他の父親など知らないセラフィナは、男親とはそういうものなのだろうと捉《とら》えていた。

しかしヘンリーはエリカには微笑みかけ、優しく頭を撫《な》でていたのだ。初めてその光景を目にしたとき、心臓が一瞬ぎゅっと縮み、息ができなくなったのを覚えている。今でもそのときのことを思い出すと苦しい。

「……」

「なにか言うことはないの?」

エリカはセラフィナが悔しがり、泣き叫び、取り乱すさまを期待していたのだろう。ところがセラフィナは眉ひとつ動かさずに彼女を見つめた。こんなところで決して泣いてはならない、エリカにも自分にも負けてはならないと背筋を伸ばした。それが精いっぱいの抵抗だったのだ。

エリカは鏡のように澄んだセレストブルーの瞳に、くっきりと映し出されたおのれの姿にあとずさる。

「なによ。なに見ているのよ！　気持ち悪い!!」

セラフィナは一歩エリカに近づいた。

「エリカ、エドワードは人を疑うことを知らない人よ。そのエドワードが私ではなく、あなたを信じると決めたのだから――」

言葉を切り、エリカを見据《みす》える。

「これからはエドワードにだけは誠実でいて。……私の言いたいことはそれだけよ」

あんな結果に終わってしまったが、エドワードは今でもセラフィナにとって、放っておけない幼馴染《おさななじみ》だった。いまだに家族の愛情にも似たものがある。

思えばセラフィナが年下であるにもかかわらず、エドワードとの関係は姉と弟も同然だった。何事かある度《たび》にセラフィナが彼の尻拭《ぬぐ》いをしてきたのだ。だからこそ、我儘《わがまま》なエリカと末っ子気質のエドワードがうまくいくのか不安だった。

セラフィナの言葉にエリカの頬が赤く染まる。馬鹿にされたと感じたのだろう、唇をわずかに噛み締め身を翻《ひるがえ》す。その足音が遠ざかるのを確認し、セラフィナは静かに扉を開けた。自室の中央に立ち、二年間暮らした部屋をゆっくりと見回す。

この一階の部屋は日当たりが悪く、長らく使われていなかった。ところがクレアとエリカがやってくるのと同時に、セラフィナは今日からここで暮らせと放り込まれたのだ。十三歳のセラフィナは急激な環境の変化と、突然現れた継母《ままはは》の態度に戸惑うしかなかった。母を亡くしたばかりのセラフィナには、すべてが受け入れづらい事態だった。

この窮状《きゅうじょう》をエドワードに訴えようと思ったこともある。ところがエドワードからの誘いのすべてにエリカがついてくるようになったのだ。

『私も素敵なレディになりたいの。そのためにお姉さまを見習いたい』

エリカが無邪気にねだると、エドワードもセラフィナの妹ならと許してしまい、セラフィナはなにも言えなくなってしまった。

セラフィナが手をこまねいている間に、クレアとエリカはセラフィナがエドワードに送った手紙、またはエドワードがセラフィナに送った手紙を、途中で握り潰していたのだろう。セラフィナはこの数ヶ月まったくこない返信にそんな疑問を抱き、エドワードに直接会わなければと思っていた。そしてやっと舞踏会で顔を合わせた途端、してもいない虐《いじ》めを咎《とが》められたのだ。

セラフィナは瞼《まぶた》をかたく閉じ、顔を伏せた。唯一の母の形見である簡素な銀の十字架を握り締めながら、いまだに癒《い》えない痛みを力ずくで胸に封じ込める。最後にみずからに言い聞かせるかのように呟いた。

「〝セラフィナ、自分の力で立ち上がって、背を伸ばして、前を見なさい。あなたにならできるわ。あなたは強い子なのだから〟」

この言葉は落ち込んだとき、自分を奮《ふる》い立たせるため、母からもらった魔法の言葉だった。瞼《まぶた》を閉じたまま、幼かったあのころを思い出す。

それはセラフィナが初めてアンジェラと外出したときのことだった。

その日の空はどこまでも深く青く、緑の丘はどこまでも鮮《あざ》やかで美しかった。丘の下の牧草地や草を食《は》む羊の群れ、小さく目に映る領民らの玩具《おもちゃ》のような家々を見て、世界はこれほど広く限りがないのだと思った。

幼い子どもにとってはなにもかもが珍しかったのだろう。セラフィナは頂《いただき》の近くで従者の馬から降ろされるなり、思わずその場から駆け出した。小さな手を大きく広げると、自分の瞳と同じ色の空を、丸ごと抱き締めた気分になる。

『お母様、見て、見て！』

アンジェラは子どもから見ても美しい人だった。煙《けぶ》るような睫毛《まつげ》と憂《うれ》いを帯びた眼差し、高くて細いすっきりした鼻筋。常に微笑みを浮かべる唇には、うっすらと紅《べに》が塗られていた。華奢《きゃしゃ》な身体をラベンダー色のドレスに包み、レースの傘を手にしているさまは、神話の花の精を思わせた。

セラフィナは大好きな母と同じ亜麻色《あまいろ》の髪、セレストブルーの瞳であることを、心から誇りに感じていたものだ。

『空の色が私たちといっしょよ！　とってもきれいね‼』

アンジェラはセラフィナのそばに歩み寄り、眩《まぶ》しそうに空を見上げた。そして、どこか哀《かな》しげな微笑みを浮かべる。

『まあ、確かに同じね。本当に綺麗《きれい》だこと』

セラフィナはその横顔に首を傾げる。

『お母様……？』

思えばこのころからアンジェラは、遠い目をするようになっていた。セラフィナは彼女の心がこの場にないのを感じ、ひどく心細く不安になる。早く呼び戻さなければ、なにか注意を引くものはないかとあたりを見回した。

やがて少し先にブルーベルの群生《ぐんせい》を見つけ、喜び勇んで摘みにいった。ブルーベルは紫がかった青の花だ。自分たちの瞳と同じ色の花を見て、きっと母も笑ってくれるだろうと心を弾ませ、釣鐘《がね》がいくつもぶら下がったかのような、鈴蘭《すずらん》にも似た花で手を一杯にする。

『お母様、見て。ブルーベルが咲いていたの。お母様の髪にさしてあげるわ』

娘の愛らしい気遣いに、アンジェラの瞳に柔らかな光が浮かんだ。

『まあ、ありが――』

ところが、気が急《せ》いていたためか、アンジェラまであと少しというところで、セラフィナは小石に足を取られ転んでしまった。腹這《はらば》いに倒れ、額《ひたい》をしたたかに打ちつける。

『大変だわ。お嬢様!』

すぐさま乳母《うば》が駆け寄ろうとしたが、アンジェラは手を出しそれを止めた。

『お待ちなさい』

娘に歩み寄りそっと顔を覗き込む。

『セラフィナ、自分の力で立ち上がって、背を伸ばして、前を見なさい』

セラフィナは転んだ衝撃で泣きそうになっていたが、アンジェラの言葉に驚き、涙が引いた。これまでは乳母《うば》や使用人らが必ず抱き起こしてくれていたし、アンジェラも優しく撫《な》でて慰《なぐさ》めてくれていたからだ。自分を見上げるセラフィナに、アンジェラはゆっくりと繰り返す。

『あなたにならできるわ。あなたは強い子なのだから』

セラフィナは何度か目を瞬《しばた》いたが、やがて言われるとおりに痛みを堪《こら》えて身体を動かした。土に汚れたドレスを見て、また涙が出そうになる。それでもセラフィナは歯を食いしばった。

立ち上がった次の瞬間、ふたたびセレストブルーの空が見えた。痛みはまだおさまらないけれど、惨《みじ》めな気持ちがすっとその青に溶けていく気がする。人は悲しいから俯《うつむ》くのだが、俯《うつむ》くことでより悲しくなるのだと、セラフィナはそのとき初めて知った。意志の力で背を伸ばして前を見ることは、そうした気持ちを振り払い、おのれを奮《ふる》い立たせる力があるのだとも。

アンジェラの手がふわりと肩に乗せられた。

『まあすごい、頑張ったわね。セラフィナは世界一素晴らしい子よ』

母にこれ以上ないほど褒められ、セラフィナは生まれて初めて誇らしさを覚えた。

『あなたは大丈夫ね』

アンジェラは、セラフィナについた土を丁寧に拭《ぬぐ》いながら、ほっと溜め息を吐《つ》く。

『あなたは私と違って、きっと何度でも立ち直れる。だから、きっと大丈夫ね……』

――それからは立ち上がれる限りは大丈夫だと、自分に言い聞かせ続けてきたのだ。アンジェラが亡くなったときも、婚約を破棄されたときも、たった一つの心の支えだった。

「……そう。私は大丈夫だわ。だから、背を伸ばして、前を見るの」

セラフィナは言い終えるのと同時に、背を伸ばして真っ直ぐに前を見据《みす》えた。母を亡くしエドワードとも別れた今、レノックス家に未練はなかった。愛情を与えられずとも、婚約者を奪われようとも、自分の人生まで汚されるつもりはない。セラフィナは家を出ていくつもりだった。

このために謹慎《きんしん》中は従順に振る舞い、ひたすらどう抜け出すのかを考え、計画を練りに練っていたのだ。ヘンリーとクレアに怪しまれぬように、少しずつ準備を進めていたため、ギリギリまでかかってしまったけれど。

とはいえ、もっとよく注意をしていれば、セラフィナが不自然な行動を取っているのは、なんとなくわかっただろう。ところが、彼らが気づいた様子はまったくなかった。セラフィナは胸を撫《な》で下ろすのと同時に、自分がいかに関心を持たれていないかを実感し、寂しく悲しい思いにも駆られていた。

翌朝、家出の準備のため、セラフィナはベッドの下から服を取り出した。絹のハンカチや革手袋などの比較的高価な小物と引き換えに、メイドらから密《ひそ》かに手に入れていた仕事着と平民の私服である。私服はブラウス、スカート、帽子、靴、鞄とどれも使い古したものだが、変装するにはちょうどいい。セラフィナは仕事着に着替え長い髪を纏《まと》めると、特徴的な瞳を前髪で隠した。次いでアーチ形の大窓に手をかけ、なるべく音を立てずに開く。セラフィナは地面に下り立ちすぐさま裏手へ回った。

レノックス邸は頑丈な鉄柵で囲まれており、二人の屈強な門番が屋敷を守っている。正面からではとても突破できないだろう。そこでセラフィナは、屋敷の裏手にある使用人専用の出入り口を狙うことにした。無論そこにも門番はいるのだが、ひとりだけなのだ。しかも、毎朝五時にはこの出入り口から、食材の買い出し担当のメイドが出ていく。セラフィナはそんなメイドのひとりに扮《ふん》し裏門を訪ねた。

「おはよう。門を開けてくれる？　市場にいくの」

「ああ、はいはい。ちょっと早くないか？」

かけられた疑問の言葉に、セラフィナは平静を装《よそお》い答える。

「エリカ様がもうお目覚めになって、新鮮な卵のオムレツをすぐに食べたいとおっしゃったのよ。急がなきゃ叱られてしまうわ」

「あーあ、またか。あのお嬢様も相変わらずだなぁ。ほいよ、いってきな」

言葉とともに出入り口が音を立てて開かれた。セラフィナはあっさりと通され驚いたが、門番はセラフィナを疑った様子はない。

こうして、まんまと生家から脱出することに成功したのだった。

とりあえずは、乗り合い馬車の停留所のある町を目指す。セラフィナは歩きながら行き先について考えていた。家出を計画した際に真っ先に浮かんだのが、アンジェラの実家に当たるカーライル家だ。

カーライル家では奇《く》しくもアンジェラの死の一ヶ月前に、セラフィナの祖父に当たる当主が病《やまい》で亡くなっている。現在は叔父《おじ》のブライアンが跡を継いでいるはずだった。

もっともブライアンがセラフィナを受け入れてくれるという自信はなかった。アンジェラから弟と仲が悪かったとは聞いていないが、彼はアンジェラの葬儀《そうぎ》にこなかったからだ。今思えば当時は引き継ぎなどが忙しかったせいなのかもしれない。けれど、どうしても心にわだかまりは残ってしまう。

おまけにセラフィナは幼いころに数度しかブライアンに会っておらず、もはやその記憶は薄れ、顔すら覚えていない。ブライアンも同じであれば縁の薄いセラフィナを、しかも婚約を破棄され醜聞《しゅうぶん》を振りまいた彼女を、積極的に保護するとは思えなかった。

それでも他に選択肢がなかった。まだ起きてもいない出来事を想像し、負の感情に振り回されても仕方がない。

「いくしかないんだわ……」

セラフィナはふと顔を上げ、足を止めた。しばらく先の町にある教会の尖塔《せんとう》が見えたからだ。目指す町はさらに先にあり、長い道のりを思ってふうっと溜め息を吐《つ》く。慣れない靴と歩きのせいで踵《かかと》はすり剥《む》け、血が滲《にじ》んでいた。

「……っ」

痛みで顔を歪《ゆが》めるも、足を止めることはなかった。

それから一週間が過ぎたころ――セラフィナは七つ北にある町にいた。わずかな所持金で乗り合い馬車を乗り継ぎ、安い宿屋に泊まり、とにかくいけるところまでいったのだ。

冷遇《れいぐう》されていたとはいえやはり貴族の令嬢であり、世間知らずであったセラフィナにとって、楽な旅路ではなかった。いかにも怪しい男性に声をかけられ、どこかへ連れ込まれそうになったのは一度や二度ではない。今も無事なのは奇跡と言っていいだろう。

ところがこの町に着いて乗合馬車から降り立ったところで、所持金が残りごくわずかだと気づき、夕闇の大通りで途方《とほう》に暮れる。宿屋を借りられないので、セラフィナは仕方なく路地裏に一枚きりの上着を敷き、そこに腰を下ろして壁に寄りかかった。寒さをしのごうと自分で自分を抱き締め、溜め息を吐《つ》く。

ようやくここまできたが、カーライル領まではまだ遠い。王都を挟んでさらに五〇マイルは先にあり、手持ちの銀貨一枚程度では間に合わないだろう。押し寄せる不安にかたく瞼《まぶた》を閉じる。

そのとき、突然誰かに呼ばれ、セラフィナは目を開けた。

「あんた、なにやっているの？」

人のよさそうな大柄の女性だった。褐色《かっしょく》の髪は後ろでまとめ、紺の簡素なドレスにエプロンをつけている。年齢は三十代後半だろうか。女性は腰を屈《かが》めセラフィナの顔を覗き込む。

「この町は治安が悪いわけじゃないけど、若い娘が外で寝るとなると、さすがに貞操《ていそう》の保証はできないよ」

セラフィナは呆気《あっけ》に取られて女性を見上げた。

「あ、あの……」

「あら、あんた、いい目をしているねぇ。なにかわけあり？」

女性はセラフィナの肩に手を置き、にっと笑う。

「なんだったらうちにくる？　少し手伝ってくれれば食事と宿くらいあげられるよ。私はそこの曲がり角にある食堂の女将《おかみ》のエリナーさ」

食事と宿と言われてしまうと、セラフィナの心は否が応でも傾《かたむ》く。エリナーの眼差しの優しさと温かさが、アンジェラによく似ていたのも決め手になった。おずおずと立ち上がったセラフィナは、ありがたさに涙が滲《にじ》みそうになり、慌てて目元を擦《こす》った。

「……では、お世話になってよろしいですか」

エリナーはまたにっと笑いセラフィナの手首を掴んだ。

「さあ、こっちだよ！」

彼女の運営する石造りの食堂は古く狭かった。店内には煤《すす》けたカウンターとテーブル六つが据《す》えつけられていて、どの席も労働者の男性たちでごった返している。

セラフィナは一瞬中に入るのに躊躇《ちゅうちょ》したが、有無を言わさずエリナーに腕を引っ張られてしまった。カウンター内の厨房《ちゅうぼう》に押し込まれるなり、湯気《ゆげ》の立つスープとコップを渡される。

「はい、お願い！」

「え、え？」

「そっちのエールは右の奥の髭《ひげ》の爺《じい》さんね。そっちのスープはカウンター左端の茶髪の男性」

どうやら料理を運べと言っているらしい。

「おーい、女将《おかみ》、料理はまだか」

呆気《あっけ》に取られるセラフィナに、エリナーはほらほらと手を振った。

「早くいってあげて。あの人たちお腹ペコペコなんだから」

セラフィナは戸惑いながらも、食器をそれぞれ手に持った。ところが、スープを零《こぼ》さず運ぶのが意外に難しい。コップいっぱいに入っているエールも、少々テーブルにかけてしまった。

「もっ、申し訳ございません！」

「いいって、いいって」

真っ青になって謝るセラフィナに、男たちがげらげらと笑う。

「姉ちゃん、今日が初めてか？　初々《ういうい》しいなぁ」

「まー、すぐ慣れるって。元気出しな‼」

「申し訳ございません、申し訳ございません」

セラフィナはそう繰り返しつつ、カウンターへ引っ込んだ。中ではエリナーも笑いながら待ち構えている。

「はい、じゃあ、次はこれね」

今度は野菜の入った籠《かご》とナイフを渡された。

「皮を剥《む》いて適当に切ってね。で、火にかけているスープが煮立ったら放り込んで、柔らかくなったところに塩を振って。適量よりは多めにして、ちょっと塩辛いかな？　って思う程度にね。みんな働いて汗をかいているから」

皮を剥《む》く。適当に切る。放り込む。塩を振る。味見をする——すべてがセラフィナにとっては未知の言葉だった。エリナーがさっさと向こうにいこうとするのを慌てて引き留め、恥を忍んで尋ねる。

「あ、あの、あの、適当に切るって大きさはどれくらいなんですか？　スープが煮立つってどんな状態なんですか？　塩の適量ってどれくらいなんですか？」

「えっ？　ああ、そっか。貸してごらん」

エリナーは頭を掻《か》くとナイフを受け取った。籠《かご》からイモらしき物体を手に取ると、あっという間に丸裸にする。そして調理台にあるまな板に乗せ、小気味よい音を立てて一口大に切り分けた。

「すごい……」

感動するセラフィナに、エリナーは「慣れよ」と微笑んだ。

「スープは時間がかかってもいいから、まずは皮剥《む》きをゆっくりやってごらん。ちょっとくらい皮が残っていても気にしないよ」

「で、でも」

「なぁに、死ななけりゃいいのよ。美味《おい》しければなんとかなるものさ」

エリナーに背中を叩かれ、セラフィナも笑ってしまう。

「や……やってみます！」

そして、闘志も露《あら》わに、早速イモへと向かった。ナイフは長年使われているのか、手によくなじみ握りやすかった。それでも下ごしらえは簡単ではなく、思った以上の時間がかかる。手も二度ほど切ってしまった。

セラフィナは痛みを堪《こら》えつつ、たった一皿のスープを作るのに、これほど手間がかかっていたのだと驚く。レノックス家にいたころは、食べるばかりで知らなかった。

ふと顔を上げてエリナーの姿を探すと、彼女は焼いた肉を手早く二皿に盛りつけ、あらかじめ作っておいたソースをかけていた。つけ合わせの野菜を添えて、両手に持ってテーブル席に運びに出る。

その一連の動きを、セラフィナが一つのイモを剝《む》く間に、なんと二度もこなしていたのである。他にも時間が少しでも空《あ》けば、鼻歌を歌いながら皿を洗っていた。歌劇の主役のような軽快な足取りと手捌《てさば》きに、セラフィナはつい見惚《みと》れてしまう。

はっと我に返るとふたたび作業に集中する。とにかく今は頼まれた下ごしらえを、できる限り早くに終わらせなければならない。

夢中になって働いていると、時間は瞬《また》く間に過ぎて、食堂は深夜も間近にようやく閉店した。セラフィナは疲れ果てた身体を、やっとの思いでカウンターの椅子に預ける。初の下ごしらえと給仕に四苦八苦したものの、致命的な失敗はせずに済んだのが幸いだった。

「お疲れさま」

エリナーに声をかけられ、一杯のスープとパンとともに、少々黒ずんだ銀貨と銅貨が置かれる。セラフィナは目を瞬《しばた》かせエリナーを見上げた。彼女は笑みを浮かべてセラフィナの隣に腰をかける。

「あんた、働くの初めてだったんだろう？　今日の給料だよ。頑張ってくれたからね」

「こんなにたくさん……」

レノックス家で令嬢として暮らしていたセラフィナにとって、生まれて初めて自分で稼いだお金である。信じられない思いでおそるおそる銀貨に触れると、なぜか胸がいっぱいになるのを感じた。

「あの……ありがとうございます。このお店は女将《おかみ》さんおひとりだけなんですか？」

「そう、コツコツ働いてお金を貯めて、二年前やっと開店したの。ただ、最近忙しくなってきたから、人手が欲しいと思っていたところ」

エリナーはなんでもないことみたいに答えたが、セラフィナは雷に打たれたような衝撃を受けた。これまでセラフィナがいた貴族の社会では、女性が働くなどもってのほかだったからだ。貴族の女性が学ぶものといえば、読み書きや計算の他に社交、ダンス、刺繍《ししゅう》である。いずれはよき妻、よき母となることだけを求められていた。

貴族の女性のみならず平民ですら、こうして女性が表に立って働くことは珍しい。女性の仕事とは農村での手伝いか、よくて乳母《うば》やメイドくらいなのだ。

「お辛くは……なかったですか？」

貴族と男性が尊《とうと》ばれるこの国――大アルビオン王国で、平民であるエリナーがどんな辛酸《しんさん》を舐《な》めたのか、セラフィナには想像もつかなかった。彼女はカウンターに手を組み、あははと笑う。

「そりゃ嫌なこともたーくさんあったさ。けど、今は幸せよ。自分の力で生きていけるからね」

――自分の力で生きていける。

家にも親にも親族にも頼らない。なんと素晴らしいことかと思ったが、エリナーのようになるためには並々ならぬ強さと覚悟が必要だろう。セラフィナは一枚の銀貨をぐっと握り締めた。

「私にも、できるでしょうか？」

立ち働く自分の姿を想像してみる。

「ああ、もちろん」

エリナーは間髪《かんはつ》を容《い》れずに答え、セラフィナの肩をふたたび叩いた。

「そう望みさえすればできるさ」

その手は水仕事に荒れ、節々も目立っていたが、目と同じように優しく温かかった。

◇◆◇◆◇

セラフィナが食堂のエリナーに勧められ、住み込みで働き始めてから一年が過ぎた。その間にセラフィナは十六歳になり、なにもできない貴族の令嬢から、食堂の看板娘へ転身を遂《と》げていた。

今日も昼食時の食堂は、腹ペコの男たちでいっぱいである。

「おおい、スープ追加頼んだ」

「俺はレバーのゼリーとパン。あ、スープもな」

「俺は野菜のサンドイッチな。で、やっぱりスープ」

「はいはーい、お待ちください！　ちょっと順番前後しますよー」

次々とくる注文を頭に叩き込み、セラフィナは厨房《ちゅうぼう》に引っ込んだ。まずは野菜のサンドイッチである。焼いたパンをまな板に置くと、レタスと玉ねぎのピクルス、薄く切ったチーズを載せた。仕上げに塩と乾燥ハーブを手早く振り、もう一枚のパンを重ねれば完成だ。

「はい、どうぞ」

セラフィナはカウンター席の男性に、笑顔とともにサンドイッチを手渡した。

「次はスープね」

奥ではほどよく煮込まれたスープが、いかにも美味《おい》しそうな香りを放っている。セラフィナは食器棚から三枚の皿を出すと、あっという間にスープを注《つ》いでいった。具を取り分けている最中《さいちゅう》に、客のひとりが声をかける。

「俺、イモ少なめにして」

「いけませんよ！」

セラフィナは腰に手を当て客を叱った。

「ちゃんと食べなきゃ大きくなれませんよ！」

「いやあ、俺、もう五十過ぎだぜ？　大きくなる必要ねえって」

いい年をした男性の泣き言に、店内にどっと笑い声が上がった。セラフィナもいつもと変わらぬやり取りに、屈託《くったく》のない笑みを浮かべる。厨房《ちゅうぼう》のエリナーはそんなセラフィナを、母親のような眼差しで見つめていた。

食堂の営業は午前十一時から午後三時、午後五時から夜九時までの二部に分かれている。客入りのいい日には時間を過ぎることもままあり、今日も昼時の終わりが四時にずれ込んでしまった。そのぶん夜の仕込みを急がなければならず、セラフィナは目の前に積み上げられたイモを、片端から手早く剥《む》いていた。

「すっかりうまくなったね。もう十年もやっているみたいだ」

エリナーがカウンター越しに、しみじみとセラフィナを眺める。セラフィナは飾り気のない褒め言葉に頬を染めた。

「……ありがとうございます」

この一年で料理や給仕を一日も休まず叩き込まれた。初めは手に擦《す》り傷や切り傷が絶えなかったが、努力の甲斐《かい》あってか、今では手際よくこなせるようになっている。

エリナーは目を細めテーブルを拭《ふ》き始めた。

「フィーナがきてくれたおかげで大助かりだよ」

エリナーがセラフィナをフィーナと呼ぶのは、セラフィナが初めにそう名乗ったからだ。自分は貴族の令嬢なのだと、正体を打ち明ける勇気はなかった。アルビオンでは貴族と平民は、生活も、価値観もなにもかもが違い、双方が互いを別人種だと認識している。本来であれば交わることなど一生ない貴族の出身だと知られれば、さすがのエリナーも態度を変えてしまうだろうと恐れたのだ。

それに、エリナーのことは信用しているものの、情報が漏《ろう》えいするのも避けたかった。いつレノックス家の手の者が現れ、連れ戻されるかわからないのだ。万が一そうなってしまえば、意に沿わぬ老人との結婚を強《し》いられ、死んだように生きていくしかない。自由と自立を経験してしまった以上、そんな生活に耐えられるはずがなく、できればこのまま食堂で働きたかった。

もちろん、レノックス家にいたころと比べれば暮らしは貧しい。一日中の労働で手は荒れ、足も棒みたいになる日ばかりだ。それでもここでは「ありがとう」と感謝されたり、「ああ、美味《うま》い。

またくるよ！」と褒めてもらえたりする。ちゃんと自分を見てもらえるのだ。それがなによりも生きる喜びとなる。

「フィーナ」

エリナーに呼ばれたセラフィナは、はっと顔を上げた。

「悪いけど、大通りの肉屋で鳥肉を三羽分買ってきてくれる？　今日はたっぷり肉を入れてみんなに振る舞おう」

「はい、わかりました！」

セラフィナはバスケットを手に出入り口を開けた。通りを歩きながら脇に並ぶ店や、道に咲く花、空を流れる雲を楽しむ。頬を撫《な》でる秋の風が気持ちよく、気分がいつにも増して明るくなった。

途中、布地屋の磨き抜かれた窓ガラスに自分の姿が映り、何気なく立ち止まる。艶《つや》のない薄い茶の髪と肉づきの悪い身体だ。セラフィナの姿は母を亡くした十三歳から、時を止めたようにほとんど変わっていなかった。

レノックス家にいたころは幼く、美しいとは言えないこの姿に劣等感があった。だが、今となってはこれでよかったのだと思う。平民にまじっても違和感がないからだ。なにが幸いするのかわからないと思いつつ、セラフィナはふたたび肉屋に向かって歩き始めた。

ちょうど解体した家畜を運び込んだばかりなのか、肉屋には新鮮な鳥獣肉《ちょうじゅうにく》がたくさんあった。軒《のき》先《さき》には羽を毟《むし》られた鳥や羊の腸が吊るされ、カウンターにも様々な部位が並べられている。別通りにある食堂の主人も買い物にきており、熱心に羊肉を品定めしていた。

セラフィナは吊るされた鳥から三羽を選び、バスケットいっぱいに詰めてもらった。エプロンのポケットから銀貨を取り出し店主に手渡す。

「ありがとうございます。こちら代金です」

「おうよ、また頼むな」

店主は片手でコインを受け取り、もう片手を腰に当てつつ、カウンター越しにセラフィナを眺めた。

「……？　なにか？」

「ん、いや、なんでもねぇよ。女将《おかみ》によろしくな」

店主は早くいきなと手を振った。セラフィナは戸惑いながらも元きた道を戻る。

その背を見送った別通りの食堂の主人が頭を掻《か》いた。

「あー、さっきあんたが言っていたのってあの娘かぁ。確かに言われりゃそんな感じの目の色だったなぁ」

「向こうも今日あたり確かめにくるとか言っていたぜ。ま、違っていてもたいしたことじゃねえさ」

店主はカウンターの片隅に置かれたメモを手に取った。一昨日《おととい》、商人組合を通じてとある通達があったのだ。

『探し人あり。身体的特徴は、身長がやや低い、痩《や》せ型、セレストブルーの瞳の娘。セレストブルーとは深みのある紫がかった青。情報提供者には全員に報酬金《ほうしょうきん》。本人の場合さらに金貨十枚を追加。なお、探し人本人ではない場合も罰則はなし。連絡は各組合にまで』

「どうせ別人なんだろうが、金貨十枚は魅力的だよな」

肩を竦《すく》め、メモを丸めて後ろにぽいと捨てる。

「はてさて、このセレストブルーの瞳の娘はなにをしでかしたんだか」

大方、借金取りから逃げ出したのだろうと、店主は手の汚れを拭《ぬぐ》いつつ仕事に戻ったのだった。


セラフィナは大通りを歩きながら、頭の中で夕方からの仕事と、そのあとのエリナーへの授業の計画を練っていた。

現在はエリナーに衣食住すべてを提供され、日々の賃金までしっかりともらっている。しかし、未熟な自分の労働がそれに見合っているとは思えない。もっと役に立てないかと頭を捻《ひね》っていたとき、エリナーが文字の読み書きや数字の計算が苦手であることを知った。そこでセラフィナはエリナーにこんな提案をしたのだ。

『女将《おかみ》さん、私が先生になります。言葉や数字には自信があるんです』

習得するまで経理と事務も手伝うと言ったら、エリナーはセラフィナの申し出に目を瞬《しばた》かせた。

『本当にいいのかい？　時間を取ってしまうよ？』

『もちろん大丈夫ですよ。何時間だって構いません』

セラフィナが胸を叩いてそう答えると、エリナーは手を取って喜んでくれた。

『あんたは神様が遣わしてくださった天使だ』

エリナーいわく、平民の女性の学力は誰もみな同じようなものらしく、彼女たちにとって教育そのものが贅沢《ぜいたく》なのだそうだ。

セラフィナはその話を聞いてから女性に教育を施《ほどこ》す重要性を実感し、もっとできることはないだろうかと考えることになった。まだうまくまとまらないのだが、私塾などが効率的かもしれないと思う。

だが、さしあたってはエリナーの授業だ。文法のどのあたりを教えようかと悩みながら歩く。食堂がある通りに差しかかったところで、セラフィナは異変を察知し足を止めた。

食堂の出入り口に三頭の馬がつけられているが、夕方の開店には少々早く、客がくるのは不自然なのだ。セラフィナはそろそろと出入り口から顔を覗かせた。

「女将《おかみ》さん……？」

中ではエリナーと複数の男性が言い争っていた。

「だから、そんな娘は知らないって言っているだろう？　確かに似たような目の色はしているけどね、うちのフィーナはもっと美人だよ!!」

「そんなはずはない。近隣の住人はこの似顔絵そっくりだと言っていたぞ。言葉遣いや発音がどことなく平民とは違うともな」

セラフィナは扉に手をかけたまま立ち尽した。身体が一気に凍《こお》りつき動いてくれない。エリナーがセラフィナの気配にはっとなり、男たちの肩越しに目を向ける。その視線を追い、男たちが揃って振り返った。三人のうち二人が手の中の紙とセラフィナを交互に見比べ、頷き合ってからゆっくりと彼女に近づく。

「セラフィナ様ですね？」

「……っ」

「お父上のご命令でお迎えにまいりました」

恐れていたことが現実になり、セラフィナは言葉を発することすらできなかった。

「フィーナ、逃げるんだよ!!」

食堂にエリナーの叫び声が響き渡る。セラフィナはその声に我に返り、弾かれたように通りへ飛び出した。心臓の鼓動《こどう》が全身にこだましている。全速力での疾走で喉と肺が擦《す》り切れそうになっているセラフィナの頭の中は、疑問でいっぱいだった。

なぜ今更探しにきたのか。顔を見たくもない娘ならば、なぜ放って置いてくれないのか。なぜやっと見つけた居場所を、生き方を奪おうとするのか。

セラフィナはどこに逃げるべきなのかわからないまま、ひたすら足を動かすしかなかった。だが、角を曲がったところで、はっと我に返る。

食堂から反射的に逃げ出してしまったが、残されたエリナーはどうなってしまうのだろうか。エリナーはセラフィナの正体を知らなかったとはいえ、結果的にヘンリー・レノックス子爵に、すなわち貴族に逆らった形になる。なんの力もない平民の女性が、はたしてどう裁かれ、どう罰せられるのか。

セラフィナは、すぐに戻らなければと身を翻《ひるがえ》した。生家に帰りたくない、貴族に戻りたくないなどと言ってはいられない。ところが数歩走った途端、風に流された髪に視界を塞《ふさ》がれる。

「きゃ……!!」

不意に勢いを削《そ》がれて均衡《きんこう》を崩し、前のめりで転びそうになる。セラフィナは目を閉じ、続いてくるはずの衝撃を待った。だがその身体を受け止めたのは、かたい地面ではなく、甘さをかすかに含んだ大人の香りと、広くたくましい男性の胸だったのだ。

「おっと」

どうやら通行人の男性にぶつかってしまったらしい。

「も、申し訳ありません。お、お詫《わ》びはあとでさせていただきます」

セラフィナは体勢を立て直すが早いか、元きた道を引き返そうとする。しかし、がくんと身体が仰《の》け反《ぞ》り、力ずくで引き戻されてしまった。

「なっ……」

何事かと振り返り、思いがけない状況に驚いた。男性がセラフィナの手首を強く掴んでいたのだ。

「どこへいく？　まさかあの店に戻るとでも？」

そう聞いてくる彼に目を向けたとき、聖書にある神に逆らい堕天《だてん》した大天使、かつてもっとも光り輝き美しかった者——魔王が舞い降りたのかと錯覚《さっかく》し、セラフィナは目を瞬《しばた》いた。髪も瞳も混じり気のない漆黒《しっこく》に見える。端整な顔立ちに謎めいた眼差しと長身の身体は、その場に立つだけで貴婦人らの目を奪うだろう。

どこかで会ったことがある気もしたが、セラフィナには男性の容姿に魅《み》せられている暇などどなかった。

「だ……誰っ!? 放して！ 放してください!!」

この男性もレノックス家の手の者だと思い込み、掴まれた手を振り解こうと全力で暴れる。振り回したセラフィナの右手が男性の頬をかすり、彼はかすかに顔をしかめた。

「……まったくとんだお転婆《てんば》の早とちりだな。私は君の父上の手下ではないぞ」

髪や目と同じ艶《つや》のある声で呟き、ぐいとセラフィナを引き寄せる。

「あっ……」

次の瞬間には、男性はセラフィナの背と膝の裏に手を回し、軽々と身体を抱き上げていた。

「なっ……!!」

「ジョーンズ!!」

男性の声が通り一帯に響き渡ると、すぐに角から黒塗りの馬車が現れた。セラフィナはその側面に刻み込まれた家紋《かもん》に首を傾げる。黒い盾の中で鷲《わし》の上半身に獅子《しし》の下半身、黄金の翼をはためかせる獣《けもの》が天を見上げていた――伝説の聖獣グリフィンだった。

セラフィナはこの家紋《かもん》を知っている。だがどこの貴族だったかと記憶を辿る間に、扉が開かれ痩《や》せた中背の若い男性が現れた。恐らく彼がジョーンズなのだろう。濃い茶の髪と瞳をしていて、顔立ちは整っているにもかかわらず印象の残らない不思議な男性だ。

「グリフィン様、どうぞ」

ジョーンズが男性を中へ招き入れると、男性はセラフィナを抱《かか》えたまま馬車に乗り込む。

「すぐに出せ」

セラフィナは我に返り男性の胸の中で暴れたが、そのころには馬車はすでに走り出していた。男性は追っ手がいないことを確認し、ようやくセラフィナを隣に下ろして座らせる。セラフィナは間髪《かんはつ》を容《い》れずに男性に詰め寄り、シミ一つない純白のシャツの襟首《えりくび》に縋《すが》りついた。

「帰して、帰してください!!」

ところが男性は少しも怯《ひる》まず、セラフィナの手にみずからの手を重ねた。

「君はあの連中に捕まりたいのか？」

「だって……!!」

「逃がしてくれたというのなら、相手の意思を無駄にすべきではない。それはすでに裏切りになるぞ、セラフィナ・グレイシー・レノックス子爵令嬢」

セラフィナは名前と身分を言い当てられて口ごもり、あらためて男性が誰なのか疑問に思った。

「あなたは……？」

男性は唇の端をかすかに上げて笑う。

「あの日ダンスを君に断られた哀《あわ》れな男さ」

あの日、ダンス、と単語を並べ立てられても、セラフィナにはなんのことだかさっぱりわからなかった。もしかしたら以前会ったことがあるのかもしれないが、結局、男性の正体がわからず、ぽかんと見つめるばかり。

「……忘れられていたとは思わなかったな。私は忘れようと思っても、忘れられなかったのだが」

男性は足を組みセラフィナの顔を覗き込んだ。

「私個人を覚えていないのなら、まずは名乗ることにしようか。私はグリフィン・レイヴァース・ハワード。ブラッドフォード公とも呼ばれている」

驚愕《きょうがく》に、セラフィナの腰が席から浮いた。なぜグリフィンの紋章《もんしょう》を見た時点で思い出さなかったのかと、おのれを呪う。

グリフィン・レイヴァース・ハワード、またの名をブラッドフォード公。大都市ブラッドフォードを中心とした、広大な領地と莫大《ばくだい》な財産を持ち、王家とは血の上でも縁が深い公爵家の筆頭だ。

「どうして、公爵ともあろう方が、私を、助けたのですか……?」

震えながら問うセラフィナに、男性は——公爵は、微笑みを浮かべて答えた。

「まずは場所を変えようか」

やはり魔王を思わせる、美しく不吉な微笑みだった。

セラフィナはそのあとも逃げ出そうと隙を窺《うかが》ったのだが、公爵本人やジョーンズ、護衛らしき黒服らの監視により、結局それは叶わなかった。なぜ公爵が自分を攫《さら》ったのか、その意図をいくら考えてもわからない。

尋ねてみたところで、公爵は微笑みを浮かべるばかりで、セラフィナになにも教えようとしなかった。レノックス家に送るつもりはないことだけは救いだったけれど、いずれにせよ公爵の意のままなのだ。

「……っ」

セラフィナは膝の上で拳《こぶし》を握り締めた。おのれはまるで川に落ちた一枚の木の葉だと悔しく思う。家族に、公爵に、社会に、時代に、それらが渾然《こんぜん》一体となった流れに翻弄《ほんろう》されるだけ。そんな弱々しい自分はもう嫌だった。川が逃《のが》れられない人の一生だというのなら、ただ流される木の葉ではなく、舟の漕《こ》ぎ手となり行き先を決めたかった。それだけの強さが欲しいと心から願う。

「セラフィナ様」

ジョーンズに名を呼ばれ、セラフィナははっと顔を上げた。

「このような場で申し訳ございません」

一時間をかけて連れてこられた場所は、二つ先にある大きな街だった。セラフィナもお使いで一度だけきたことがある。食堂のある町とは異なり、人口が多く栄えている街で、人や馬車の行き来が激しい。中央から木材や布地、穀物《こくもつ》などの物資が運び込まれ、一大集積地となっているのである。

ジョーンズが馬車の窓を開け、一軒の立派な宿屋を示した。

「あちらでお話を聞いていただきます」

かつては商人の屋敷だった建物を、高級な施設として改装した宿屋だった。馬車が止まり、扉がゆっくりと開けられる。公爵は唇の端に笑みを浮かべつつ、セラフィナに手を差し伸べた。そのまま彼にエスコートされ、二階にある東側の部屋へ案内される。

「ブラッドフォードには負けるが、ここもよい眺めだな」

公爵は窓辺に手をかけ街を見渡してから、セラフィナを振り返った。

「では、早速本題に入ろうか。セラフィナ、私と結婚しないか？　君は私の花嫁となる条件に最適だ」

「……は？」

あまりに唐突で飾り気のないプロポーズに、セラフィナは数秒、意味が理解できなかった。

「……結婚、ですか？」

「ああ、そうだ」

呆然とする彼女に、公爵ははっきりと頷く。

「私は昨年父を亡くし爵位を継承《けいしょう》したが、あくまで仮のものでしかない。ハワード家には代々の家訓があり、それに従わなければ当主とは認められないからだ」

セラフィナには話がどこへ向かうのかまったく見えなかった。公爵は彼女の戸惑いを置き去りにしたまま続ける。

「正式なブラッドフォード公となるには、教会から承認された正妻が必要だとされている。セラフィナ、君にその妻となってもらいたい」

「……なぜ、私なのですか？」

さすがにこの状況、この台詞《せりふ》で、大貴族に見初《みそ》められたと喜ぶほどおめでたくはない。なにか目的があるのだと考えるのが自然だ。

「閣下がご存知かどうかはわかりかねますが、私は一年前にスペンサー伯爵家に婚約を破棄され、社交界に醜聞《しゅうぶん》を残しております。そのような女が妻となり、公爵家の歴史に泥を塗るなど、この身には恐れ多過ぎます」

遠回しの拒絶に公爵の眉がかすかに上がる。

「私の誘いを二度もはねつけたのは君が初めてだ」

公爵は窓の縁《ふち》から手を離すと、部屋を横切りセラフィナの目の前に立った。見上げるほどの背丈と悪魔を思わせる美しさに圧倒され、セラフィナは思わずあとずさる。しかし、公爵は一歩、また一歩と、獲物を追いつめるかのように、セラフィナとの距離を縮めていく。セラフィナを壁際に追いやった公爵は、彼女の頭上に右の肘《ひじ》と拳《こぶし》を当て、顔を近づけた。睫毛《まつげ》が触れ合いそうな間合いから、セラフィナの顔を楽しげに見つめる。

「公爵家の歴史と君は言うが、ハワード家の興《おこ》りは国王の愛人が産んだ私生児だ。王位は王妃より生まれた嫡男《ちゃくなん》にのみ与えられ、不義の子はなに一つ得られないと知った女は、息子に高位の爵位と領地を与えようと宮廷を奔走《ほんそう》した。そのために国王だけではなく、王族に、廷臣に……はたしてどれだけの男性に媚《こ》びと身を売ったのか。その息子がグリフィン・レイヴァース・ハワード――私と同じ名を持つ初代だ」

公爵は拳《こぶし》を壁に強く叩きつけた。壁を貫《つらぬ》かんばかりの衝撃に、セラフィナの身体がびくりと震える。公爵は怯《おび》える彼女の顎《あご》を掴んだ。

「そうした情婦の子孫だからこそ、我が一族は却《かえ》って正式な結婚と花嫁の血筋にこだわる。当主の正妻となる女は嫡出子《ちゃくしゅつし》であるのと同時に、父母ともに五代を遡《さかのぼ》り貴族でなければならない――それだけが条件だ」

公爵の力強さにセラフィナはおののいた。この人は怖い、逃げなければと思うのに、悪魔に魅入《みい》られたように身体が動かない。公爵はそんなセラフィナの頬を、優しさすら感じる手つきで包み込んだ。

「セラフィナ、君はレノックス子爵家とカーライル伯爵家の血を引いている。いずれも五代以上前から貴族だが、中央での権力がほとんどない。私にとっては実に好都合だ。もちろん君にもメリットがある」

「メリット……？」

「結婚から二年後に、私と君は離婚する」

彼は手を離すと踵《きびす》を返し窓辺へと戻る。セラフィナはわけがわからず、広い背を見るばかりだった。

「結婚から二年後には離婚……？」

公爵はふたたび窓の外へ目を向ける。

「二年間の婚姻《こんいん》後も子どもができないようなら、当主の権限により離婚が認められているからだ。私は妻も子もいらない。跡継ぎなど従兄弟《いとこ》やその子息がいくらでもいる。だが、体裁《ていさい》は必要だ」

セラフィナはそこでようやく公爵が自分に結婚を申し込んだ理由を悟った。ハワード家と釣り合う高位貴族の出身の正妻では、離婚となれば相手の実家が黙っていない。子どもができないとの噂《うわさ》が広まれば、そのあとの再婚も難しくなるからだ。

ところがレノックス家に政治的な影響力はない。それにセラフィナ本人もエドワードの一件で立場を失っており、初婚でのまともな結婚は望めなくなっている。失うものはなにもないと考えられているのだ。公爵の低く、艶《つや》のある声がセラフィナに告げる。

「君には来年から二年、私の妻としての役割を果たしてもらうこととなる。もちろんその間の重責と労苦を上回る報酬を渡そう」

「報酬とは……？」

セラフィナは妻とも結婚とも結びつきにくい、報酬という単語に首を傾げた。

公爵は身体の向きをゆっくりと変え、唇の端だけでかすかに微笑むと、セラフィナの目を見つめる。

「私は君の大切な女将《おかみ》さんを救える」

「……!!」

「それに加えて君が望むものをなんでもやろう」

セラフィナは目を床に落として彼の言葉を繰り返した。

「私が望むもの……」

――そんなものは自問自答するまでもなくわかっていた。ゆっくりと顔を上げると、一言一言を区切り、噛み締めるように告げる。

「……かしこまりました。お申し込みを、お受けします」

「賢明《けんめい》な選択だ。では、なにが欲しい？　言ってみるといい。一切の遠慮は必要ない」

セラフィナは背を伸ばして真っ直ぐに彼を見据《みす》えた。

「それでは、自由をいただきたく存じます」

セレストブルーの瞳に輝く光に、公爵がはっとした顔になる。セラフィナは決して目を逸らさなかった。

「二年の勤めのすべてが終わりましたら、レノックス家の娘ではなく、ハワード家の妻でもなく、自由の身となる保証をください」

室内に沈黙が落ちる。それは一分にも満たなかったが、セラフィナには五分にも、十分にも感じられた。公爵が一言も発さずに、自分を凝視《ぎょうし》していたからだ。

「……君はずいぶん変わったものを欲しがる」

やっと出た一言がそれだった。

「では、君にとっての自由とはなんだ？」

公爵の挑むような問いかけに、セラフィナはやはり迷いなく答える。

「自分の意志で自分の生き方を決める権利です」

きっぱりとした声は意志の強さの表れでもあった。


口約束での契約がまとまったのち、公爵はセラフィナの希望どおりに、一旦は食堂へ送り届けてくれた。そして明朝にはブラッドフォードに出発するから、荷物をまとめ、別れを惜しんでこいと言われる。

馬車で町中《まちなか》に差しかかった途端に、セラフィナは安堵から涙が滲《にじ》んだ。ほんの数時間離れていただけだというのに、一年ぶりにも、五年ぶりにも、十年ぶりにも感じる。

怒涛《どとう》のような一日だったセラフィナとは対照的に、町は普段と変わらぬ様子だ。宿屋の女将《おかみ》は二階のバルコニーからシーツを干し、八百屋《やおや》の店主は店頭からしなびたキャベツを取り除いている。

慣れ親しんだ食堂の出入り口の前にきたところで、セラフィナは同乗しているジョーンズに声をかけた。

「ここでお願いします」

ジョーンズは御者《ぎょしゃ》に命じ馬車を止め、セラフィナを降ろす。彼女に外套《がいとう》を羽織らせ顔を隠させると、耳元でこう囁《ささや》いた。

「一時間以内でお願いします」

セラフィナは小さく頷き、出入り口をくぐる。食堂からはいつもどおり、野菜やハーブ、鶏肉、土埃《つちぼこり》が混じったにおいがした。セラフィナはほっとするのと同時に、テーブルを拭《ふ》くエリナーを発見する。

「女将《おかみ》さん……!!」

エリナーは顔を上げると目を見開き、布巾《ふきん》を落としてセラフィナに駆け寄った。

「……フィーナ!! あんた、どこにいっていたんだい。大丈夫だったのかい!?」

「すいません、本当にすいません。大変な迷惑をかけてしまいました」

「いいんだよ、もうなんでもいいんだよ」

エリナーは謝罪を繰り返すセラフィナの肩を叩いた。セラフィナはエリナーを見上げ、怪我などがないか確認する。エリナーは彼女の不安を見て取ったのか、腕を曲げて頼もしい力こぶを作った。

「このとおり、ピンピンしてるよ」

エリナーはそう言って笑顔を見せたものの、溜め息を吐《つ》き不思議そうに店内を見回す。

「あのあと、馬車に押し込まれたと思ったら、今度は黒服の連中に助け出されてね。連れ戻されて店も元どおりにしてくれたんだよ。けど、なにがなんだかさっぱりわからなくて……」

公爵は約束を守ってくれたのだと、セラフィナは胸を撫《な》で下ろした。レノックス家には圧力をかけ、それ以上手出しができないようにしたのだろう。迅速《じんそく》な救出に舌を巻きつつ感謝する。

「それよりフィーナ、あんたは大丈夫だったのかい？　なにかひどいことはされなかったかい？」

エリナーは知りたいことが多くあるだろうに、セラフィナの身を案じている。なぜこの人はこれほど優しいのかと涙が零《こぼ》れそうになった。それでも今は泣くわけにはいかない。

「お、かみさん、話さなくちゃ、いけないことが、あるんです……」

思わず声が震えてしまう。これまで世話になったエリナーには、事情を説明しなければならなかった。ただし、公爵からは結婚の契約については、決して誰にも話すなと言われている。すべてを告げられないのに後ろめたさを覚えながら、セラフィナはまずはおのれの正体を明かした。

「実は私……私は貴族なんです」

カウンター席に腰かけ覚悟を決めて話し始める。なんと言われるのかが恐ろしかった。ところがエリナーは「なんだ」と呟くと、セラフィナの背を二度優しく叩いたのだ。

「あんたがいい家の子なんだってことくらい、初めから知っていたよ」

セラフィナには言葉遣いにも仕草にも気品があり、平民の娘ではないとすぐにわかったのだとエリナーは言う。

「だったら、どうして……」

エリナーはセラフィナの隣にゆっくりと座ると、ここではないどこかを見る眼差しになった。

「昔、私にも亭主と娘がいたんだ。でも、二人とも流行《はや》り病《やまい》で死んでしまった。何年もかけてどうにか立ち直り、ひとりで生きていくために食堂を構えたんだよ」

その経営が軌道《きどう》に乗ったころ、この町でセラフィナに出会ったのだそうだ。

「娘はあんたと同じ髪の色で、あんたと会った日が誕生日だったんだ。だから、私はあの子が生まれ変わって帰ってきてくれたんだって思った。あんたと一緒にいられて、本当に嬉しかったんだ」

エリナーは深く重い溜め息を吐《つ》いた。

「あんたを利用したのは、私のほうだったんだよ。娘の代わりにそばにいてくれれば、あんたの正体なんて、なんだってよかった」

セラフィナは思いがけないエリナーの過去に、胸が熱くなるのを感じていた。無償《むしょう》の愛情に近いあの優しさは、母親のものだったのだと今ならわかる。

「女将《おかみ》さん、私もここが家だと思っています。早くここに帰りたいと思っています」

「……？　フィーナ、なにがあったんだい？　しばらく戻らないつもりかい？」

セラフィナは言葉を慎重に選びつつ、エリナーにかいつまんで説明した。

「実は、今回父に連れ戻されそうになったんですが、ある方が私も女将《おかみ》さんも庇《かば》ってくれたんです。

お礼にその方のおうちで何年か働くことになって……なんでも人手不足で困っているそうで」

「まあ、確かにあんたは料理も掃除もうまいからねえ」

エリナーはどうやら働くという意味を、メイドをすると勘違いしているらしい。偽装結婚の妻を演じろと求められたなどと、普通は誰も思いつかないだろう。

「そのお勤めが終わったら、帰してくれるって約束してもらったんです。だから、女将《おかみ》さん、私……ここに帰ってきてもいいですか？」

セラフィナはエリナーの答えを、裁きを受ける思いで待った。

「当たり前だろう？」

エリナーはふわりと笑い、セラフィナの頭に手を乗せる。

「ここはあんたのうちでもあるんだからね」

その手はいつもと変わらぬ慈《いつく》しみに満ちていた。

◇◆◇◆◇

グリフィンは宿屋の窓辺に立ち、通りを忙しく行き来する荷馬車の一団を眺めていた。

今ごろセラフィナはエリナーとの別れを惜しんでいるのだろう。取り交わした契約により、彼女には結婚から二年間は平民や下層階級との接触を禁じている。形ばかりの妻とはいえ、ハワード家の奥方として、取り囲まれる衣・食・住・人は、すべてが一流品でなければならないからだ。

当初、セラフィナは契約結婚の候補にはあげていなかった。けれど、去年参加した舞踏会で、あのセレストブルーを見た瞬間、気づくと彼女に手を差し伸べていた。なぜか、セラフィナがこの手を取ると信じて疑わなかったのだ。

ところが、婚約者がいるからと、あっさり振られてしまう。女性に断られるなど初めてだったグリフィンは、らしくもない捨て台詞《ぜりふ》を吐《は》いて、引き下がるしかなかった。その直後に、セラフィナとエドワードの婚約破棄の茶番劇である。アルビオンの社会は女性に厳しく、婚約破棄された令嬢は、傷物《きずもの》だとみなされる。セラフィナはどういう反応をするのだろうと思っていたら、意外にも彼女は背筋を伸ばしてエドワードに反論した。

堂々としたその姿勢に感心するのと同時に、これは絶好の機会なのではないかと考えた。貴族令嬢としての立場を失った今のセラフィナに求婚すれば、断られることはまずない。なにより二年間であれ結婚するのなら、美しく凛《りん》とした眼差しを持つこの娘がいい。きっと退屈しないだろうと感じたのだ。

ブラッドフォードで準備が整い次第、正式に求婚の使者を出すはずだったのだが、同じころに長く臥《ふ》せっていた父が亡くなった。そのあとは葬儀《そうぎ》に、相続の手続きにと目まぐるしく、また喪中《もちゅう》であったために求婚が後回しになってしまった。ようやく落ち着きを取り戻し、今度こそと動き出したところで、セラフィナが行方不明だと知る。レノックス家は、表向きは療養《りょうよう》中だと告げていたけれど、その療養《りょうよう》先に彼女の姿はなかったのだ。

グリフィンはもしや家出をしたのかと勘繰《かんぐ》るも、さすがにそれはないだろうとおのれを笑った。

セラフィナは歴《れっき》とした貴族の令嬢である。その令嬢が誰の手助けもなしに、たったひとりで家を出るなどありえない——そう、ありえないと思っていたのだ。

けれど、セラフィナは本当に家出をし、平民として労働に従事していた。彼女は意外に気が強いだけではなく、跳ねっ返りなところもあるのだと、グリフィンはいつになく愉快になった。妻にするならば、やはりあの娘がいいと思ったグリフィンは、みずから町へ赴《おもむ》いた。そしてようやく再会した彼女に契約結婚を迫《せま》ったのである。

グリフィンは天を一面に染める、抜けるような青空へ目を移した。鮮《あざ》やかに記憶に焼きつけられている、セラフィナの瞳と同じ色だった。

グリフィンは先ほどのやり取りを思い出す。

『——君が望むものをなんでもやろう』

それに対する答えは色とりどりのドレスでも、拳《こぶし》ほどの宝石でも、豪奢《ごうしゃ》な屋敷でもなかった。

『それでは、自由をいただきたく存じます』

気高さすら感じさせる眼差しだった。襤褸《ぼろ》も同然の衣服を身に纏《まと》っていても、セレストブルーの瞳には意志の光が煌《きら》めいていた。セラフィナは一輪のアイリスのように、凛《りん》とした魂《たましい》の輝きを見せたのだ。

それまでグリフィンにとって女性とは、美しく、脆《もろ》く、運命に翻弄《ほんろう》される哀《あわ》れな存在でしかなかった。ところが、セラフィナは見事にその観念を覆《くつがえ》したのである。

グリフィンはあの舞踏会で見た瞳を思い出し、背がぞくりとするのを感じた。ほんの一瞬ではあったが天上の青に心ごと呑まれたのだ。あれほどか細くなんの力もない娘が、なぜあんな目ができるのか。なぜひとりで立とうとするのか。その理由をどうしても知りたくなり、気づくとこんなことを尋ねていた。

『君にとっての自由とはなんだ？』

その人間の根幹を問う質問と言ってもいい。その問いにセラフィナは迷いなくこう答えたのだ。

『自分の意志で自分の生き方を決める権利です』

意志、生き方、権利。どの単語も貴族令嬢の——いいや、女性の口から聞いたのは初めてだった。

セラフィナとの交渉において、自分は圧倒的に有利な立場であるはずだったのだ。そもそも「是《ぜ》」以外の回答を受け取る気はなかった。だが、セラフィナの眼差しに心を奪われた瞬間から、その立ち位置は対等のものとなったのである。そんな女性に出会ったのも初めてだった。

「……やはり面白い」

グリフィンは唇の端を上げた。

「二年間、楽しませてもらおう」

第二章　いつわりの結婚

翌朝、ハワード家の馬車はセラフィナを乗せ、街を発《た》った。馬車は立ち寄る町で馬を替え、人を加え、台数を増やし、北部の大都市ブラッドフォードを中心とした、ハワード領を目指す。セラフィナの乗せられた黒塗りの馬車は、いつしか護衛の馬車に前後を挟まれ、囚人の護送車にも似た厳重な警備となっていた。

それから二日後――

「あちらがハワード邸です」

セラフィナは丘の上にある堂々たる巨影に目を剥《む》いた。それは邸宅というよりも居城だったからだ。丘が要塞《ようさい》の役割を担《にな》っているのだろう、通常のカントリーハウスには必ずある鉄柵がない。丘の中央に聳《そび》え立つ横広がりの建造物は、伝統的な意匠《いしょう》でありながらも洗練されている。薄茶の石造りの壁には数え切れないほどの窓があり、それぞれの窓にはバルコニーが据《す》えられていた。

ジョーンズの説明によると、この方面からは居住区のみが見えるらしい。建物の背後には一族の墓所が設《もう》けられた礼拝堂、噴水と庭園、歴代の美術品をおさめた宝物庫などがあるのだそうだ。王宮に勝るとも劣らない豪奢《ごうしゃ》さに、セラフィナは頭がくらりとなるのを感じた。

公爵が楽しげにセラフィナの目を見つめる。その漆黒《しっこく》の瞳はからかうように細められていた。

「ようこそ、我がブラッドフォードへ。セラフィナ嬢、私は君を心から歓迎するよ」

セラフィナは公爵にエスコートをされ、ハワード邸へと足を踏み入れた。そのあとメイドに豪華な応接間に案内され、きっちり三十分も放置されている。

セラフィナは少々苛立ちながらもその三十分を耐えた。この一年間、料理に、給仕に、皿洗いに、買い出しにと目の回る日々を送り、いつの間にやらせっかちになっていたのだ。セラフィナはすっかり貴族の世界から遠ざかったおのれを実感した。そして、とうとう我慢ならずにソファから立ち上がった——ところでジョーンズが迎えにやってくる。

「大変お待たせいたしました。グリフィン様の執務室へご案内いたします」

セラフィナは恥ずかしくなって、小さく「はい」と答えるしかなかった。

執務室へ向かう途中、大廊下の上側にずらりと掲《かか》げられた、歴代の当主の肖像画に眺めるともなしに目をやる。そしてかすかな違和感を覚え、足を止めた。

初代から先代までのブラッドフォード公の髪は、全員がブロンドや白に近い淡い金であり、目はエメラルド・グリーンだ。ところが最後の肖像画——現公爵グリフィンだけは漆黒《しっこく》の髪と瞳である。光を思わせる色の持ち主ばかりの中で、闇を映したその姿は異彩を放っていた。

なぜ現公爵だけが黒なのかと不思議になる。母親である前公爵夫人から受け継いだのだろうか。

「セラフィナ様？」

セラフィナはジョーンズの声にはっとなった。ジョーンズは立ち止まりセラフィナを待っている。

「も、申し訳ございません」

セラフィナはふたたび歩き出しながら、公爵本人に関する乏《とぼ》しい記憶を探った。ブラッドフォード公は見てのとおり魅力的な男性で、縁組を狙う高位の貴族があまたいると聞いたことがある。社交界にデビューして間もなかったセラフィナは、一生関わり合いになることなどないと思い込んでいた。

なのに、なぜこうしてブラッドフォード公の間近にいるのか。人生とは予想できないものだと溜め息を吐《つ》く。そうこう考えているうちに、とある一室に辿り着き、ジョーンズが金塗りの取っ手のある扉を叩いた。

「セラフィナ様をお連れしました」

しばらくの沈黙ののち公爵が短く命じる。

「入れ」

ジョーンズはセラフィナを導くと、公爵に頭を下げ、静かに退室する。

公爵は大きな窓の縁《ふち》に手をかけながら、ゆっくりと振り返りセラフィナに目を向けた。セラフィナはスカートの裾《すそ》を摘まみ、慣れた動きで礼をした。貴族社会から遠ざかっていたとはいえ、幼いころから学んだ淑女《しゅくじょ》としてのマナーは、簡単に忘れるものではない。

「本日よりお世話になります。どうぞよろしくお願いします」

姿勢を正してあらためて公爵に向き直る。公爵は漆黒《しっこく》のトラウザースと上着に身を包み、内側には灰色のベストと白いシャツを纏《まと》っている。旅装ですら容姿の見事さは十分にわかったが、貴族としての装《よそお》いがもっとも似合う男性なのだと思い知らされた。それでいて闇色の瞳には貴族らしからぬ野心の光がある。

漆黒《しっこく》と天上の青の眼差しが、十フィートの距離越しに交差する。それを合図に公爵は書斎机の椅子に腰かけ、書類を取り出して置いた。

「それでは、契約を結ぼうか」

セラフィナが机に歩み寄り目を落とすと、契約書にはこう書かれていた。

「結婚契約書　夫妻は伴侶《はんりょ》として助け合うことを約束し、本契約を締結《ていけつ》する。

第一条　この契約は結婚の成立より二年間に限定される。

第二条　離婚後、夫は妻の身分の放棄と安全を保証する。

第三条……

……

第六条……

契約成立日　大陸暦×××年十月十日
夫　グリフィン・レイヴァース・ハワード　妻　セラフィナ・グレイシー・レノックス」

片隅にはハワード家の紋章《もんしょう》が刻印されており、正式な書類であることがわかる。契約書は顧問弁護士により三通作成され、一通は公爵が密封してその弁護士に預け、もう一通は公爵自身が、最後の一通はセラフィナが保管することになった。奇妙な結婚の契約は、こうして締結《ていけつ》されたのである。

内容を知る者はグリフィン、セラフィナ、顧問弁護士、そして腹心の従者ジョーンズだ。

公爵は机の上に手を組むと、正面に立つセラフィナを見上げた。

「一ヶ月後に王都のタウンハウスで舞踏会を執《と》り行う」

その場で親族一同や貴族らにセラフィナを紹介するのだそうだ。実質的な婚約披露なのだろう。

ずいぶんと早急なスケジュールに、セラフィナもさすがに驚いてしまう。

「横槍《よこやり》が入る前にことを済ませたいからな。君にも舞踏会までにやるべきことがある」

横槍《よこやり》とはなにかと首を傾げるセラフィナに、公爵は引き出しから紙束を出し、渡した。枚数にして七、八十は下《くだ》らないだろう。一枚目にはある人物の姓名や生年月日、身体的特徴や家族構成、ハワード家との関係が記載されている。

「……？　こちらはなんでしょうか？」

公爵は皮肉気な笑みを浮かべた。

「舞踏会の参加者名簿――横槍《よこやり》どもの情報だ。ここにレノックス家や君の母親の実家であるカーライル家も加わることになる」

セラフィナは思わず顔を上げる。

「二十九枚目まではハワード家の一族。三十枚目からは関わりの深い王族、及び貴族の情報だ。まずはこれらのすべてを頭に叩き込むんだ」

「なっ……」

「それに王都で最先端の文学、音楽、芸術、ダンスの学習も必要だな。明日にでも講師を呼ぼう。なに、君にならたやすいだろうさ。その他わからないことがあれば、なんなりとジョーンズに聞くといい」

つまりは大量の情報と洗練された都会の流行を、この一ヶ月で身につけろと命じているのだ。

最後に、公爵は冷や汗を流すセラフィナの頭からつま先までをざっと見下ろした。

「あと、知識だけではなく肉もつけてもらおうか」

よく学び、よく動き、よく食べる。その三つが花嫁修業だ。セラフィナは契約書を取り交わした以上、なにを命じられようと従うつもりだった。しかし、最後の「肉をつけろ」にはがっくりとなってしまう。公爵は偽りの妻とはいえ、貧相な容姿の小娘では美意識を疑われるとでも考えたのだろうか。割り当てられた豪奢《ごうしゃ》な自室でひとり落ち込む。

セラフィナは寝台に突っ伏し枕を抱き締めた。クレアやエリカからもさんざん外見を、「幽霊のようだ」「陰気《いんき》くさい」と言われ、家族の団らんから遠ざけられてきたのだ。気にしないように努めていたが、他人に、それも異性に指摘されるとあらためて傷ついてしまう。それに、多少肉をつけたところで、美醜《びしゅう》がどうにかなるとも思えなかった。

それでも、人生を勝ち取るためならば、こうして心を痛めている場合ではない。最大限の努力をすべきだと、セラフィナは誓いを立てたのだった。

そうしてその夜、早速第一の試練を課された。セラフィナはテーブルに置かれた、何皿もの贅沢《ぜいたく》な料理を呆然と眺める。メイドとセラフィナだけのがらんとした食堂で、それらは圧倒的な存在感を放っていた。

二種類の豆がたっぷり入ったスープに、ローストビーフの焼き野菜添え、ブラッドフォード風のプディング、三つのパンと盛りつけられたバターがある。極めつきがアップルパイの生クリーム添えだ。これらの料理をパン一欠片《かけら》、スープ一滴も残さず、すべて平《たい》らげろとの命令だった。少食のセラフィナには拷問《ごうもん》に近い。

「あ、あの……」

セラフィナは脇に控えるメイドを呼んだ。

「はい、なんでございましょうか?」

「その……もう少し量をなんとか……」

「お残しは一切なきように。閣下からのご命令です」

メイドがぴしゃりと先手を打った。

「御用があればベルでお呼びください」

そう丁寧に告げ、奥に引っ込んでしまう。

セラフィナは肩を落とすと、まずスープから手をつけた。ベーコンの旨味《うまみ》と野菜、豆の組み合わせが絶妙な味わいである。だが、一杯の量が食堂での二杯分はあった。すぐに満腹になるのだが、そんな言い訳は許されないのだろう。セラフィナは覚悟を決めると、銀のナイフとフォークを武器に、最大の敵であるローストビーフに挑んだ。

けれど、結局半分もいかないうちに挫折《ざせつ》する。量が多いこともあるが、たったひとりで食事を取るのが苦痛だったのだ。胃にだけでなく、胸にも食べ物が詰まってしまう。

食事をともにするかと思われた公爵はとにかく多忙であり、軽食を部屋に運ばせ、執務の合間に口にするだけらしい。成人以来そのような状況であると、先ほどのメイドに説明された。もっともあの公爵と食事をしたところで、まともに喉を通るとも思えなかったが――

しかし、がらんとした食堂は、セラフィナにレノックス家での日々を思い出させる。クレアに食事の時間を別々にされてからは、ヘンリーやエリカの笑い声のする食堂前を、逃げるように駆け抜けていた。ひとりきりの食事を美味《おい》しいと感じず、細い食がさらに細くなったのもこのころだ。

セラフィナは孤独には慣れていたはずなのに、なぜこれほど寂しく、悲しく、食事が詰まるのかと考えた。そして、町で過ごした一年間は、いつもエリナーと一緒に食事をしていたからだと思い至る。エリナーはいつも自分のスープから、セラフィナに具を分けてくれていた。

『フィーナ、もっとお食べ。あんたはまだ大きくなるんだからね。はい、玉ねぎ、大好きだろう？』

どうやらあの町ですっかり心が弱くなってしまったらしい。セラフィナはふたたびローストビーフを口に運ぶ。美味《おい》しいはずが、味を感じられなかった。


第一の試練に苦戦している中で、セラフィナは最先端の文学、音楽、芸術、さらに手渡された名簿の内容を、一気に頭に詰め込まなければならなかった。

文学、音楽、芸術はまだいい。新たな知識を得るのは楽しく、一流の講師による授業もやりがいがある。問題は手渡された名簿で、名前や生年月日、身体的特徴や家族構成、ハワード家との関係といった、単調な情報をひたすら頭に叩き込むのだ。無機質でつまらないだけではない。次第にそれらの情報が、人間だと思えなくなってきたのだ。

どうしたものかと机に突っ伏したところで、セラフィナは公爵の台詞《せりふ》を思い出した。

『その他わからないことがあれば、なんなりとジョーンズに聞くといい』

「そうだわ。ジョーンズ様なら……」

セラフィナはむくりと身体を起こすと、机の脇に据《す》えつけられた呼び鈴を鳴らす。それからまもなくやってきたジョーンズは、セラフィナの頼みを聞いて首を傾げた。

「名簿の皆様の趣味や特技、性格や評判ですか？」

「はい。できるかぎりで構わないので、それらを教えていただきたいのです」

名簿の情報だけでは記憶した端から忘れてしまうだろう。個人の人間味のある全体像を掴んでおきたかった。ジョーンズに名簿を見せてそう訴えると、彼もそれを捲《めく》りながら頷く。

「確かにこれでは記憶しにくいですね。私が覚えている限りはお教えし、残りは調査させた報告書を、後日セラフィナ様にお渡しします」

セラフィナはジョーンズの提案に、ようやく胸を撫《な》で下ろした。

「とりあえず、ご存知のものだけこの場で教えていただけませんか？」

「かしこまりました。アルファベット順でよろしいでしょうか？」

ジョーンズはセラフィナが頷き、メモを手にしたのを確認してから、順に各人の情報を挙げていった。

「それでは男性の皆様から。まずは王太子アレクサンダー殿下ですが、殿下の一番の趣味は女性です。人妻も未婚も関係ありませんので、セラフィナ様もお気をつけください。なので、軽くあしらっておけば結構です。申し上げたようにちょっと困った方ですので」

「……」

「続いて弁護士のロバート・アボット氏。グリフィン様が当家弁護士として、先代から雇い入れている方です。今回の結婚の契約書を作った方ですね。歴史書の収集家としても有名です」

「なるほど」

そうして話を聞いているうちに、それぞれの人物像が浮かび上がり、生きた人間として頭におさまっていくのを感じる。ジョーンズはそのあと数十人の人物について語り、やがて名簿の「H」のページを捲《めく》った。

「最後にグリフィン・レイヴァース・ハワード、現ブラッドフォード公」

セラフィナは「えっ」と顔を上げる。公爵の名も記載されているとは思わなかったのだ。

「グリフィン様も参加者ですから」

ジョーンズは笑いながら説明する。

「前公爵であるセオフィラス様が亡くなり、昨年爵位を継承《けいしょう》されていますが、実質的にはそれ以前から、当主の責任を負っておりました。というのも、セオフィラス様は七年前に病《やまい》に倒れられ、亡くなるまで長く寝たきりだったのです」

その間、公爵が代理として執務に当たっていたのだそうだ。宮廷では外務大臣の補佐を担当しており、国王や王太子からの信頼も厚いのだという。

「ちなみに、その手段を選ばぬ仕事ぶりや髪と目の色から、『漆黒《しっこく》の悪魔』とも呼ばれているのだとか」

悪魔などという物騒《ぶっそう》なあだ名に、セラフィナの手が止まった。

「あ、悪魔、ですか？」

「そうなんですよ。ひどいものでしょう」

ジョーンズは首を振って苦笑する。

「アルビオンでは黒い髪も黒い目も珍しいですので。黒は不吉な色だとも言われていますから、そのせいで悪魔と呼ばれるのでしょう。それと……」

そう言って公爵のページを指で辿る。

「もうじき誕生日を迎えられ、二十五歳となりますね」

セラフィナは目を見張った。ジョーンズから名簿を返されて確認したが、なんと一週間後が公爵の誕生日である。

「お祝いや晩餐会《ばんさん》はされないのですか？」

「はい。面倒だからしないとおっしゃっています」

名のある貴族は誕生日などの個人的な記念日にも、なにかにつけて人を集めることが多い。ところが、公爵はその機会を社交の場として利用する気はないのだという。

「じゃあ、毎年ずっとおひとりで誕生日を迎えられているんですか？」

「少なくとも私がグリフィン様の従者となったころには、すでに現在と同じ状況でした」

セラフィナには考えられない話だった。セラフィナですらクレアたちがくるまでは、毎年誕生日を祝ってもらっていた。レノックス家を出たあとの十六歳の誕生日では、エリナーと仲のいい常連らに、真鍮《しんちゅう》の櫛《くし》を贈り物としてもらったのだ。

「それは……寂しいですね」

セラフィナは無意識のうちに呟いていた。

その夜ベッドに横になったのち、公爵の誕生日はどうしたものかと頭を捻《ひね》った。偽りであれ婚約者となったのだから、ささやかなお祝いくらいはしたい。とはいえ、公爵に相応《ふさわ》しい贈り物など思いつかない。金で買えるものはすべて持っている人物であるうえに、それらのどれもが一流品ときている。

セラフィナは枕元のランプを消すと、キルトを頭まで被って中で丸まった。そして、今までの誕生日でなにが嬉しかったかと記憶を辿る。母のアンジェラと過ごした十三回の誕生日。エリナーと過ごした十六回目の誕生日……

セラフィナは眠りに身を任せながら、ごく当たり前の、だからこそ気づきにくいその事実を悟った。誕生日にもらって一番喜んだもの――それは花でもドレスでも宝石でもない。セラフィナは公爵への贈り物を決め、深く安らかな眠りについた。

そして、いよいよ公爵の誕生日。ところが、彼は領地の視察に出かけるということで、早朝にカントリーハウスを発《た》つことになっていた。

セラフィナは公爵が出かける際には、見送りと出迎えをしている。ただし、午前六時以前に出かける場合と午後十時以降に戻る場合は、大変だろうからそこまでする必要はないと言われていた。

公爵のその日の出発は午前五時だった。いつもであればセラフィナはまだ床《とこ》の中である。だが、公爵の誕生日を祝うため、意志の力で眠気を振り払って、玄関の広間に見送りにいく。彼はメイドに漆黒《しっこく》の外套《がいとう》を着せられながら、同じ色の瞳をセラフィナに向けた。

「早いな。どうした？」

「はい。目が覚めてしまって……」

「そうか。なら、あとからもう一度眠るといい」

最後に帽子を被ると身を翻《ひるがえ》す。

「では、いってくる。君もなにかと大変だろうが、身体を壊さない範囲で頑張ってくれ」

「は、はい。かしこまりました。あ……あの!!」

セラフィナは慌ててその背に声をかけた。

「なんだ?」

振り返った公爵に用意していた一言を告げようとしたが、周囲の執事やメイドが気になってしまい、言い出せない。

「……申し訳ございません、なんでもございません。どうぞお気をつけて」

「……?　ああ、わかった」

公爵は一瞬訝《いぶか》しげに眉を顰《ひそ》めたものの、そのままハワード邸をあとにしたのだった。

見送りで失敗したセラフィナは、出迎えのときにはと決意をかためる。しかし、その気持ちとは裏腹に、視察が長引いているのか、公爵の帰りは遅かった。セラフィナの授業がすべて終わり、針が夜十時を回っても、馬車が到着する気配すらない。十一時を過ぎた時点でさすがに不安になり、頻繁に時計に目を向けてしまう。今日中でなければ意味がないのだと焦りが募《つの》った。

さらに時間が過ぎ、セラフィナが諦めかけて横になったころ、窓の外からかすかに馬のいななきが聞こえた。セラフィナは弾かれたように身体を起こし、寝間着の上に素早くガウンを羽織って、玄関の広間へと飛んでいく。

メイドらはすでに床《とこ》に就いているのか、彼を出迎えているのは執事だけだ。公爵は帽子と外套《がいとう》を執事に預けている。セラフィナが駆けつけると、彼はすぐさま足音に気づき首を傾げた。

「セラフィナ？　なにかあったのか？　そんな格好では冷えるだろう」

「あ、あの……」

セラフィナがちらりと執事を見ると、公爵はそれだけで大事な用があるのだと察したらしい。執事を振り返って下がるよう命じた。執事もセラフィナに目を向け、意味深に微笑む。

「仲良きことはよきことです」

そう言って一礼をし、優雅な足取りで広間を立ち去った。セラフィナは二人きりになったのを確認すると、息を切らしつつ公爵の前に立った。

「あの……まずはお帰りなさいませ」

「ああ、ただいま」

しばし沈黙が落ちる。セラフィナは少々躊躇《ためら》ったものの、もう時間がないと公爵を見上げた。そして、満面の笑みを浮かべたのだ。

「お誕生日おめでとうございます」

なんの作為《さくい》もない心からの笑顔に、漆黒《しっこく》の切れ長の目が見開かれる。

「それから、伝えるのが遅くなりましたが、女将《おかみ》さんを助けていただいて、どうもありがとうございます。閣下がいらっしゃらなければ、女将《おかみ》さんも私も無事ではいられませんでした。心から感謝しています」

セラフィナが誕生日にもっとも嬉しかったのは、高価な贈り物そのものではなく、こうした心からの祝福と感謝の言葉だった。生まれてきてくれてありがとう。あなたがいるおかげで幸せでいられる。そんな思いの込められた言葉たちだ。だからこそ、それを公爵にも贈りたかったのだ。

彼は一度息を吐《つ》き黙っていたが、やがてガウン姿のセラフィナを見下ろした。

「まさか、君はこんな時間まで、その一言を言うためだけに私の帰りを待っていたのか？」

セラフィナがこくりと頷くと、公爵は唇の端に苦笑いを浮かべる。

「私は君を強引にこの結婚に巻き込んだんだがな」

「そ、それでも、私と女将《おかみ》さんは助かりましたから――」

次の瞬間、頭に骨ばった手が乗せられる。セラフィナが驚いて顔を上げると、闇色の瞳にはいつになく優しい光が浮かんでいた。

「ありがとう」

公爵の長い指が、艶《つや》を帯び、亜麻色《あまいろ》となった髪に埋《う》められる。

「社交辞令ではない誕生祝いの言葉は久しぶりだ」

どこか人間離れした印象のある彼の、嬉しそうな表情に驚きを覚えてしまう。思いがけないことに、セラフィナの心臓が小さく鳴った。

「君はいつもこんなふうに祝ってもらっていたのか？」

「は、はい……」

公爵の手がセラフィナの小さな頭をなぞる。大人の男性に頭を撫《な》でられるのは、これが初めてかもしれないと、セラフィナは片目を閉じながら思った。だが、決して嫌な気分ではなく、手の平の温かさに心地よさすら覚える。

「礼をしなければならないな」

公爵は階段近くに置かれた花瓶に近づき、小ぶりな白いケシの花を一輪手に取った。セラフィナのもとに戻ると、そっと長い髪を掻《か》き上げ、耳元に花飾りとして留める。

「よく似合っている」

その瞬間、時計の長短の針が重なったのだが、公爵もセラフィナも互いを見つめ合ったまま、特別な一日が過ぎたことに気づかなかった。

その日以降、セラフィナは公爵が外出の際には、どれだけ遅くなろうとも、必ず迎えに出るようにした。そして公爵が帰宅後の十分間は、二人で広間で談笑する。そうすると翌日の授業にも不思議とやる気が湧いた。

花嫁修業は文学、音楽、芸術などの座学は順調である。残された最大の難関はダンスだった。セラフィナは幼いころから運動が大の苦手であり、流行曲のリズムを身につけるのに苦労していた。

「はい、ここでターン！　ステップ！　またターン！」

男性講師の声ががらんとした大広間に響き渡る。ハワード邸の大広間を練習のために貸し切るなど、今後の人生で二度とない贅沢《ぜいたく》に違いない。そんなことを心の片隅で考えながら、セラフィナは必死に指示に従い、素早く軽《かろ》やかな動きについていった。

数曲分が終わったところで、パートナーも務める講師が動きを止める。

「セラフィナ様、そろそろお疲れでは？」

「……いいえ、大丈夫です」

セラフィナは荒い息を落ち着かせ、顔に浮かんだ汗を振り払った。足はマメだらけになっているが、もう痛いとも感じていない。それに、食堂ではこの程度の軽傷など、文字どおり日常茶飯事《さはんじ》だったのだ。

「今日はこの曲ができるようになるまでお願いします」

「セラフィナ様は粘《ねば》り強い方ですね」

「そう、でしょうか？」

「ええ、まことに」

一年間朝から晩まで立ち働き、足腰と体力が鍛《きた》えられたからだとは、さすがに打ち明けることはできなかった。けれど、講師はセラフィナの後ろめたさを、恐縮していると受け取ったらしい。

「大概《たいがい》のご令嬢は一時間も練習すればお疲れになってしまいます。『足が痛い、どうせ殿方がリードするのだから、ダンスの上達など最低限でいい』とおっしゃる。ですが、ダンスとは男性に頼り切るものではなく、ともに作り上げなければ、人を魅了する美しい動きにはなりません。女性もできる限りは練習に時間をかけたほうがいいのです」

講師はそう熱弁をふるったあと、セラフィナの耳に口を近づけこう囁《ささや》いた。

「いいことを教えて差し上げましょう。ダンスは才能ではありません。ダンスに限らず物事は練習量――日々の努力がすべてです。努力家なセラフィナ様はどのご婦人よりもお上手になりますよ」

セラフィナは講師に目を向け瞬《しばた》かせる。

「努力がすべて？」

「そのとおりです」

講師が慣れた動きでターンをすると、組んでいたセラフィナの視界もくるりと回った。

「努力でままならないものは人の心と身分だけです」

セラフィナは講師にリードされ、軽やかに輪を描き踊り始める。確かに昨日より、一昨日《おととい》より、一週間前よりも滑《なめ》らかになった。明日はさらにうまくなれるのかと思うと、次第にダンスが楽しくなってくる。嬉しさに知らず笑みが零《こぼ》れた。

「ふふっ……」

なんの作為《さくい》もない心からの笑顔だった。講師も釣られて笑みを浮かべる。

「素敵な笑顔ですね。笑顔は化粧より、ドレスより、女性を美しく見せますよ」

ようやく一曲を危なげなくこなせるようになり、これで終わりだと足を揃えた直後のことだった。

セラフィナは大広間の出入り口がいつの間にか開かれ、黒い影が近くの壁に背をつけているのに気づいた。

「閣下……!?」

そう、公爵が腕を組んでセラフィナを見ていたのである。セラフィナはあの下手なダンスを観察されていたのかと、顔と身体が一気に熱くなるのを感じた。講師も慌ててセラフィナに倣《なら》い、敬礼の姿勢を取る。

「申し訳ございません。レッスン中につき、ご挨拶《あいさつ》が遅れました」

「……いい。こちらの用事もすぐに終わる」

公爵はセラフィナに歩み寄ると、恐縮する彼女を見下ろした。セラフィナはドレスの裾《すそ》を摘まんだまま、いつから大広間にいたのか、どう思われているのかと緊張してしまう。

今まで、公爵がセラフィナの授業に顔を出すことはなかった。なのに、なぜ今日は姿を現したのだろうか。なんとなく照れくさく、つい足下を見てしまう。

「一足早く王都へ発《た》つ。見送りは必要ない」

「えっ……」

思いがけない一言に驚き、セラフィナは顔を上げた。

「国王陛下、並びに議会の要請だ」

公爵は宮廷で外務大臣の補佐役を務めていると聞いていた。それでは外国と緊急の問題が発生したのだろうか。

「詳しくは言えないが、大陸のアレマニア帝国で事件が起きた。我が国の外交にも関わる事態となっている。舞踏会の予定は変更しないが、ブラッドフォードに戻る時間はないだろう。君とは舞踏会前日に、王都のタウンハウスで落ち合うことになる。詳細は追ってジョーンズに連絡させる」

「かしこまりました」

セラフィナはそう答える以外にない。

「いってらっしゃいませ。道中、どうぞお気をつけくださいませ」

「……」

「あ、あの、閣下？」

公爵は無言でセラフィナの髪に手を埋《うず》めた。セラフィナはその指の長さと手の温かさに、誕生日の夜のやり取りを思い出す。白い頬が知らず熟した桃の色に染まった。一方、公爵はセレストブルーの双眸《そうぼう》を見下ろしたまま、セラフィナだけに聞こえる声でぽつりと呟いた。

「あの笑顔は合格だ。他の男にも見せるのは感心しないが……」

「えっ……」

セラフィナが目を瞬《しばた》きつつ公爵を仰ぐと、彼は唇の端をかすかに上げていつもの笑みを見せる。

「冗談だ。しかし、ダンスはもう少しマシにしなければならないな」

――意訳で「下手だ」と駄目出しされてしまった。

セラフィナは公爵が大広間から立ち去ったあとも、ドレスの裾《すそ》を摘まんだ姿勢でかたまっていた。

「セ、セラフィナ様……」

講師がおずおずとセラフィナに声をかける。

「お、お疲れでしたら、今日はこれで終わ――」

「いいえ、先生」

セラフィナはゆらりと顔を上げると、講師を真っ直ぐに見据《みす》えた。

「あ、あの、セラフィナ様？」

彼女のギラギラと光る瞳に講師はたじろぐ。三十路《みそじ》も間近な優男《やさおとこ》が十六の少女に気圧《けお》されるさまは、傍《はた》から見ればさぞかし滑稽《こっけい》だったろう。

セラフィナは託宣《たくせん》の巫女《みこ》のごとく、重々しい口調で講師に告げた。

「……この曲は是が非でも今日中に終わらせるつもりです。お手数ですがもう一時間お付き合い願えますか」

そうして日々を慌ただしく過ごしていたら、婚約披露の舞踏会もいよいよ明日となった。

王都のハワード家のタウンハウスは、カントリーハウスとは建築された年代も趣《おもむき》も異なる。カントリーハウスは抜きん出た壮麗《そうれい》さを追求しているが、タウンハウスは周辺の邸宅との調和を重視しているらしい。

屋根は三角で灰緑色《かいりょくしょく》、壁は焦げ茶色と一般的だけれど、やはり規模は突出していた。王宮を臨む一等地を陣取ったうえ、最新の技術により四階建てとなっているのだ。だが、セラフィナにはその見事さに感動する心の余裕などなかった。いよいよ明日が舞踏会であり、公爵の婚約者として、セラフィナの初お披露目《ひろめ》でもある。

公爵に恥を掻《か》かせてはならない——そればかりを考えていたのだ。

これから公爵、執事、ジョーンズ、メイド長らと、最終的な打ち合わせを行うことになっている。セラフィナが居間に通されると、そこにはすでに自分以外の四人が揃い、椅子に腰かけていた。

セラフィナが公爵の隣の席に腰を下ろすと同時に、公爵は開始の声をかけた。

「では、始めようか」

打ち合わせは執事による段取りの確認、メイド長による最終的な出席者の調整、ジョーンズによる警備体制の報告などだった。全員がほぼ完璧に準備を行っており、なんの心配もないと思える出来栄えである。公爵も大きく頷き、ぐるりとみんなを見回した。

「明日の本番もこの調子で行ってくれ。手当ては全員に十分弾む」

彼らは「かしこまりました」と頷くと、それぞれに席を立ち退出した。公爵とセラフィナの二人きりとなったところで、彼が長い足を組んで名を呼ぶ。

「セラフィナ」

「はい、なんでしょうか？」

「披露の舞踏会が迫《せま》っているからか、社交界に君の噂話《うわさ》がはびこっている」

「……‼」

セラフィナの背筋が緊張にぴんと伸びた。

「エドワードとの件でしょうか……？」

公爵は組んだ足に右の肘《ひじ》をついて答える。

「それだけではなく、あることないこと様々だ。噂話《うわさ》は貴族の性《さが》だからだな。私がいよいよ結婚するということで、相手である君の身の上が注目されているんだ」

セラフィナは婚約を破棄されたあの日の失望が、心の痛みが、ふたたび襲ってきた気がした。

「もっとも、舞踏会で君にその件を問い質《ただ》すような身のほど知らずはそうはいないだろう。私を敵に回すということになるからな」

公爵は出席者らに圧力をかけたのだと匂わせると、足を直してセラフィナの目を覗き込んだ。漆《しっ》黒《こく》の眼差しはいつになく真剣であり、セラフィナは心臓が大きく鳴るのを感じる。

「君を表舞台に引き摺《ず》り出したのは私だ。万が一そのような状況になったとしても——」

公爵は力強くこう言い切った。

「君の名誉も安全も、私が必ず守ると誓う」

指の長い手が小さな手に重ねられる。セラフィナはその力強さに目を瞬《しばた》かせた。


ついに舞踏会当日。セラフィナがいるのは、ハワード家代々の奥方や令嬢のための衣装部屋兼、化粧部屋である。

セラフィナは壁の真ん中にある大鏡の前で、メイド二人にコルセットを締めつけられていた。胸元をぎゅうぎゅうと押し上げられ窒息《ちっそく》寸前である。そんなセラフィナを見て、ひとりのメイドが感嘆の声を上げた。

「まああ、これほどくびれたウエストは初めてですわ。手足もすらりとお綺麗《きれい》で、ドレスがお似合いのスタイルですわね」

「ところでお胸はどうしましょう。やはり少々余ってしまうのですが……」

「その場合には詰め物をしろとの指示書がございますわ」

「あら、閣下の文字ですわね」

「相変わらず達筆ですわ」

メイドたちのてきぱきとした作業を目にしながら、セラフィナはとても豊かとは言えない胸を見下ろす。一ヶ月に亘《わた》る飽食《ほうしょく》の日々で「ない」からは脱出できたが、「ある」とはいい切れない状況である。小ぶりな膨らみは手で覆えば隠れてしまい、豊満な女性が好まれるアルビオンにおいては、胸と呼べないのではないだろうか。

思えば記憶にあるアンジェラも、エリナーも、こうして支度を手伝うメイドすら、身近な女性はみんなたわわな胸をしている。クレアやエリカも細い身体に反して豊かな胸の持ち主だった。

セラフィナは不意に思い出した家族の名前に、呼吸が苦しくなるのを感じる。今日はレノックス家の面々とエドワードも招待されていた。家出などという令嬢としては考えられない真似《まね》をし、一年も行方を晦《くら》ませていた娘に、彼らはどのような態度を取るのだろうか。

ジョーンズから聞かされたところによると、公爵家にレノックス家が逆らえるはずもなく、結婚の申し込みには、早々に了承の返事があったそうだ。何度か嫁入り支度をする名目で、セラフィナを帰宅させるよう要請があったとも聞かされた。

それに対し、公爵は「持参金は必要なく、嫁入り道具や結婚の準備も、ハワード家が取り計らう」と突き返したのだという。これればかりは公爵に深く感謝した。レノックス家に帰ってしまえばなにをされ、どう言われるのかわからないのだ。だが、今日は逃げられないのだから、覚悟を決めなくてはいけない。

そんなことを考えているうちに専用の下着への取り替えが終わり、今度はドレスの着つけをされていく。布地は瞳の色に合わせ、上品な水色だ。空《あ》いた胸元と肘《ひじ》までの袖の先には、白いレースと薄紅色のリボンがつけられている。アクセサリーはダイヤモンドとアクアマリンのイヤリングをつけられた。布地も、仕立ても、宝石も、なにもかもが最高級なのだと聞かされる。

だが、セラフィナは美しいドレスや宝石で身を飾る喜びよりも、みっともなくはないか、貧相ではないかということばかりが気になってしまう。

続いて鏡台前に座らされ、目を閉じろと指示された。長い髪は緩《ゆる》やかに巻かれ、一部は結い上げられた。頬には白粉《おしろい》を叩《はた》かれ紅《べに》を添えられ、瞼《まぶた》にはアイシャドウを乗せられる。メイドらが口紅はピンクにするか、ローズにするかと議論を始めたところで、部屋の扉が二度軽く叩かれた。向こう側からジョーンズの声が響き渡る。

「閣下のお越しなのですが、身支度はいかがでしょうか」

メイドのひとりが慌てて扉に駆け寄る。

「お化粧が途中なのですが……」

すると、公爵はジョーンズを介し、「その程度なら構わない」と答えたようだ。すぐさま扉が音もなく開かれ、セラフィナは正装姿の公爵を見た。

今日は濃紺《のうこん》の上着と同色のトラウザース、白い絹のシャツを身に纏《まと》っている。その服装にセラフィナは首を傾げた。以前この服装をした公爵と、会ったことがある気がしたのだ。だが、時と場所が思い出せない。

「セラフィナ？」

セラフィナの様子を不思議に思った公爵が、彼女を呼んだ。セラフィナは我に返って慌てて立ち上がり、ドレスの裾《すそ》を摘まんだ。その間に公爵が歩み寄る。

「本日はよろしくお願いします」

おそるおそる公爵を見上げたのだが、彼はなにも言わない。ただ、その目は見開かれ、黒い瞳の奥に欲望の光が瞬《またた》いていた。

「閣下……？」

「……悪くはない」

セラフィナが驚く間に、公爵は鏡台に手を伸ばした。

「しかし、やはり血色が足りないな。そうだな……この珊瑚色《さんごいろ》がいい」

繊細な色彩が詰められた口紅の一つを選び、紅筆《べにふで》に色を含ませてセラフィナの頬に手を添える。

空気に呑まれていたメイドらがはっと我に返り騒ぎ始めた。

「閣下、そのような作業はわたくしどもが……」

だが、公爵は魅惑的な微笑みを浮かべてこう返したのだ。

「あいにく男だろうと女だろうと、私は婚約者の唇は他の誰にも触れさせたくはない」

紅筆《べにふで》が唇の輪郭《りんかく》をゆっくりと辿り始める。触れられている頬はひどく熱く感じた。熱が公爵のものなのか、自分のものなのか、わからない。その行為は数分にも満たなかったが、セラフィナには一時間にも、二時間にも思われた。

やがて公爵は紅筆《べにふで》を置くと、はみ出した部分を親指で整える。メイドたちは揃って頬を赤く染め、いたたまれないといったふうに顔を背《そむ》けていた。一方、彼はセラフィナの耳元に口を近づけ、彼女だけに聞こえる声で告げる。

「さて、セラフィナ、これより先が君の仕事場であり戦場だ」

「……！」

「一挙一動を観察され値踏みされる。望むものを手に入れるためにも、君は随一《ずいいち》のレディにならなければならない」

いよいよ始まるのだとセラフィナは身をかたくした。それでも、迷いなく真っ直ぐに公爵を見上げる。

「……かしこまりました。契約が終わるまで、お勤めさせていただきます」

「では、いこうか」

公爵が腕をくいと曲げセラフィナに差し出す。セラフィナはその腕をしっかりと掴み、公爵とともに化粧部屋を出た。

客人らが待つ大広間へ一歩近づく毎《ごと》に、心の中であの言葉を唱《とな》える。

『セラフィナ、自分の力で立ち上がって、背を伸ばして、前を見なさい。あなたにならできるわ。あなたは強い子なのだから……』

しかし、どれだけ唱えていても、今日は無意識のうちに公爵の腕に回した手に力を込めてしまう。

公爵がセラフィナの横顔を見下ろし、安心させるかのように声をかけた。

「君は私が守ると言っただろう？」

その言葉を聞いて、昨日の彼の力強い手と眼差しを思い出した。セラフィナは今までひとりで前を向いて立っていたが、今日は隣に公爵がいる。それはとても心強かった。

いよいよ大広間の出入り口へと辿り着く。控えていた二人のドアマンが、小さく頷き扉を開いた。

朗々《ろうろう》とした声が室内に響き渡る。

「ブラッドフォード公グリフィン閣下、およびレノックス卿ご令嬢セラフィナ様のお越しです」

華美と虚飾《きょしょく》に満ち溢れた貴族の世界に、セラフィナはふたたび足を踏み入れた。

シャンデリアの細工に散らされた炎の光が眩《まぶ》しい。光はその下に集《つど》う女性たちを色鮮《あざ》やかな花々のように見せる。赤、紫、青、緑、黄、橙《だいだい》と、様々なドレスが揺らめいていた。男性たちの上着の黒や紺、濃い灰がそれらの引き立て役となり、花々をよりいっそう美しく演出している。

公爵とセラフィナは花園となった大広間を、真っ直ぐ進んでいった。客人らに見え隠れするのは純粋な賛美や感嘆である。しかもそれらは公爵にではなく、明らかにセラフィナに向けられていた。

「やはりご息女だけあり似ているな」

「ああ、亜麻色《あまいろ》の髪といい瞳の色といい、あの方に瓜二《うりふた》つだ。昔は憧れていたものです」

なんの話かと戸惑うセラフィナに構わず、公爵が中央で足を止める。すると、すぐに彼らに取り囲まれてしまった。

「おめでとう」

「この度はご婚約、おめでとうございます」

みんな口々に祝福の言葉を述べ、目を細めてセラフィナを眺めた。

「いよいよ身をかためるとお聞きし、どのようなご令嬢が閣下を射止めたのかと思っておりましたが、これほどお美しい方だとは」

セラフィナはその賛辞を信じられず、乾いた笑いが出る。十六年の人生で「ほっそりとしている」「賢そうでいらっしゃる」と言われたことはあっても、お世辞でも「美しい」などと褒められたことはなかったからだ。なるほど、これが中央の貴族らの挨拶《あいさつ》なのかと納得しかけたところで、セラフィナは前にきたひとりの女性に目を奪われた。

「まったくですわ。わたくしなど、閣下は独身を貫《つらぬ》くとばかり思っておりました。閣下とのお付き合いはもう何年になるのかわかりませんが、結婚される素振りなど、どこにもございませんでしたから」

豊かな金褐色《きんかっしょく》の巻き毛と琥珀色《こはくいろ》の瞳に、深紅《しんく》のドレスを身に纏《まと》った妖艶《ようえん》な美女だ。赤い唇とそばの黒子《ほくろ》がなまめかしい。この貴婦人はブラウン伯爵の未亡人・クローディアだろう。この日のために記憶した名簿の情報と一致する。

セラフィナが知るクローディアの身の上は次のような内容だ。ハワード家の縁戚である彼女は、二十代前半にもかかわらず、夫のブラウン伯爵を病《やまい》で亡くしている。二人の間に子どもはおらず、クローディアもまだ若いために、再婚話は引きも切らないと聞いた。ところが、本人はすべて突っぱねているのだという。

亡くなった夫を忘れられないのかと思っていると、クローディアが不意にこちらを向いた。首を傾げ軽やかに笑う。

「招待状が届いた際にはいつものご冗談かと思いましたわ。しかし本日セラフィナ様にお会いし、このお美しさならと納得できました。閣下が手に入れたいと願うのは無理もありませんわ」

「いつも」に心なしか力が籠《こ》められている。クローディアは横目でセラフィナを見ていた。

「だからこそわたくしは少々心配なのです。恋は人を盲目にいたしますから……。セラフィナ様についてはとある噂《うわさ》話をお聞きしたのですが、その件は現在どうなっているのでしょうか？」

人を絡め取るかのような物言いだった。クローディアは噂《うわさ》がなんなのかを言わず、意味深にセラフィナを見つめ続けている。

セラフィナはここでこんな質問をして、公爵から睨《にら》まれるのを恐れないのかと驚いた。だが、呆《あっ》気《け》に取られていたのも数秒で、クローディアは親族なので遠慮がないのだろうと思い直す。

彼女の意図がなんであるにせよ、周囲の客人もセラフィナの顔色を探り始めている以上、下手な対応はできない。とはいえ、セラフィナにはクローディアや客人が、どこまで把握しているのか見当もつかず、どうすべきか迷った。噂《うわさ》といえばまずは婚約破棄の件が思い付くが、家出について漏《も》れ出ている可能性もある。あるいはなにも知らないかもしれないのだ。

セラフィナは数瞬思案したあと、公爵の『君を守る』という言葉を思い浮かべた。自分を信じ、公爵を信じ、堂々としていようと決める。

「噂《うわさ》とはなんでしょう？　心当たりがございません」

クローディアは細い眉をかすかに上げた。

「あら、わたくしの口から申し上げてもよろしいのかしら？」

「……」

「以前、セラフィナ様には別に親しくしていた殿方がいらっしゃったとお聞きしておりますわ」

恐らくエドワードのことだろう。さすがに心臓が一度大きく鳴った。

「その方と一年前の舞踏会で――」

しかしクローディアがすべてを明るみにする前に、公爵がセラフィナを庇《かば》うように一歩進み出る。

クローディアも怯《ひる》んで口を噤《つぐ》んだところで、公爵は魅惑的な笑顔を彼女に向けた。

「クローディア、それは私がセラフィナに恋をしたが、残念ながら二度も振られたという噂《うわさ》か？」

二度も振られたとの言葉に周囲がどよめいた。公爵は愉《たの》しげに大広間を見回す。

「噂《うわさ》にまでなっていては仕方がないな……」

その場の全員が公爵に注目していた。

「そう、あれは一年前のことだったでしょうか。私は気まぐれに、とある舞踏会に参加しました。そこで彼女に一目で恋に落ちたのですが、婚約者がいるからとダンスの誘いを断られたのですよ」

婚約者がいるからとダンスの誘いを断った――セラフィナはその言い回しと濃紺《のうこん》の服装に、ようやくあの日の出会いを思い出す。目と目が合った瞬間に、世界に二人きりになったような、不思議な感覚がありありと浮かんだ。

まさか、あの男性が公爵だったなんて、とセラフィナが目を瞬《しばた》かせている間に、招待客のひとりが驚きの声を上げる。

「なんと！　閣下のお誘いをですか？」

「ええ、婚約者以外の手を取るつもりはないと、きっぱりと振られてしまいました。その誠実さに心を打たれ、ふたたび恋に落ちてしまったのです」

セラフィナは呆気《あっけ》に取られ公爵を見上げていた。客人らはすっかり彼の語りに呑まれている。

「この恋は実を結ばないのかと悩んでいたころ、彼女が婚約を破棄したと知りました。彼女は、婚約者に真実愛する者が別にいると知り、みずから泥を被って身を引いたのです。そうでもしなければ婚約破棄など容易ではない。皆様の中にもその件をお聞きした方はいるかもしれません」

公爵は、どれが嘘でどれが真実なのかはっきりしない、噂話《うわさ》の性質をよく理解しているのだろう。ところどころ脚色を加え、語っている。

「私はほとぼりが冷めたのち、早速彼女に求婚しました。ところが婚約とはいえ一度別の男に貞操を誓った身、二つ心を持つなど考えられないと、やはり断られてしまいました。私はそれでも諦めきれずに、彼女が根負けするまで必死に口説《くど》いたのですよ。彼女のように貞淑《ていしゅく》な女性は昨今どこにもいない。私は嫉妬《しっと》深い男なので、私の妻だけでいてくれる女性を探し求めていたのです」

公爵は優しくセラフィナの肩を引き寄せる。

「こうして私は、彼女というセレストブルーの宝石を、手に入れることができました」

公爵の手にかすかに力がこもった。なにかを言えという合図だとわかり、セラフィナはにっこりと笑みを浮かべる。

「……私は皆様がご存知のように、なに一つ欠点のない淑女《しゅくじょ》ではございません。ですが、自分を卑《いや》しめることとは、私を選んでくださった閣下を卑《いや》しめることでもあります。今後は心身、名実ともにハワード家に相応《ふさわ》しい奥方となるよう、日々の努力を欠かさないつもりです。ただ、未熟者ですので、皆様にご指導を賜《たまわ》るかと思いますが、その際にはどうぞよろしくお願いします」

客人らの中からいくつかの溜め息が漏《も》れた。

「まことに謙虚でしっかりとした方だ。私の娘にも見習わせたいものですな」

大広間の緊張が解《ほど》けるのと同時に、バイオリンとビオラの澄んだ音色が重なり合い、軽やかな曲となって耳を撫《な》でる。舞踏会の開演の時間となったのだ。

第一曲目は主催者とそのパートナーが踊り、数分後に客人らが続くことになっている。客人らはそれぞれのパートナーの手を取り、右に左にと散らばっていった。

クローディアもパートナーとなる男性を見つけたのか、目を伏せてその場から離れる。だが、セラフィナとすれ違った瞬間、低く、粘《ねば》つく声で確かにこう囁《ささや》いたのだ。

「庇《かば》われて、なにもできないだけの小娘のくせに、お綺麗《きれい》な言い訳がお上手ね」

セラフィナがはっと振り返ったときには、クローディアは中年の紳士の手を取っていた。続いてすっかり聞き慣れた低く艶《つや》のある声がセラフィナの背にかかる。

「セラフィナ」

公爵が微笑みとともに右手を差し伸べていた。

「我が婚約者殿、お手をどうぞ」

セラフィナは公爵の手を取り、四分の三拍子のリズムに身体を乗せた。ダンスを毎日三時間は練習したおかげか、もはや自然と手足が動き始める。それに、公爵はダンスの名手なのだろう。リードがうまく、何事もなければこの雰囲気に酔えたかもしれない。

「先ほどはありがとうございます……」

セラフィナは軽やかに踊りながら、誰にも聞こえぬよう礼を言った。自身の醜聞《しゅうぶん》が一気に評判へと塗り替えられてしまった。だが、それは公爵の力によるもので、確かにクローディアの言うとおりなのだと唇を噛み締める。

また、公爵との出会いが脳裏《のうり》に浮かび、照れくささく恥ずかしくなり、ついその美貌から目を逸らしてしまう。彼はそんなセラフィナに微笑みかけた。

「どうした？」

そして、セラフィナの背を掬《すく》い取り、音を立ててターンを踏む。景色がくるりと逆に回り、波打つ髪がふわりと広がった。

「セラフィナ、なぜ私を見ない？　困った娘だな」

今更思い出したなどとは言えず、セラフィナは黙り込むしかない。公爵はそんな彼女の耳に唇を寄せた。

「ともかくここでは笑顔だ。私だけではなく、みなが君を見ている」

公爵の指摘にセラフィナははっとなる。確かに踊らずにいる客人は揃って自分に目を向けていた。ブラッドフォード公の婚約者ともなれば、常にこうして注目されるのだろう。ところが、公爵は内緒話をするかのように囁《ささや》いたのだ。

「違うな。君が心を奪われるほど美しいからだ」

「えっ……」

セラフィナは心を読まれて驚き、漆黒《しっこく》の双眸《そうぼう》を見上げる。美しいと褒められたのにも戸惑っていた。

「私が、きれい……？」

「ああ、そうだ」

公爵は、瞬《まばた》きを繰り返すセレストブルーの瞳を見下ろす。

「女には生まれながらにして美しくなる義務がある。君はようやくその義務を果たしたというわけだ」

「そ、それでは男性の義務とは？」

セラフィナの反射的な質問に、公爵はダンスの速さを上げた。同時に音楽の拍子が変わり、周囲の男女らも動きを変える。

「美しい者を守り、戦うことさ」

二度目のターンでドレスの裾《すそ》が花のように広がり、すぐさま腰をぐいと引き寄せられる。ダンス講師には教えられていない動きだった。胸と胸、睫《まつ》毛《げ》と睫《まつ》毛《げ》の触れ合う距離から闇色の瞳と美貌を見上げ、セラフィナは一瞬息を呑んだ。公爵は彼女の耳元で低く、艶《つや》のある声で囁《ささや》く。

「今夜の君はほぼ完璧だ」

「ほ、ほぼですか？　なにが足りませんか？」

セラフィナはすぐさま公爵の視線が胸元に注《そそ》がれているのに気づいた。コルセットに詰め物をこれでもかと詰め込んだ胸元だ。

「ま、まさか足りないって……」

悲鳴を辛《かろ》うじて呑み込む。やはり公爵は人がもっとも気にする点を突いてくる。セラフィナは恥ずかし紛れに腕に力を込め、ステップを踏んだ。すると、公爵も釣られて同じ動きを取る。

「女にリードを取られたのは初めてだな」

公爵はそう言いながらも楽しそうに笑う。

「楽しませてもらった礼と、君の美しさへの対価を払おう。なにが欲しい？」

突然欲しいものを聞かれても、特になにも思い浮かばない。できれば早くエリナーのもとに帰りたいのだが、さすがにそればかりは叶えてもらえないだろう。

「結婚式が終わるまでに考えておくといい」

「……かしこまりました」

そう言うのと同時に曲が終わった。公爵はこれからアルビオンの慣例に則《のっと》り、招待客でもっとも身分の高い女性とダンスをする。セラフィナもその間は他の男性のエスコートを受け、踊ってもよいことになっていた。公爵がそばから立ち去ると、いっせいにいくつもの手が差し出される。

「セラフィナ様、どうぞ僕とダンスを」

「いいや、私と」

「ぜひ俺と」

金髪の男性はダグラス侯爵家の次男、茶髪の男性はシーモア伯爵、銀髪の男性はハワード家の遠縁の男爵だ。いずれもハワード家とゆかりが深く、この面子《メンツ》では誰の手を先に取ろうとわだかまりが生じる。セラフィナはそう判断すると、皆を当たり障《さわ》りなく躱《かわ》し、出入り口を目指した。

「やはり貞淑《ていしゅく》でおありだ」

「だからこそ燃えるのだ」

「高嶺《たかね》の花ほど美しい」

背後からはそんな感嘆の声が聞こえる。セラフィナは美しい誤解に苦笑し、公爵の話術と影響力に舌を巻いた。

大広間の二つ先の別室は休憩所となっており、ワインやサンドイッチ、果物などの軽食が用意されている。セラフィナはそこでしばらく時間を潰すつもりだった。ところが出入り口の間近にまできたところで、よく見知った四人に出くわしてしまう。

輪を作って声を潜《ひそ》めて話し合っている姿を目にした途端、大きく心臓が鳴った。反射的に一歩後ろに引いてしまう。舞踏会で再会するのは覚悟していたし、挨拶《あいさつ》も何度も練習したはずなのに、いざとなるとうまく言葉が出てこない。

「エドワード……」

セラフィナの声にエドワードが振り返った。水色の目が限界まで見開かれる。

「セラフィナ……君は本当にセラフィナなんだな」

エドワードはそう言ったきり絶句した。その姿は別れたときから変わってはおらず、胸にあの日の苦い思いがじわりと広がる。エドワードの隣にはドレス姿のエリカが佇《たたず》んでいた。

「本当にセラフィナなの？」

エリカは信じられないといったふうに口を覆う。彼女の後ろにいるクレアも同じ顔つきになっており、三人揃ってひたすらセラフィナを凝視《ぎょうし》していた。

心臓はいまだに強く鼓動《こどう》を打っている。だが、周囲が騒《ざわ》ついているのに気づき、セラフィナはさり気なくあたりを見回した。みな何事かと自分たちに注目し始めている。

せっかくクローディアからの意地の悪い質問を、公爵に躱《かわ》してもらったのだ。どれだけ気まずかろうと逃げ出したかろうと、この場は自分がどうにかしなければと決意する。セラフィナは息を大きく吐くと、鏡の前で練習し続けた、対外用の微笑みを浮かべた。

「お久しぶりです、お父様、クレア様、エドワードにエリカ」

三人は呆然と黙り込んだままだ。エドワードは口を開けたのだが、言葉が一向に出てこない。さすがにまずいと感じたのか、クレアが素早く笑顔を作り、やっと祝いの言葉を述べた。

「本日はお招きいただき、どうもありがとう」

だが、目はまったく笑っていない。内心は祝いなど述べたくはないのだろう。それでもクレアは隣のヘンリーに祝辞《しゅくじ》を促《うなが》した。

「あなたも突っ立ってないでなにか言いなさいよ」

セラフィナはそこでようやくヘンリーに目を向ける。心の準備はしたつもりだったが、なんと言われるのか恐ろしかった。ヘンリーは厳しく、恐ろしい父そのものだったからだ。

ところが、彼は意外な反応をした。身体を小刻みに震わせ、壁に向かってあとずさったのだ。

「ア、アンジェラ……!?　お前が、なぜここに……!!」

それは、セラフィナの亡き母の名だった。ヘンリーの息が目に見えて荒くなり、冷や汗も次から次へと流れ落ちている。ヘンリーは喉を押さえて肩を上下させていたが、やがて「うっ」と絶句しその場にくずおれてしまった。ただならぬ状況に大広間の一部が騒然となる。

「おい、なにがあったんだ？」

「誰かが倒れたぞ!!」

突然の出来事にエドワードは明らかに狼狽《うろた》え、クレアとエリカは立ち尽くすばかりである。

そんな中でセラフィナは、素早くヘンリーのそばにいくと、ドレスの裾《すそ》を持ち上げ膝をついた。

「お父様、お父様」

ヘンリーの頬を軽く叩き、意識があるか否かを確認する。

「う、う……」

続いて口元と右胸に手を当てた。呼吸が不規則になり、脈拍が速くなっている。さらには、飲んだワインを吐き、失神してしまっていた。ハンカチを取り出すと頭の下に敷き、ヘンリーの体勢を横向きにする。吐瀉物《としゃぶつ》を喉に詰まらせないようにするための応急手当てはエリナーに教えられた。

食堂には酔っ払った客も多く、しばしば介抱する必要があったのだ。

エドワードや野次馬《やじうま》らは手際のよい処置に目を白黒とさせている。やがてセラフィナは顔を上げて、よく響き渡る声で大広間に呼びかけた。

「どなたか一階の医務室から、お医者様を連れてきていただけませんか」

「は、はい。ただいますぐにお呼びします！」

何人かの給仕やメイドが、盆を片手にすっ飛んでいった。まもなく担架《たんか》が用意されると、ヘンリーは男数人がかりで乗せられ、大広間から運び出されていく。

セラフィナもつき添おうと立ち上がった。医師に倒れた際の状況をできる限り詳しく、正確に説明する必要があるからだ。また、ヘンリーの普段の生活をよく知る、同居の家族にもついてきてもらわなければならない。

ところが、クレアは他人事《ひとごと》のように腕を組んで、エリカはおろおろと突っ立っているばかりだ。エドワードにいたってはまだ呆然としている。セラフィナは誰にするべきなのかと迷ったが、結局三人まとめて連れていくことに決めた。

「クレア様、エリカ、エドワード！　一緒にきてください！　お医者様に今日のお父様の様子を教えていただきたいんです！」

力強い声が大広間に響き渡る。まず足を動かしたのはクレアだったが、仕方がないといった表情だ。続いてエドワードがクレアに従い、そんな彼を見たエリカが慌てて隣に寄り添った。

セラフィナは三人とともに大広間をあとにする。医務室に運び込まれたヘンリーは、すぐさま医師の処置を受け、一時間後には脈拍も安定した。医師によれば精神的な衝撃を受け、呼吸が通常より多くなったために、逆に苦しくなったもののようだ。しばらく寝かせていれば治るだろうと言われ、ようやく胸を撫《な》で下ろしたセラフィナは、そっと医務室を出ていった。

はたして舞踏会はどうなったのかと、一度大広間に戻る。招待客はすでに落ち着きを取り戻し、ふたたびダンスに興じていた。公爵は中年の女性の手を取り、中央で軽やかなステップを踏んでいる。

セラフィナは近くに佇《たたず》んでいた男性に声をかけた。

「失礼いたします。舞踏会はこのまま続行するのでしょうか？」

「おや、セラフィナ様。ええ、レノックス卿が無事だったと知らせがございましたので、続行すると閣下が判断なさいました」

大変だっただろうと同情する男性に礼を言うと、セラフィナは大広間をあとにする。

途中、メイドに頼んで羽織りものを借りると玄関を目指した。どこにいても人目のあるこの邸宅から、一時《いっとき》でよいから逃げ出したかったのだ。

このタウンハウスの裏側には、古代風の庭園が設《もう》けられている。小さな噴水を取り囲む形で石畳が敷かれ、さらにその周囲を木々が取り巻いていた。

セラフィナは噴水の縁《ふち》に腰をかけると、薄い雲の覆う空と鈍く輝く月を見上げる。今夜の舞踏会で再会するまでは、家族やエドワードに会うのが怖かった。ところが思いがけずヘンリーが倒れ、恐れも怯《おび》えも吹き飛んでしまい、今は奇妙なほどの落ち着きしかない。

セラフィナが一息ついていると、出入り口から男性がひとりやってくるのが見えた。

「セラフィナ……」

それは外套《がいとう》を羽織ったエドワードだった。「やあ」とばつが悪そうに近づいてくる。

「さっきはありがとう。僕たちじゃどうしようもなかったから、すごく助かったよ」

「なら、よかったわ。たいしたことじゃないから、気にしないで」

セラフィナは噴水の縁《ふち》から立ち上がった。やはり気まずいのは変わらないので、早く話を終わらせて、この場を立ち去ろうとしたのだ。エドワードも同じだろうと思ったのだが、彼は質問を投げかけてきた。

「……君は父上についていなくてもいいのか？」

エドワードは声をかけたものの、目を合わせる勇気はないらしい。顔を伏せたままである。

「だって……クレア様とエリカがついているもの。私がいる必要はないわ」

ヘンリーの様子を見て、どうやら自分は母に似ているらしいと、セラフィナは驚きを覚えていた。ヘンリーにしてみれば、裏切り続けてきた妻の生き写しが現れたのだ。悪夢か亡霊かと怯《おび》えるのも仕方がないだろう。

同時に、彼も恐れたり怯《おび》えたりするのだと実感する。レノックス家にいたころのセラフィナには、威圧的なヘンリーが大きく見えていた。ところが医務室のベッドに寝かされた彼は、力の衰《おとろ》え始めた中年男性でしかなかった。セラフィナは複雑な思いを呑み込みつつ、エドワードに答える。

「……そうか。君がそれでいいのなら、二人に任せておくことにするよ」

これでエドワードの用件は終わったはずなのに、彼はそう呟いたきりまだその場にいる。セラフィナはどういうつもりなのかと、さすがに怪しんで眉を顰《ひそ》めた。エドワードはなおも話を続ける。

「大貴族の方々が君をすごいって言っていたよ。さすがはブラッドフォード公の見初《みそ》めた方だって」

セラフィナはどう反応したものかと困惑した。婚約を破棄された舞踏会では、あれほどセラフィナを罵倒《ばとう》していたのだ。打って変わった褒め言葉に警戒してしまう。

「僕も君がこんなに綺麗《きれい》で話もダンスもうまくて、なんでもできるなんて知らなかったよ」

それはそうだろうとセラフィナは心の中で突っ込んだ。すべてはレノックス家を出てから、食堂やハワード家で身につけたものなのだ。かつての婚約者の心境が把握できずに、セラフィナが戸惑い始めたころ、エドワードの声がらしくもなく強くなった。

「知っていたらもっと君を好きになっていた！　きっと信じられたし、あんなことにはならなかった……」

「エドワード……？」

様子も表情も尋常《じんじょう》ではない。まるで追いつめられたような口調だった。

「クレア様は最近僕に冷たいし、お父様もお母様も、兄上までまだ僕にお怒りなんだ。せっかくのレノックス家との良縁を、悪縁にしてしまったって。跡継ぎが君だったから婚約させたのにって」

『公衆の面前で婚約破棄とは、お前は馬鹿か。セラフィナの立場を考えなかったのか。第一、セラフィナが虐《いじ》めなどするはずがないだろう』

エドワードの家族は彼をそう叱りつけたのだそうだ。今更エリカとの縁組の解消などできないので仕方ないが、結婚後の援助は考え直すとも。

そう言って嘆くエドワードを見て、彼は自分の取った行動の結果をまったく予想していなかったのかと、セラフィナは驚いた。エドワードは直情的で頑固な性格だと知っていたが、そこまで考えなしだとは思っていなかったのだ。

「セラフィナ、閣下は君が僕のために身を引いたって言っていたよね。なら、まだ僕を忘れてはいないだろう？　君はそんなに薄情じゃなかったはずだ」

距離を詰めてくるエドワードに、セラフィナは無意識のうちにあとずさる。生まれて初めて彼を恐ろしいと感じた。よく見知ったはずの幼馴染《おさななじみ》が別人に見える。

「だったらどうにかしてくれ。ブラッドフォード公の婚約者なら、それくらい簡単にできるだろ!?」

この庭園には警備員が巡回しているので、いざとなれば助けを呼べばいい。けれど、セラフィナは事を荒立てて、エドワードの立場を悪くしたくはなかった。彼を止めなければ、と頭を巡らせる。

「セラフィナ、頼むよ！」

「エドワード……お願いだから、落ち着いて」

それでもエドワードの足は止まらない。

「僕はどうすれば……」

セラフィナがエドワードを拒《こば》もうと、手を伸ばしかけたときのことだった。

「エドワード、なにをしているの」

エドワードの肩がびくりと引きつった。セラフィナも聞き覚えのある、鼻にかかった女性の声に振り返る。

「クレア様……」

エドワードが月明かりでもわかるほど青くなる。

「お戻りなさい。エリカが待っているわよ」

「……」

「早くいきなさい。ヘンリーが倒れて不安がっているんだから」

エドワードは時折セラフィナを振り返り、名残惜《なごりお》しげに庭園から姿を消した。クレアは芝居がかった仕草で溜め息を吐《つ》く。

「エドワードはやっぱりダメね。素直と言えば聞こえはいいけど、感情的で時と場合を考えないもの。思い込んだら命がけって結構使い勝手が悪いわ」

セラフィナはわずかに顔をしかめた。クレアの発言がひとりの人間への評価というよりも、商品の短所や欠陥への苦情に聞こえたからだ。彼女はさらにエドワードを小馬鹿にする発言を続ける。

「ねえ、知っていた？　あの子ったらあなたとの婚約解消も手続きも、ぜーんぶひとりで勝手にやっちゃったのよ。それを今さらどうしよう、どうしようって愚痴《ぐち》を言って、エリカを不安がらせているってわけ」

セラフィナはクレアの意図が理解できなかった。なぜ将来の娘婿《むすめむこ》の恥を、よりによって自分に暴露《ばくろ》するのだろうか。

「ヘンリーもあんなところで倒れてしまって、男はいざってときに肝が据わらない生き物よね。それに比べてあなたは……」

クレアはセラフィナをちらりと横目で見つめた。

「なかなかたいしたものだわ。身一つであんな男を射止めるだなんて。一体どんな手段を使ったのかしら？　すっかり見直したわよ」

からかうような口調でありながらも、その目はやはり笑ってはいない。クレアの挑発に乗るつもりはないセラフィナは、答えなかった。

「まただんまりなの。あなたはいつもそうね。まあ、いいわ」

クレアはセラフィナに歩みよると、断りもなく肩に手を置いた。今までにない馴《な》れ馴《な》れしさと生温かさに、セラフィナの背にざっと鳥肌が立つ。

「ねえ、あなたにお願いがあるのよ。エリカにいい人を見つけてほしいの。エドワードじゃとてもじゃないけど頼りないわ」

「なっ……」

セラフィナは一瞬、おのれの耳を疑った。

「あなたも一年は平民の暮らしをしていたくらいですもの。同じ平民の私の気持ちはわかってくれるでしょう？　私は孫には貧しいだの成り上がりだのと蔑《さげす》まれるような苦労はさせたくはないの。だから、裕福で信頼できる家柄のご子息を紹介してくれないかしら？」

「平民の暮らしをしていた」とは、セラフィナに対する脅迫《きょうはく》だろう。ブラッドフォード公の婚約者である子爵令嬢が、家出の挙句《あげく》に労働に携《たずさ》わっていたなど、本来ならあってはならないことだ。

だが、セラフィナにとって重要な点はそこではなかった。クレアはエドワードを切り捨てようとしている。スペンサー家から金を搾《しぼ》り取れないと知り、利用価値がないと判断したのだろう。

「エリカもきっと納得するわ。あの子は私の言うことをよく聞くいい子だから」

自分の娘さえ、もののような扱いである。

「クレア様……あなたは……あなたという人は……」

セラフィナの胸に青い怒りの炎が立ち昇《のぼ》った。人の心を、一生をなんだと思っているのか。なぜ人が都合のよい道具になると思えるのか。

それでも感情を抑え、クレアにはっきりと告げる。

「エドワードはエリカの婚約者として招待され、大勢の方々がそれをご存知です。彼と婚約を破棄したところで、大貴族のご子息がエリカに結婚をお申し込みになることはないでしょう」

それに、政治的権力のない子爵家との縁談を望む者も、この会場にはいないだろう。爵位が上がれば上がるほど、貴族は保守的になっていく。身分が高い者同士、持てる者同士での結婚を望むのだ。

「……せっかくの玉の輿《こし》がふいになってもいいの？」

あからさまな脅《おど》しにもセラフィナは動じなかった。そもそもこの結婚は二年間の契約に過ぎず、愛だの恋だの玉の輿《こし》だのという話ではない。それ以前に、フィーナとして暮らした日々を、セラフィナは恥じていなかった。むしろ誇りにすら思っているからこそ、なにも怖くはないのだ。

「クレア様のお好きなようにしてください」

セラフィナの凛《りん》とした顔に不利を悟ったのだろう、クレアは唇を噛んで悔しそうに吐き捨てた。

「まあ、家族にずいぶんと恩知らずな態度をとるのね」

「クレア様に恩を感じたことはないので」

「……ずっとその目が嫌いだったわ」

クレアは最後に怨念《おんねん》の籠《こ》もった声で告げる。

「どうせあなたもすぐに裏切られることになる。アンジェラと同じよ。身分も、地位も、財産も、美貌も持ち合わせている男が、あなたひとりだけなんてありえるものですか」

クレアが立ち去るのを見送ってから、セラフィナも邸宅へと戻った。深紅《しんく》の絨毯《じゅうたん》が敷かれた階段を上りながら、クレアの最後の台詞《せりふ》を思い出す。

彼女は公爵との結婚が偽りだとは考えてもいないからこそ、ああ言ったのだろう。しかし、そもそも偽りのない結婚などあるのかと、セラフィナはふと立ち止まった。

ヘンリーは初めからアンジェラを裏切っていた。エドワードは婚約後にエリカに心変わりをした。もしエドワードが状況を読みうまく立ち回る性格だったのならば、セラフィナは母と同じ立場になっていたのかもしれない。

人は人を欺《あざむ》き、神の前で偽りの愛を誓うが、その行いを咎《とが》める者は誰もいない。ヘンリーとクレアの不倫も、貴族にはよくあることだと笑われるのかもしれない。貴族にとって結婚とは、家と家との繋がりや財産の増額、爵位の維持のためだからだ。跡継ぎさえもうけてしまえば、夫の不誠実は容認される風潮さえある。

セラフィナは虚《むな》しい気持ちになりながら、ふたたび階段を上り始める。結婚式での誓いの言葉のように、愛し合い、敬い合い、慰《なぐさ》め合い、助け合い、互いの命のある限り、真心を尽くし合える、そんな結婚はないのだろうか。そんな愛はないのだろうか。そんなふうに思い合える誰かが、この世にいるのなら――

「――お帰り、我が婚約者殿」

頭上から呼ばれたセラフィナは、はっと顔を上げた。

「……閣下」

公爵が踊り場で手すりに片手を置き、彼女を見下ろしている。

「庭園での再会は楽しめたかい？」

セラフィナは息を呑み公爵を見上げた。

「……なぜご存知なのですか？」

「私は悪魔らしいからね。人にはできないこともできる」

公爵はセラフィナの驚愕《きょうがく》に満足したのか種を明かした。万が一の事態に備えて密《ひそ》かに数名の側近に、セラフィナの護衛を命じていたのだそうだ。クレアがあの場にやってこなければ、彼らがエドワードを取り押さえていただろうと。

「怪我人を出さずに済んだ。義母上には感謝だな」

実は見守られていたのだと知り、セラフィナは力が抜け落ちた。エドワードの異様に光る水色の目を思い出す。あのときにはただ必死だったが、やはり内心は怖かったのだと、今更ながらそれを実感できた。エドワードも歴《れっき》とした男性であり、女性の自分は力では彼に敵《かな》わないのだから。

公爵は微笑みつつセラフィナに手を差し伸べた。

「それにしても義母上は構わないが、あの坊やはいただけない。私は嫉妬《しっと》深い男だと言っただろう？」

冗談めかしてはいるが、要するに別の男性と二人きりになるなということなのだ。確かに人に見られたら、またどう言われるのかわからない。セラフィナは身を竦《すく》めて公爵の手を取った。

「も、申し訳ございません……」

外で冷えた身体には彼の手は温かく、悪魔のものだとは思えなかった。セラフィナはエスコートをされながら、公爵はある意味誠実なのだと考える。この結婚を偽りだとはっきりセラフィナに告げ、ヘンリーのように隠そうとはしなかった。

セラフィナは端整なその横顔を見上げ、自分が知る限りの公爵を振り返った。

初めて出会ったときは、漆黒《しっこく》の髪と瞳が美しい男性だと感じた。そのあと攫《さら》われ結婚を迫《せま》られ、恐ろしい男性だと感じた。誕生日を祝わないと知り、寂しい男性だと感じた。様々な場面でからかわれ、意地悪な男性だと感じた。悪意から庇《かば》われ見守られ、責任感のある男性なのだと感じた。

他にはどういった顔を持つのだろうか。なにが好きでなにが嫌いで、なにに喜びを見出すのだろうか。あの闇色の瞳の奥には、どのような思いが秘められているのだろうか。この人をもっと知りたいと強く思う。

セラフィナの視線に気づいたのか、公爵がふと彼女を見下ろした。彼の瞳にみずからの顔が映し出され、セラフィナは慌てて目を逸らす。あの瞳の中の自分を見たくなかった。

「セラフィナ？」

「……なんでもありません」

自分の気持ちの正体が把握できずに戸惑う。そして、戸惑いを抱《かか》えたまま、翌年の結婚式を迎えたのだった。

◇◆◇◆◇

ついに結婚式当日。代々のハワード家当主の挙式は、王都の郊外にある寺院の大聖堂で行うのがしきたりだった。

セラフィナはその片隅にある控室で、何度も小さな溜め息を吐《つ》いていた。溜め息の理由はいよいよ叔父《おじ》のブライアンと顔を合わせるからだ。

ブライアンはセラフィナ側の数少ない親族であり、招待客である。また、花嫁を中央の祭壇《さいだん》まで導くエスコート役でもあった。本来エスコートは花嫁の父が務める。ところが、ヘンリーが婚約披露の舞踏会で倒れて以来具合が悪く、欠席せざるを得ないと手紙が届いたのだ。嘘か真かまではわからないが、無理強《むりじ》いはできない。クレアも看病に当たるため欠席すると書かれていた。

父がいない場合には祖父や兄弟、親族の目上の男性がエスコートの代理を務めるのが一般的であり、この条件に唯一当てはまったのがブライアンだった。しかし、セラフィナはこのブライアンだけには、どうも頼みづらいと感じていた。彼はアンジェラの葬儀《そうぎ》にこなかったからだ。それに、舞踏会も、狩猟で怪我をしたからと欠席している。セラフィナはこうした経緯から、ブライアンに疎《うと》んじられているのではと考えていた。

それでも背に腹は替えられない。セラフィナは公爵に相談したうえで、ブライアンに依頼の使者を送った。その依頼に対する返事は、「謹《つつし》んでお受けいたします」というものだったが、はたして本当に現れるのか、次第に不安になってくる。

セラフィナの心の水面《みなも》に小石を投げ込むように、控室の扉が二度叩かれた。案内係と思《おぼ》しき声が告げる。

「カーライル卿のお越しです」

「どうぞ、お入りください」

セラフィナの許可を合図に静かに扉が開かれ、ブライアン・フレデリック・カーライル伯爵、その人が現れた。セラフィナは挨拶《あいさつ》に立ち上がろうとしたが、ブライアンがそれを制して歩み寄る。

「ああ……本当に久しぶりだね」

セラフィナはそこで初めてブライアンの姿を見た。

ブライアンは瑠璃色《るりいろ》の眼差しの物静かな青年だった。癖のない白金《しろがね》の髪は、貴族の男性には珍しく肩まで伸ばされている。顔立ちが女性のように美しく、アンジェラに実によく似ているため、予想していた冷酷な印象はどこにもなかった。瑠璃色《るりいろ》の礼服が細身の身体に似合っている。

ブライアンはアンジェラとは十近く年が離れており、公爵と同年代のはずだがずっと若く見える。

セラフィナはまれな美しさについ見入ってしまった。ブライアンも彼女を凝視《ぎょうし》している。

「驚いた……。姉さんにそっくりだ」

その瞳には懐かしや愛《いと》しさが溢れ出ていた。思っていたものとは正反対の反応である。セラフィナはなんと言おうかと迷ったが、子どものころには会ったことがあるのだ。「初めまして」ではあんまりだと考えた。

「お久しぶりです」

「僕を覚えているのか？」

目を見張ったブライアンに、セラフィナは首を横に振った。

「ずっとお会いしていなかったので……」

母の葬儀《そうぎ》や舞踏会に出席しなかっただけではない。顔合わせや式の打ち合わせは、すべて手紙のやり取りで済まされていた。ブライアンははっと口に手を当てる。

「……すまなかった。君に会いたくなかったわけではなかったんだ。昔の怪我の後遺症《こういしょう》で馬車に乗ると頭痛を催《もよお》してしまってね、遠出はできるだけ控えるようにしている。社交界からも遠ざかっているんだ」

ブライアンは俯《うつむ》き、拳《こぶし》をかたく握り締めた。

「姉さんの葬儀《そうぎ》に出席しなかったのは、姉さんが亡くなるしばらく前に、僕たちの父……君の祖父に当たる人が、長年の持病で亡くなってしまったからだ。当主の仕事の引き継ぎで手一杯になり、参列できなかった」

セラフィナはブライアンの苦悩の表情に目を瞬《しばたた》かせる。

ブライアンが葬儀にこなかった理由は予想していたものだったが、彼がこんなにも苦しく思っていたとは考えていなかったのだ。セラフィナの中にあったブライアンへのわだかまりが消えた気がした。

「そうだったんですか……。私こそ申し訳ございませんでした。自分のことばかり考えていました」

「いいや、悪いのは僕だ。もっと早くに君と連絡を取っておくべきだった」

繊細な美貌には苦衷《くちゅう》が色濃く滲《にじ》んでいる。

「寂しい思いをさせてすまなかった。セラフィナ、どうかこれだけは覚えておいてほしい。僕も、きっと亡くなった姉さんも君の幸せを心から願っている。だから、君は未来だけを見ていてくれ」

セラフィナはそう言ったきり口を噤《つぐ》んだブライアンに、どのような思いを抱くべきなのかわからなかった。それでも残る時間をどうにか繋ごうと口を開く。

「……母は」

「うん？」

ブライアンがセラフィナの声を拾おうと腰を屈《かが》めた。

「母は、この結婚を許してくれるでしょうか」

「それはもちろん」

「……叔父《おじ》様がご存知の母はどんな人でしたか？」

ブライアンとの共通の話題はこれくらいだが、セラフィナがもっとも聞きたいことでもある。

アンジェラはレノックス家に嫁《とつ》ぐ前について、なぜか多くを語ろうとはしなかった。それゆえにセラフィナはアンジェラをヘンリーの妻として、自分の母としてしか知らない。この三ヶ月で彼女が若いころの噂《うわさ》も聞いていたが、お伽話《とぎばなし》のようで現実感がなかった。

アンジェラは十八歳でヘンリーと結婚するまでは、アルビオン随一《ずいいち》の佳人《かじん》であり社交界の華だったらしい。王族ですら彼女を妻にと望んだが、セラフィナの祖父が嫁《とつ》ぎ先に選んだのは、地方の名士でしかないレノックス家だった。当時はなぜだ、どうしてだと大騒ぎになったのだそうだ。

ところがセラフィナの知るアンジェラは、美しくはあったが華やかな女性ではなかった。舞踏会に参加することも王都にいくこともなく、家庭の維持とヘンリーの内助《ないじょ》に努めていた。身も心も貞淑《ていしゅく》で慎《つつ》ましく、妻の鑑《かがみ》のような人だったと思う。だからこそヘンリーの裏切りに、セラフィナは衝撃を受けたのだ。

母としてのアンジェラは、優しくセラフィナを包み込み、それでいて我が子をただ甘やかす人ではなかった。では、ブライアンの知る姉としての彼女は、一体どのような女性だったのだろうか。

尋ねられたブライアンは瑠璃色《るりいろ》の瞳に哀《かな》しみの光を浮かべる。

「……僕にとっては美しいよりも優しい人だったよ」

そして、記憶の姿をなぞるかのように語り始めた。亡くなった母の代わりに、アンジェラに育てられたこと。泣いたときにはどこでも駆けつけてくれたこと。

「弱い者を身を挺《てい》して守ろうとする人だった。なのに、厳しいところもあって、僕はよく姉さんに叱られたものだ。けど、それは怒っているんじゃなく、僕を思いやってのことだったんだと、今になればよくわかる。なにもかもが姉さんの優しさだった」

セラフィナの胸に幼いあの日の思い出が過ぎる。

『セラフィナ、自分の力で立ち上がって、背を伸ばして、前を見なさい。あなたにならできるわ。あなたは強い子なのだから』

「私の知る母も同じでした……」

セラフィナは目頭が熱くなるのを感じた。アンジェラが前触れもなく亡くなったときは、この世からすべての色が失われた気がしたものだ。

セラフィナの涙に瑠璃色《るりいろ》の眼差しが和《やわ》らぐ。

「君はいい子に育てられたんだね。ちょっと不安だったんだ」

ブライアンは置き時計を確認すると、微笑みを浮かべて手を差し伸べた。

「そろそろいこうか。花嫁さん、最後に君と話せて良かったよ」

セラフィナは最後という言葉と口調に違和感を覚えたが、独身最後という意味なのだろうと解釈し、ブライアンの手を取った。

「はい、私もです」

彼の手はひんやりと乾いており、温かかった公爵とは対照的だと感じる。

「では、いこうか」

ブライアンと、ともに廊下を歩いていく。セラフィナは途中で、ブライアンが左足を引き摺《ず》っているのに気づき、自分を疎《うと》んでいるのかと疑ってしまったことを反省をした。やがて扉の前に辿り着き、揃って立ち止まる。どこからかブーケを持った子どもが現れ、はにかみながらセラフィナに手渡した。

「まあ、ありがとう」

白い薔薇《ばら》と小さな百合《ゆり》、水仙の組み合わせだった。甘く爽《さわ》やかな花の香に、いつかの母の言葉を思い出す。

『セラフィナはお母様の娘時代に本当にそっくりよ。小さな可愛い私の天使、あなたは時がくれば薔薇《ばら》よりも、百合《ゆり》よりも、水仙よりも美しくなるわ。将来あなたの花嫁姿を見るのが楽しみね』

緊張した心を落ち着ける間もなく、扉が侍祭《じさい》により開かれる。セラフィナはブライアンにエスコートされ、ゆっくりと光の差し込む緋色《ひいろ》の道のりを歩き始めた。それに合わせて二台のパイプオルガンが、大アルビオン王国にいにしえより伝わる、愛と祈りのための曲を奏《かな》で始める。

両脇の席に並んだ国王を始めとする、王族や貴族などのそうそうたる列席者らが、いっせいにセラフィナに目を向ける。ほう、という溜め息に乗せ、列席者の青年が呟いた。

「御使《みつか》いの羽のようですね……」

羽とは白いヴェールのことなのだろう。頭から身体を伝って後ろへと流れるそれは、漣《さざなみ》のように広がっている。ドレスも同様に純白の絹仕立てだ。顎《あご》下や手首までも隙間なく包み、ほとんど肌を見せていない。スカート以外はぴったりと身体に沿い、優美な曲線を描いていた。

セラフィナはヴェールを音もなく引きながら、オルガンの拍子に合わせ、一歩、また一歩と祭壇《さいだん》へ近づいていく。やがて、公爵の待つ階段下に辿り着き動きを止めた。彼にセラフィナを託す直前、ブライアンは彼女の耳に口を寄せる。

「姉さんの分まで幸せにおなり」

セラフィナは思わずブライアンを振り返る。そのころには彼は離れており、端から目を細めて見守っていた。

「いこうか、我が花嫁殿」

低く艶《つや》のある声に促《うなが》され、セラフィナは公爵に目を向けた。今日の彼は軍服を思わせる漆黒《しっこく》の礼服だ。胸には数個の勲章《くんしょう》と金のボタン、肩には金のベルトが巻かれ、公爵の黒を引き立てている。

だが、セラフィナはその姿に魅《み》せられることはなかった。幸せにおなりと言ったブライアンに、申し訳なさを覚えていたからだ。この結婚は自由を手にするための契約でしかない。二年が終われば自分はエリナーのもとに、公爵は独り身に戻る。すべてが偽りでしかなく、自分は密《ひそ》かに母を裏切っていた父以下ではないかと心が苦しくなった。

公爵に手を取られて階段を上り、壇上で待つ大司教に一礼をする。次いでブーケを係の者に預け、しきたりどおりに揃って跪《ひざまず》いた。大司教から祝福を与えられたあとに立ち上がり、列席者とともに賛美歌を歌う。高低の歌声が響き渡る中で、セラフィナはブライアンと母、神に心の中で詫《わ》びた。

大聖堂に静寂が戻り、大司教が聖書を取り出す。そして、誓いの言葉をまずは公爵に述べた。

「グリフィン・レイヴァース・ハワード、汝《なんじ》は健《すこ》やかなるときも、病《や》めるときも、喜びのときも、悲しみのときも、富めるときも、貧しいときも、これを愛し、これを敬《うやま》い、これを慰《なぐさ》め、これを助け、その命ある限り、真心を尽くすことを誓いますか？」

「――誓います」

公爵がわずかな間ののち、はっきり答える。セラフィナにも同じ問いかけがなされた。二度とこんな真似《まね》はしたくはないと思いながら、打ち合わせどおりに淀《よど》みなく答える。

「誓います」

「では、誓いの口づけを」

ヴェールが公爵によって外され、セラフィナは漆黒《しっこく》の瞳を見上げる。口づけは振りで終わるとばかり思っていた。ところが、両の二の腕を掴む手に力がこもり、セラフィナの動きを押さえる。思いもよらない強い力だった。

「閣下……？」

セラフィナが怯《おび》え、思わず身じろぎをした瞬間、公爵が顔を傾《かたむ》け近づけてきた。瞼《まぶた》を閉じる間もなく、唇と唇がそよ風にも似た優しさで触れ、次いで深く重ねられる。

「んっ……」

触れ合うすべてが熱く、身体が震え出すのを止められない。やがて公爵が身体を離し、何事もなかったかのように大司教へ向き直る。セラフィナの動揺をよそに、挙式は滞《とどこお》りなく続けられた。それは五秒にも満たない一瞬だった。けれどセラフィナにとっては、生まれて初めての唇へのキスだったのだ。

そのあとのタウンハウスでの披露宴は、厳粛《げんしゅく》な挙式とは反対の賑やかな祝宴となった。食堂には巨大な長卓が三つ並べられており、席はすべて埋《う》まっている。婚礼のケーキを載せる台座だけではなく、どの長卓にも花と緑を生けた鉢が置かれ、食堂そのものを華やかな空間にしていた。

招待客らが祝いの言葉をかけに、頻繁に公爵とセラフィナの席にやってくるので、二人ともそれらの対応に追われた。この国の権力者である国王夫妻に、公爵が補佐をする外務大臣に、他の公爵家の当主にと、まったく気の抜けない顔ぶれである。

ようやく一通りのやり取りが終わり、セラフィナが息を吐いたところで、最後にダークブロンドの美青年が現れた。黒一色の礼服にもかかわらず、妙に煌《きら》びやかな青年は王太子アレクサンダーだ。

セラフィナはひとりではまずかろうと公爵を探したが、彼は席から離れて外務大臣らと歓談中だった。やむを得ず、まずは謝罪とともに一礼をする。

「申し訳ございません。夫は席を外しておりまして、代わって私がご挨拶《あいさつ》させていただきます」

アレクサンダーは深い溜め息を吐《つ》き、わざとらしい仕草で眉間に指を当てた。

「私が今なにを考えているのかわかりますか」

「……いいえ」

アレクサンダーは「ああ！」と声を上げると、近くの壁に肘《ひじ》と拳《こぶし》をついた。壁を一度叩き、髪を振り乱して顔を伏せる。芝居がかった苦悩の表情だった。

「あなたほどの佳人《かじん》がアルビオンにいたとは知らなかったのです。私の目はどれほど曇《くも》っていたのかと情けなくなるばかりだ。しかも、あなたはすでにブラッドフォード公の花嫁。私の手が届かないところへいってしまったのですね……」

セラフィナは結構な大声に慌てる。ところが、周囲の招待客らは聞いていていただろうに、誰もが我関せずといった態度だった。セラフィナはジョーンズによる、アレクサンダーの情報を思い出す。

『殿下は悪い方ではないのですが、女好きでちょっと困った方です。なので、軽くあしらっておけば結構です』

なるほど、こういうことだったのかと心のうちで頷いた。助言のとおりに軽くあしらっておこうと苦笑する。

「お、お褒めいただきありがたく存じます。夫にも殿下よりお祝いのお言葉をいただいたと、そう申し上げておきますわ」

そう伝えても、アレクサンダーは苦悩の姿勢を取ったまま、きっちり十分間その場から動かなかった。

そのあとはとにかく忙しくて食事を取る間もなく、水を口にするのがやっとだった。ダンスで鍛《きた》えた体力も限界になるころ、ようやく披露宴が終わり、新婚旅行へ出かける段となる。アルビオンでは午前に挙式、午後に披露宴をすませ、日の落ちぬうちに新婚旅行へ出かけるのが一般的な結婚式の流れなのだ。

セラフィナは旅立つ間際、見送りの面々に礼を言い、しばしの別れを惜しんだ。旅装に着替え身体が楽になった分、よりにこやかに振る舞うことができた。

「それでは皆様ありがとうございました」

門の外にまでできた人々の中にはアレクサンダーもいる。恐れ多いからと固辞《こじ》したのだが、それでもと押し切られたのだ。アレクサンダーはセラフィナの両手を取り、深く溜め息を吐《つ》きつつ顔を伏せた。

「どうぞ旅先でも身体に気をつけて。ああ、あなたという太陽が王都から消え去るのかと思うと、私の心も凍《こお》ってしまいそうです」

「は、はあ……」

セラフィナはアレクサンダーの対応に困惑したが、無下にも振り払えない。相手は腐っても王太子なのだ。そろそろ出発の時間だと困り果てたところで、公爵がセラフィナの肩を抱き、さり気なくアレクサンダーから引き離した。

「では、ご機嫌よう」

馬車に乗り込み腰を下ろすのと同時に、御者《ぎょしゃ》に鞭《むち》を当てられた馬が軽く嘶《いなな》く。今回もやはり前後に護衛がつき、少々遅い速度で馬車はタウンハウス前から発《た》った。

目的地は王都の南部に位置する温暖な地方で、北部に比べて冬でも緑があり過ごしやすい。そこにあるハワード家の別荘が新婚旅行の目的地なのだが、片道で三日ほどかかるため、途中、親族の屋敷に宿泊する手はずとなっている。

セラフィナは馬車に揺られながら、流れゆく街の景色を楽しんでいた。この時期は曇《くも》り空や雨が多いのだが、今日は天候に恵まれ晴れている。遠方への旅行と青空に心が浮き立っていたのだ。

ところが馬車が街を抜けて田園地帯を走っていたころ、セラフィナは唐突に公爵と二人きりになっていることを自覚した。

途端に大聖堂でのキスを思い出し、セラフィナは慌てて顔を伏せた。向かいの公爵を意識し、赤面してしまう。あのキスは儀礼的なものだ、結婚式では誰もがやっていることだ——そう自分に言い聞かせても、心臓の高鳴りは止められなかった。公爵がセラフィナの変化に首を傾げる。

「セラフィナ、どうしたんだ。気分が悪いのか？」

「いいえ……あ、あの、閣下」

「なんだ？」

セラフィナはなにかを話さなければと、湯立った頭を必死に捻《ひね》った。

「その、王太子殿下はいつもああいった感じなんですか？」

「王太子殿下？」

公爵は納得いった様子で手と足を組んで、セラフィナを見つめる。

「あの殿下は惚れっぽいからな、ドレス姿の君に恋をしたんだろう。帰ったころには別の女に心を奪われているから、深く考えなくてもいい」

恋と聞き、セラフィナは思わず顔を上げた。

「私に恋？　殿下がですか？」

国王、王妃に次ぐ立場にある人物が、人妻となったばかりの女性に横恋慕《よこれんぼ》するとは、と眉を顰《ひそ》める。

公爵は窓に目を向けて笑った。

「殿下だけではないさ。どれほど身分が高かろうと、一皮剥《む》けばただの男だ。女の立場や階級など関係なく恋に落ちることもあれば、愛し合うこともある」

それは公爵も同じなのかと問おうとしたが、セラフィナは喉まで出かけたその問いを呑み込んだ。なぜそうしたのかは自分でもわからないし、公爵もそれ以上を語ろうとはしない。

やがて馬車はあたりが真っ暗になったころに、第一の宿泊先であるヒルズ子爵邸へと到着した。ヒルズ子爵は先代ブラッドフォード公の従兄《いとこ》に当たる。子爵本人は高齢に加え足腰が不自由なため伏せっており、今回の結婚式にも出席できなかった。代わって息子とその妻が列席し、夫妻は社交シーズンが終わるまで王都に留まるらしい。

現在、この屋敷に女主人として君臨するのは子爵夫人である。子爵より一回り下の六十歳前後で、かくしゃくとした女性だ。また、白髪《はくはつ》と灰色の瞳にビリジアンのドレスがよく似合っており、若いころはさぞかし美しかったのだろうと思わせた。

子爵夫人は公爵とセラフィナを出迎える際、小柄な少女を伴って現れた。波打つ銀の髪に潤《うる》んだ灰色の瞳の、今にも消え入りそうな儚《はかな》げな美少女である。古代の神話に登場する月光の精霊と錯覚《さっかく》するほどで、セラフィナは彼女は何者なのかと目を見張った。

夫人がドレスの裾《すそ》を摘まみ公爵に丁寧な挨拶《あいさつ》をする。

「ようこそ我がヒルズ邸へ。この度はおめでとうございます。夫も挨拶《あいさつ》をと申し上げていたのですが、起きるのもままならない状態でして……」

「そうか。それは残念だ」

公爵が少女に目を向けると、少女はびくりと肩を竦《すく》め、夫人の背後にさっと隠れてしまった。

「これアリス、お二人にご挨拶《あいさつ》なさい」

夫人は少女――アリスを自分の孫娘なのだと紹介した。確かに夫人と少女は顔立ちも瞳の色も似ているし、名簿にも子爵には孫娘がひとりいると書かれていた。アリスは内気な性格なのか、公爵とセラフィナの前には出たがらない。

「まあ、アリスったら。この子は仕方ないわね」

夫人は呆れたように溜め息を吐《つ》くと、アリスからセラフィナへ目を移した。頭からつま先までをさり気なく見下ろす。

「……お美しい奥様ですね」

夫人の顔がわずかに歪《ゆが》められた。セラフィナも値踏みされる視線には慣れていたが、夫人のそれには嫌なものを感じてしまう。

公爵がメイドに帽子を預け、セラフィナの肩を抱き寄せた。

「一日だが世話になる。子爵殿にも礼を言ってほしい」

「……かしこまりました」

灰色の目は、セラフィナの肩に回された手に向けられている。

「お食事はどうなさいますか？」

「済ませてきたから必要ない。私も妻も疲れたので、入浴後にすぐ休む」

夫人は当初のかくしゃくたる様子を取り戻すと、身を翻《ひるがえ》し「どうぞ」と廊下を歩き始めた。

セラフィナたちが案内された部屋は、おそらくヒルズ邸でももっとも豪奢《ごうしゃ》な客間だった。内装や家具が一目見ただけで一流品とわかる。窓からは庭園とその向こうの平野が見え、天気と運がよければ満月も臨めるかもしれない。

だが、セラフィナは内装も、家具も、窓も、庭園も、満月もどうでもよかった。そんなものよりも、部屋もベッドも一つしか用意されていないことが気になったのだ。その場でかたまるセラフィナをよそに、夫人は立ち去り、公爵はさっさと上着を脱いでしまう。

「入浴は私が先でもいいか。整髪料を早く落としたいんだ」

「そ、それは構わないのですが、ベッドが一つです」

「……？」

公爵の美貌には「なにを言っているんだ」とはっきりと書かれていた。

「夫婦なのだから当然だろう」

「あ、当たり前って……！」

上流階級の夫婦の寝室は通常別々となっている。ところが旅先の客間はこれに当てはまらず一緒にされる場合が多い。そして公爵とセラフィナは傍《はた》から見れば歴《れっき》とした夫婦で、当然といえば当然なのだ。それはセラフィナも承知しているが、自分たちはあくまで偽りの夫婦なのだ。ベッドをともにするなど考えられなかった。

「夫人に怪しまれるわけにはいかないからな。今更分けろとも言えないだろう」

どうしたものかと困り果てたセラフィナに、公爵は上着を片手にいかにもおかしそうに笑った。

「安心していい。子どもに手を出すつもりはないさ」

「こっ……子ども!?」

先日十七歳になったというのに子ども扱いされ、セラフィナの顔が熟《う》れた苺よりも赤くなった。子どもじゃありませんと言い返したかったが、ますますからかわれるだけだろう。怒りのままにくるりと身を翻《ひるがえ》し、廊下をずんずんと歩き始める。

「セラフィナ、どこへいくんだ？」

「やっぱり、先に入浴させていただきます！　こっ……子ども優先ですからっ」

背後から追い打ちをかけるように、公爵の笑い声が届いた。

「～～っ」

セラフィナは顔を覆うと、駆け足で浴室を目指す。そのあとは勢いに任せて身を清めたからか、入浴は思った以上に早く終わってしまった。結局頬が赤いままで公爵と交代し、彼が客間を出ていく。それから三十分が経つので、そろそろ浴室から戻ってくるころだろう。

「どっ……どうしたらいいのかしら？」

セラフィナはベッドに腰かけ、らしくもなく動揺していた。たとえ手を出されなくとも、公爵の隣で眠るなどありえない。なぜ頑《かたく》なに拒《こば》むのか自分でもわからないが、とにかくありえなかった。

やがてセラフィナは名案を思いつき、勢い込んでベッドから立ち上がる。

「そうよ、私が床にシーツを敷いて眠ればいいんだわ」

そして、ベッドは公爵ひとりで使ってもらえばいい。セラフィナは目を輝かせながら、シーツの端を握り締めた。ところがセラフィナのもくろみは、扉の叩かれる音に阻《はば》まれてしまう。

「……なにをしているんだ？」

セラフィナははっと出入り口に佇《たたず》む公爵を見た。入浴から戻ってきたばかりの公爵は、いつもの整った髪型ではない。まだ濡《ぬ》れた前髪が額《ひたい》と目に影を落とし、ガウンの合わせからはたくましい胸が見え隠れしていた。

「シーツが好きなのか？　君はおかしなものばかり欲しがるな」

セラフィナは一気に頭に血が上るのを感じる。

「あ、あの、床で寝よう思ったんです……」

事情を説明しようとするも、呂律《ろれつ》がうまく回らない。

「私と一緒に眠るなどお嫌でしょうし、わ、私は地面にも慣れていますから……！」

公爵はまじまじとセラフィナを見つめていたが、やがてぷっと噴き出し腹を抱《かか》えて笑い出した。

「君はどんな生活をしていたんだ？」

「そ、その……」

彼はベッドに腰を下ろすとセラフィナを見上げる。

「女を床に寝かせるなどありえないな。君に手を出す気はないからベッドを使うように」

「で、ですが……」

「この地方の夜は冷える。肺炎になりたいのか？」

そう諭《さと》され、セラフィナは仕方なくベッドの右端に身を横たえた。

公爵が枕元のランプを消し、ベッドの左端がぎしりと軋《きし》む。明かりは窓から差し込む月光だけになった。その月光も折り重なる薄雲に徐々に弱まり、まもなく暗闇に閉ざされてしまう。

セラフィナは目をかたく閉じるも、眠りに身を任せるどころか、意識は冴《さ》えていくばかりだ。広いベッドの端と端では相当の距離があるけれど、心安らかになどなれなかった。心臓の音が聞こえませんようにと、胸元の銀の十字架を握り締める。

緊張し、聴覚が鋭くなっていたからだろうか。揃って横になってから三十分が過ぎたころ、セラフィナは廊下の足音に気づいた。初めはメイドの巡回かと思ったが、それにしては様子がおかしい。客間の前に立ち止まったまま動かないのだ。何事かと身を起こしたセラフィナを、公爵の低く艶《つや》のある声が呼ぶ。

「セラフィナ」

「か、閣下？」

彼も眠りに落ちてはいなかったようだ。起き上がった公爵は髪を掻《か》き上げ、右の膝を立てる。

「……子爵夫人だ。私たちの仲を確かめにきたのだろう。まだ私の結婚に納得ができないらしいな」

「……!?」

公爵は声を潜《ひそ》めて話を続けた。

「夫人は一時期、私の父の婚約者候補だった。父を熱愛していたようだ」

ところが先代は夫人ではなく、公爵の母親である女性を選んだ。夫人は二十一歳で子爵のもとに嫁《とつ》ぎ、以降は子爵に大人しく仕えている。

けれど数十年後に長男夫妻にアリスが生まれ、野心に妙な火が点いたらしい。孫娘を夫妻から取り上げて育てた挙句《あげく》に、いずれは公爵の妻にと望んだのだ。おのれが果たせなかった夢を、よく似た孫娘で叶えたかったのだろうか。

「アリスも十七になる。嫁《とつ》ぎ先を見つけるべきころだ。夫人が父とハワード家への執着を捨てなければ、孫娘の一生を台なしにするだろうな」

「……」

「アリスは夫人の分身ではないし、私はアリスが何者であれ選ばない。夫人はそれを知るべきだ」

セラフィナはようやく夫人のあの態度の理由を悟った。

「けど、執着を捨てるってどうすれば……」

公爵は唇の端に笑みを浮かべる。

「君は初夜になにをするのか知っているか？」

一見、脈絡《みゃくらく》なく思える質問だった。けれどセラフィナは「はい」と頷き、至極真面目に答える。

「子どもを作る儀式をします」

アルビオンでは女性への性教育はない。淑女《しゅくじょ》は結婚まで身も心も無垢《むく》でなければならないからだ。

セラフィナも例外ではなかったが、それでも一般的な貴族の令嬢よりは知識がある……と自分では確信していた。なぜなら食堂で男性客の猥談《わいだん》を聞いていたからだ。

「靴職人のお爺《じい》さんは、〝初めての女は裸になって寝てりゃ終わる〟と笑っていました」

「……」

「肉屋のおじさんは〝それだけじゃつまらないから、二回目からはヨガって、三回目は跨《また》がってほしいなぁ〟とも」

ちなみに「ヨガる」と「跨《また》がる」の意味は知らない。だが、それが子どもを作る儀式にまつわることだとは察しがついた。

「もう十分だ」

公爵は小さく溜め息を吐《つ》くと、顔を覆った。少し困っているように見える。

「……まあ、仕方がない」

そして、そう呟くなり間を詰め、瞬《また》く間にセラフィナの背を攫《さら》った。

「えっ……」

ベッドがぎしりと大きく軋《きし》む。組み敷かれたのだと知り、セラフィナは息を呑んで公爵を見上げた。だが、暗闇に邪魔をされ表情を確認できない。不意に耳元に公爵の息がかかった。

「喘《あえ》ぐマネくらいはできるか？」

「あ、あえぐ……？」

セラフィナは喘《あえ》ぐなる単語を知らなかった。目を瞬《しばた》かせ蚊の鳴くような声で返すしかない。

「わかりません……」

その間に手首をシーツに縫《ぬ》い止められ、動きを封じられてしまう。セラフィナは身じろぎをしたが、抵抗にすらならなかった。

「なら、実地でいく」

力の強さとは裏腹に、公爵は子どもに言い聞かせるように、優しく囁《ささや》く。

「セラフィナ、これからは演技だ」

「演技、ですか？」

「ああ、そうだ」

夫人に公爵とセラフィナの仲を見せつけ、諦めさせるための演技なのだという。セラフィナはわけがわからないまま頷いた。

「かしこまりました。で、でしたら頑張ります」

「……君は私の言うとおりにすればそれでいい」

公爵がセラフィナの指にみずからの指を絡める。

「まず、夫婦間で閣下は不自然だ。〝グリフィン〟と呼んでもらおう」

「グリフィン……？」

「そうだ。以降はすべての場面で私の名を呼ぶように」

セラフィナは命じられるがままに公爵の――グリフィンの名を呼んだ。

「グリフィン、様？」

戸惑いがちに呟いた次の瞬間、唇を封じられてしまう。

「ん……ぅ」

挙式でのものとはまったく違う、荒々しく深いキスだった。さらには唇を力ずくで割り開かれ、舌を絡め取られてしまった。くちゅ、くちゅと口の中を犯され、時には歯茎《はぐき》を丁寧になぞられる。

セラフィナは思わず瞼《まぶた》を閉じたが、水音はまったく弱まらない。身体にまで淫靡《いんび》に響き渡り、消え入りたい思いに駆られた。セラフィナの心臓が限界になったころ、グリフィンがやっと唇を離す。

「はっ……」

セレストブルーの瞳に涙が滲《にじ》んだ。息をする間もなくふたたび深く重ねられる。

「……ん」

今度は吐息とともに熱を吹き込まれ、セラフィナは力が抜け落ちていくのを感じた。グリフィンは演技をしているのだから、こちらも演技に徹《てっ》さなければならない。そう自分に言い聞かせているのだが、彼に翻弄《ほんろう》されるばかりだ。

それでも寝間着の胸元のリボンに指をかけられたときは、反射的にその手首を掴んで何度も首を振ってしまった。

「ダ、ダメです」

この寝間着は前開きで、胸元から腹部までは両側に並んだ穴にリボンを通すことで留めている。解《ほど》かれてしまえば上半身を守る鎧《よろい》はない。母やエリナーやメイドにならいざ知らず、グリフィンに肌を晒《さら》すことなどできなかった。

「お、お願いです。これ以上はどうか……」

だが、グリフィンは止めようとはしなかった。セラフィナに伸《の》しかかり愉《たの》しげに笑う。

「悪い娘だな。私の言うとおりにすればいいと言っただろう？」

グリフィンとは体格に大きく差がある。結局はされるがまま、リボンがするりと引き抜かれ、寝間着を肩から腰まで下ろされてしまう。ひやりとした空気が肌に触れるのと同時に、雲が風に流され月がふたたび顔を出した。大きくはないが形のいい胸と、白く滑《なめ》らかな肌が光に照らし出される。

「いやっ……」

セラフィナは小さな悲鳴を上げた。グリフィンの視線を嫌というほど感じたからだ。

「グリフィン様、お願いです。どうかカーテンを引いてください……」

「君は演技がうまい」

グリフィンがセラフィナの首筋に唇を落とした。

「えんぎ、じゃっ……」

肌を吸われ、つい顔を背《そむ》けてしまう。グリフィンの唇は首筋から鎖骨、胸の谷間を辿り、淡く色づく右の蕾《つぼみ》を含んだ。ぬるりとした熱と得体の知れない感覚に、セラフィナの背がびくりと引きつる。

「や……あっ」

セラフィナはグリフィンの髪を掴んだ。どうにか引き剥《は》がそうとするのだが、それは叶わぬ願いでしかない。グリフィンの左手はその間に、もう片側の乳房を緩急をつけて揉《も》みしだいた。巧《たく》みな愛撫《あいぶ》に桜色の唇から喘《あえ》ぎ声が漏《も》れ出る。

「あっ……やっ……あっ……」

続いて何者かが走り去る足音が聞こえる。しかし、やっと夫人が立ち聞きをやめたのだと、セラフィナが気づくことはなかった。夫人が立ち去ったあともグリフィンは一向に身体を離そうとはせず、いまだにセラフィナの身体を弄《もてあそ》んでいるからだ。

やがて片手が足の間に入り込み、淡く薄い茂みを掻《か》き分け奥に触れた。

「やっ……」

長い指の一つが一際敏感《びんかん》な花芯に触れる。

「……ぁ」

セラフィナの唇から切ない声が漏《も》れ出た。グリフィンはその声を聞き、指先で反応した箇所を押し、撫《な》で、最後に二度強く掻《か》いた。

「あ……やあっ！」

セラフィナは知らず手を伸ばし、爪を立ててグリフィンの肩を掴む。身体が二度大きく震え、内からは潤《うるお》いが滲《にじ》み出てくる。セラフィナは自分の身体の変化が信じられず、呆然と天井を見上げた。

「……っ！」

グリフィンはそんな彼女を置き去りにして攻め続けた。二つの花弁を二本の指で押し広げ、うち一本を秘所の入り口に添える。

長い指が花唇にめり込むと、グリフィンは力を籠《こ》め、さらに奥へ入れた。

「うっ……あ、う……」

身体の奥に侵入される感覚に、セラフィナは吐息を漏《も》らした。グリフィンの指はなおも彼女の中を掻《か》き分け、押し広げ、時にセラフィナの弱い箇所を強く抉《えぐ》る。

「ひっ……やっ……」

指は最後にセラフィナの奥を二度突き、ついに彼女を陥落させる。

「ああ……っ」

刺激に下腹部が甘く疼《うず》き、震え、とろとろと蜜が溢れる。セラフィナが肩で呼吸を繰り返している間に、辛《かろ》うじて腰にかかっていた寝間着を下ろされ、いよいよ生まれたままの姿にされた。

「や、やだっ……こ、わい」

強く抱き締められた次の瞬間、セラフィナは声を上げて泣き出してしまう。この先の未知の世界がひどく怖い。足を踏み入れるには、まだ勇気がなかった。

「怖い、です。グリフィン様……。怖い」

嗚咽《おえつ》が止められない。グリフィンの力が緩《ゆる》み、その手が髪に埋《う》められるまで、セラフィナは幼子《おさなご》のように泣きじゃくった。

「セラフィナ、いい子だ。もう終わりだ」

グリフィンに頭を撫《な》でられ宥《なだ》められる。それでも泣き止まないセラフィナの目に、グリフィンは軽い口づけを落とした。

「……いい子だ。もう泣くんじゃない」

グリフィンは身体を起こすとベッド脇の机に手を伸ばし、備えつけのブランデーをグラスに注《つ》ぐ。一口含んでセラフィナの頬に手を当て、琥珀色《こはくいろ》の液体を口移しで流し込んでいく。

「う……ん」

セラフィナはグリフィンのガウンの襟を思わず掴んだ。彼の熱ごと飲み込むと、舌と喉の奥とがびりりと痺《しび》れる。

セラフィナの意識はそこで途切れた。

朝は妙に冷え込むせいか、セラフィナは起きたらすぐにでも熱いスープを飲みたいと思った。野菜とハーブ、鶏肉をたっぷり入れた、エリナー特製のスープだ。自分でも作れないことはないが、やはりレシピの考案者には敵わない。

肌寒さと小鳥の囀《さえず》りに瞼《まぶた》を開け、セラフィナは腕を大きく上げて背伸びをした。

「う……ん」

目覚めたらまず顔を洗うのが習慣だ。洗面台にいこうと床へ降り立つと、寒さに鳥肌が立った。お湯が欲しいところだが、炭の無駄遣いはできない。やはり水にしようと思いつつ、扉に手をかけた瞬間だった。

低く艶《つや》のある声がセラフィナを呼び止めたのだ。

「――なかなかいい眺めだが、どこへいくつもりだ？　出発は一時間後だぞ」

「……!?」

我に返りあたりを見回す。エリナーのいる食堂ではなく、レノックス家でもない。そう、確かここは昨日誰かと泊まったお宅だ。セラフィナはおそるおそる、窓際の長椅子を振り返った。

紳士用の旅装に身を包んだ美青年が腰かけている。すでに丁寧に整えられた髪と組まれた長い足が小憎らしい。青年が――グリフィンがいつものように唇の端で笑った。

「君が露出狂とは知らなかった」

「ろ、ろしゅつ……？」

聞き慣れない単語に首を傾げる。

「契約書にもう一項目追加するべきか？　〝裸で歩き回らないこと〟」

セラフィナはようやくグリフィンの意図を悟り、まさかという思いで我が身を見下ろす。窓から差し込むまだ弱い陽の光に、一糸《いっし》纏《まと》わぬ裸身が照らし出されている。身体を覆うものは亜麻色《あまいろ》の長い髪だけだ。それも赤い名残《なごり》の散る胸元を隠し切れてはいない。

セラフィナは無言でグリフィンを眺め、次いでふたたびおのれを見下ろす。数度その動作を繰り返し、小刻みに震え出した。発作的にベッドに飛び込み、頭からシーツを被る。

昨夜の記憶が怒涛《どとう》のように頭に押し寄せ、顔は木から落ちる寸前のプラムの色になる。

「い、い、い……」

「……セラフィナ？」

「いーーーやーーっ!!」

早朝のヒルズ邸宅に盛大な悲鳴が響き渡った。セラフィナ、人生初の本格的な絶叫だった。

恥ずかしくて外へ出られない。涙目で枕に顔を押しつけていると、シーツ越しにふわりと手が乗せられた。おそるおそる顔を覗かせると、グリフィンが苦笑しながら謝った。

「からかってすまなかった」

手がゆっくりとセラフィナの頭を撫《な》でる。すると次第に気持ちが落ち着いてきた。

「服をメイドに用意させてある。私は先に出ているから」

グリフィンがそっと手を引き、扉から出ていくと、メイドが入れ違いにやってきた。

「では奥様、お着替えをしましょうか」

「は、はい……」

平常心を取り戻したが、羞恥心《しゅうちしん》は完全には消えない。まだ二日間は馬車で移動するというのに、グリフィンとどう顔を合わせればいいのか。

それから一時間後、セラフィナはアリスと使用人らに見送られ、グリフィンとともにヒルズ邸を発《た》った。ちなみに子爵夫人は姿を見せず、代理でこわごわと挨拶《あいさつ》にきたアリスいわく、熱を出して倒れたとのことだった。

あの喘《あえ》ぎ声や泣き声、絶叫を聞かれていたのかと思うと、セラフィナは今すぐ馬車から飛び降り、太陽に向かって走り出したい衝動に駆られる。

羞恥《しゅうち》に身を縮ませるセラフィナに対し、グリフィンは平静そのものだった。いつものように窓に目を向け、景色の移り変わりを楽しんでいる。セラフィナはなぜ動揺せずにいられるのかと内心むくれる。慌てふためく自分が馬鹿みたいだと、また恥ずかしくなった。グリフィンにとっては大して珍しくもない、慣れた行為でしかなかったのだろうか。

セラフィナはそこまで考えはっとなった。これほどの男性が女性に放っておかれるはずがないのだ。不意にちくりと痛みを覚えて胸を押さえる。

「……？」

健康と体力には自信があるのだが、この痛みはなんなのだろうか。セラフィナは疲れが溜まったのだろうと、片隅に身を寄せ壁にもたれた。目的地まで眠ろうと思ったのだ。

「セラフィナ」

途中、あの声で名を呼ばれたが、セラフィナは目を開けなかった。

「セラフィナ、眠ったのか？」

馬車に揺られる間にいつしか眠りに落ち、頭を撫《な》でられたのにも気づかなかった。ただ、その手の温かさと優しさだけは、夢の中でぼんやりと感じていた。


温かく優しいハーブの香りがする。これは野菜と鶏肉がたっぷり入ったスープの香りだ。けれどもどうせまた夢なのだろうと、セラフィナは寂しく思いながら瞼《まぶた》を開けた。ところが予想外の光景に目を丸くする。

土ぼこりが立つ通りの両脇に八百屋《やおや》、パン屋、布地屋などの小さな店がある。そして左中央にある石造りの食堂は――

思わず窓に貼りつくセラフィナの背に、グリフィンが大げさに溜め息を吐《つ》いて呟いた。

「困ったことになった。どうやら道に迷ったらしく、今日はこの町で一晩泊まるしかない」

セラフィナは思わずグリフィンを見つめる。目的地とこの町とでは方向が正反対のはずだ。長年仕えている御者《ぎょしゃ》が道を間違うはずがない。ならばなぜ、と目を瞬《しばた》かせるセラフィナに対し、グリフィンは素《そ》知らぬ顔で言葉を続けた。

「宿屋はあったが収容できる人数が少ない。君には悪いが今夜は自分で部屋を探してくれ。明日の正午にここに戻ってくればいい」

この町で泊まりたい場所など、もうとっくに決まっている。外に控えていたジョーンズが、扉を開けセラフィナを降ろした。

セラフィナは地に足が着くと、一も二もなく食堂へ走り出す。ところがはっと立ち止まり踵《きびす》を返し、一度馬車に駆け戻った。グリフィンがこの町に立ち寄った理由に思い至ったからである。扉を閉めるジョーンズの手を止め、中のグリフィンに声をかけた。

「あの、グリフィン様」

闇色の瞳がセラフィナを見下ろす。セラフィナは、喜びの溢れるセレストブルーの瞳で、真っ直ぐに彼を見上げた。

「ありがとうございます。それと、ご心配をかけて申し訳ございません」

グリフィンはセラフィナが恥じ入り、落ち込んだのを見て、どうにか元気づけようとしたのだろう。彼が自分を思いやってくれたことが嬉しかった。セラフィナは少し目を伏せ迷ったあと、やはり言わなければと顔を上げる。

「グリフィン様は、その、少し怖いですけど……とても、優しい方だと思います」

セラフィナは嘘のない笑顔でそう言うと、身を翻《ひるがえ》し、ウサギのように飛び跳ねていった。目をキラキラと輝かせ、頬を薔薇《ばら》色に染めながら。

ところがいざ食堂前に到着すると、つい立ち止まってしまう。スープの香りが立ち込める店内を、出入り口からおそるおそる覗き込んだ。忘れられてはいないかと不安だったのだ。

エリナーは熱心に掃除をしていたが、すぐに人の気配を察知して顔を上げた。そして、セラフィナの姿を目にして驚いている。

「まあ……フィーナ？　フィーナなの？　お帰り！」

セラフィナは大きく頷くと、エリナーのもとへと駆け寄った。

「あら、あんた、きれいになったねえ」

セラフィナを目の前にしたエリナーの第一声がそれだった。思わず頬を押さえる彼女の顔を覗き込む。

「うん、やっぱりきれいになった」

お世辞をほとんど言わないエリナーが、そう評価するなら真実なのだろう。セラフィナは照れくさそうに微笑んだ。

「今ちょっとだけ白粉《おしろい》を叩《はた》いているからだと思います」

「いや、そういうことじゃないよ。外見じゃなくて、なんていうかねえ……」

エリナーはまじまじとセラフィナを見つめ、「ははーん」と意味深に笑う。

「ま、あとからでいいか。今日はいつまでいられるんだい？」

「はい、一日大丈夫だって。女将《おかみ》さん、早速掃除をしてもいいですか？」

セラフィナは手伝う気満々で袖を捲《まく》り上げた。全身にやる気が漲《みなぎ》っている。

そうして楽しい一時《ひととき》はあっという間に過ぎてしまった。時間の長さは同じであるはずなのに、なぜだろうとセラフィナは不思議に思う。久々の料理だけでなく、掃除も、接客も、なにもかもが楽しかった。ダンスの練習でも感じていたのだが、じっと座っているよりは、身体を動かすほうが性《しょう》に合っているらしい。

その夜、店を閉めたのち、セラフィナはエリナーを手伝い自分たちの夕食を用意した。片隅のテーブル席に冷めたパンを積んだ籠《かご》、残り物のスープ、焼き野菜などの料理を並べる。その間にもきゃらきゃらと笑い合い、他愛のないおしゃべりを楽しんだ。

「それから？　フィーナ、それからそのご令嬢はどうなったんだい？」

「はい、その伯爵様と今年の冬に挙式だそうです。女将《おかみ》さん、初対面でプロポーズですよ!?　私、そんなことがあるんだって驚いてしまって……」

「まあ、男が決めるときはそんなものだよ。その伯爵様も、やるときにはやるじゃないか」

二人は口も手も止めずに支度を終えると、向かい合って椅子に腰を下ろした。手を組んで食前の祈りを捧げてから、料理に手をつける。

「ああ、美味《おい》しい。フィーナの作ったものはどれも美味《おい》しいね」

「女将《おかみ》さんにはまだ遠いです」

だが、確かにいつもより美味《おい》しいと、セラフィナは驚きをもってスープを見つめた。具は客に出してしまったため、肉も野菜も欠片《かけら》しかない、ほぼ鶏ガラの汁だけのスープだ。なのに、ハワード邸のあの贅沢《ぜいたく》な料理より、よほど美味《おい》しい。パンも、焼き野菜も美味《おい》しく、いくらでも腹に入ってしまう。エリナーも二皿目のスープをお代わりしていた。

あと数スプーン分を残したところで、エリナーはテーブルに肘《ひじ》をついて笑う。

「ところで、あんたはどうなんだい？」

「……？」

セラフィナは意味がわからず首を傾げた。

「男だよ。お・と・こ。向こうでいい人が見つかったんだろ？　すぐわかったよ～」

――すんでのことでスープを噴き出すところだった。

「な、なにを言っているんですか!?」

セラフィナは咽《む》せ返りながら、涙目でエリナーを見つめた。

「い、い、い、いい人なんてっ……いませんっ」

ようやく落ち着きを取り戻すと、ハンカチで口元を拭《ぬぐ》って溜め息を吐《つ》く。

「その、雇い主みたいなものですよ。確かにグリフィン様はいい方ではありますけど……」

グリフィンとは偽りの夫婦というだけで、二年後には終了する関係なのだ。ところが、エリナーはまだニヤニヤしている。

「ふうん。グリフィンっていうのかい。ま、いつか紹介してくれればいいからね。せいぜい頑張るんだよ」

「だから、違いますって……!!」

「あー、はいはい。わかった、わかった」

そんなこんなで賑やかな賄《まかな》いも終わり、エリナーがしんみりとテーブルに手を組んだ。

「ああ、もうこんな時間か。明日からはまたひとりなんだね」

ひとりと聞きセラフィナははっとなる。エリナーは新たな人員を雇わずにいたのだ。

「女将《おかみ》さん、数年後には帰ってきますから」

「まあ、娘を奉公へやったとでも思うことにするよ。この年になれば数年なんてすぐ終わるさ」

寂しいとは口に出さずにエリナーは笑う。セラフィナはその笑顔に胸を衝《つ》かれた。

同時に、料理の味の最後の決め手を悟る。こうして誰かと一緒に、笑い合いながら食べることだ。誰かとともにいることは笑顔を呼び、笑顔は幸福を生み出す。その幸福は料理を二倍、三倍に美味《おい》しくするのだ。

「フィーナ、どうしたの？」

「……なんでもありません」

セラフィナは顔を上げると、微笑んで片づけを始めた。

翌日の正午、グリフィンは元の通りへ迎えにきた。セラフィナはエリナーの「いい人」という言葉を思い出し、その美貌を目にするなりつい赤面してしまう。

「どうしたんだ？　風邪でも引いたのか？」

「だ、だ、だ大丈夫です！」

心配してくれるグリフィンに、そう答えるのがやっとだった。

そうして、あらためて目的地の南部へ向かっていたある日のこと。日暮れまでに宿泊先に到着することができず、夕食は停車した馬車での軽食となった。とはいえ、メニューはローストビーフのサンドイッチにスコーン、マーマレードにデザートの干しアンズ、地元で評判の白ワインとしっかりした内容だ。

セラフィナは簡易テーブルに料理を並べながら、ふと窓から差し込む月の光を見上げた。満月がわずかに欠けた下弦《かげん》の月だ。今夜の月明かりは牛の乳を混ぜたような鈍い金色をしており、一昨日《おととい》より穏やかに思える。セラフィナが声もなく光に目を奪われていると、夜の静寂の中でグリフィンがぽつりと呟いた。

「月が綺麗《きれい》だな」

セラフィナは思わず向かいのグリフィンを見る。彼も首を傾げてセラフィナに目をやった。

「どうした？」

「い、いいえ……」

セラフィナはなぜかどぎまぎとしながら、サンドイッチを手に取る。

「本当に綺麗《きれい》です……」

グリフィンはワインをグラスに注《つ》ぎ、月光を肴《さかな》に味わっている。セラフィナもサンドイッチをゆっくり噛んで食べ、やはり美味《おい》しいと微笑みを零《こぼ》した。最後の一口を呑み込んだところで、セラフィナはついにグリフィンに切り出す。

「あの……グリフィン様、欲しいものが決まったんです」

「ああ、舞踏会のご褒美《ほうび》だな」

グリフィンはワインを飲み干し、グラスを置いた。

「なにがいい？　君の望むものは私には予想できない」

セラフィナは恥ずかしさに顔を伏せる。まるで子どものような願いだと思うが、それでも他に欲しいものなど考えつかなかったのだ。

「これからも、こうして一緒に食事をしていただけませんか？　もちろんお忙しくないときだけで構わないので……」

呆れているのか笑っているのか、グリフィンの表情はわからないが、セラフィナは続ける。

「その、きっと美味《おい》しく、もっと食べられると思うんです。胸も大きくなる……かもしれません」

胸については余計だったと後悔したが、一度言ったことは取り消せない。一分、二分と時が過ぎ、セラフィナの緊張も限界になったころ、頭にふわりと手が乗せられた。セラフィナがおそるおそるグリフィンを見上げると、彼は声を押し殺し笑っていた。

「君はやはりおかしなものばかり欲しがるな。なるほど、胸が大きくなるか」

「……!!」

セラフィナの体温が急上昇する。発作的に馬車から飛び降りようとしたセラフィナを、グリフィンの腕が抱き留めた。

「待て、待つんだ。君がグラマーになるなら、それも悪くはないな」

「えっ……」

素早く膝の上に乗せられ、腕に囲われたのにも気づかず、セラフィナは目を瞬《しばた》かせる。

「あ、あの、あまり期待しないでいただけたら……」

グリフィンはぐいと身体を抱き寄せた。

「君はいつも結果を出してきただろう？　楽しみにしていよう」

「そ、そんな……」

間近からグリフィンの吐息が頬に触れ、セラフィナの心臓が鳴り響く。

「あ、あの」

このままではグリフィンに鼓動《こどう》を聞かれてしまうと慌て、セラフィナは身を捩《よじ》る。ところが、彼はセラフィナを離そうとしない。細い肩がグリフィンのたくましい胸に触れる。背と腰に回された腕は力強く、セラフィナが振り払うことなどできそうになかった。

「君は、やはり小さいな」

グリフィンが頬を寄せ、唇をセラフィナの耳に触れさせる。

「抱き締めると壊れてしまいそうだ」

吐息と吐息が交わり、唇と唇が今にも触れ合いそうな、まさにそのときだった。

「グリフィン様、セラフィナ様、そろそろ出発です」

ジョーンズが扉を叩いたのをきっかけに、セラフィナは弾かれたように飛び退《の》き、グリフィンから顔を背《そむ》けた。

「わ、わかりました!!」

馬車がその声を合図にゆっくりと動き出す。そのあとは先ほどの熱が籠《こ》もったまま沈黙が落ち、二人は言葉もなく次の宿泊先に到着したのだった。

目的地へ到着したのは当初の予定より二日あとだった。アルビオンの南部は温暖であり、冬にもかかわらず緑が多い。セラフィナがもっとも感激したのは、ハワード家の別荘周辺の森や林の中に、ハーブの群生《ぐんせい》があったことだった。料理をする者にとってはこれほど贅沢《ぜいたく》な環境はない。

セラフィナはグリフィンに許可を取ると、籠《かご》を片手に喜び勇んで採取にいく。グリフィンには雑草に見えるらしく、なにが楽しいのかと不思議そうだった。しかし、セラフィナが毎朝外に出かけるので、次第に興味を引かれたらしい。四日目の早朝には自分もいくと言ってきた。

「えっ、グリフィン様もですか？」

戸惑うセラフィナの腕から、ひょいと籠《かご》を取り上げる。

「ああ、どうも君がいないと退屈だからな。どれがハーブなのか教えてくれ」

冬の林はひっそりと静まり返っていた。植物以外の生き物はみな冬眠しているのだろうか。足音だけが耳に届く静けさの中で、冬でも鮮《あざ》やかな草の緑と、それらを覆う枯葉の朱赤《しゅせき》が目に眩《まぶ》しい。

こうしてグリフィンと並んで歩いていると、世界に二人きりのような気になってしまう。

「……!!」

セラフィナはなにを考えているの、と首を振った。

「このあたりか？」

グリフィンの足が止まる。セラフィナは一本の木の根元に、慌てふためいてしゃがみ込んだ。

「は、はい、そうです」

その周りにはこんもりと、アルビオンにしかないという、タイムの一種が生えている。

「この葉が小さくて密集している、枝のような草がそうです。乾燥させて枕に入れると、ぐっすりと眠れるんですよ。このハーブは頭痛にも効くので、薬としても使います」

「ほう。それは初耳だ」

グリフィンはセラフィナの隣に片膝をつくと、早速ハーブの採取を始めた。ところが、こうした経験は初めてなのだろう。少し目を離すと、籠《かご》にはハーブだけでなく、雑草もどんどん溜まっていく。セラフィナは急いでグリフィンの手を掴んだ。

「ま、待ってください!!」

中には腹痛を起こす毒草もまじっている。

「言葉が足りずに申し訳ございません。よく似ているんですけど、葉の縁《ふち》にギザギザがあるものはタイムではなく、毒がある草なんです」

「ああ、そうなのか」

グリフィンは手の中の毒草をまじまじと眺めた。そんな彼をセラフィナも凝視《ぎょうし》してしまう。グリフィンは視線に気づいたのか、セラフィナにふと目を向けた。

「どうした？」

「あっ……そのっ……」

漆黒《しっこく》の双眸《そうぼう》に見つめられ、セラフィナはつい思ったことを、そのまま口にしてしまった。

「グリフィン様にもご存知ないことがあるんだって思って……」

グリフィンが切れ長の目をかすかに見開く。

「申し訳ございません。その、グリフィン様はなんでも知っていて、なんでもできるって思っていたんです」

「私は全知全能の神ではないぞ」

グリフィンはぷっと噴き出して笑うと、腕を伸ばして亜麻色《あまいろ》の髪に手を埋《う》める。

「ここでは君が教師だ。私にしっかり教えてくれ」

「は、はい……」

セラフィナは手にしていたハーブを握り締めた。冬の真っただ中にいるからか、あるいは別の理由からなのか、グリフィンの手の平をいつもより熱く感じた。

それから二人は林のあらゆるところへいき、タイムを中心にハーブを集めて回った。三時間は採取に勤《いそ》しんでいただろうか。別荘に戻ってハーブの乾燥の処理や入浴を済ませ、夕食を取ったあとには、身体がくたくたになっていた。いつもより早く床《とこ》に就き、充実した思いで眠りに落ちる。

――新婚旅行の二週間は、結局そうしてハーブにまみれて終わった。

帰りの馬車の中でも話題はもっぱらハーブだ。セラフィナは窓の外を眺めながら、早く春がくればいいのに、と笑う。

「春には春のハーブがちゃんとあるんですよ。ブラッドフォードではどんな花が咲いて、どんなハーブが芽生えるんでしょう。オレガノがあるといいんですけど……」

「オレガノはなにに使うんだ？」

「スープにもパイ料理にも、どんな料理にも合うハーブですよ。あっ、もし種が取れるようだったらいただけませんか？」

グリフィンは長い足を組んで首を傾げた。

「その種をなにに使うんだ？」

セラフィナははっとなって口ごもる。しばらく黙り込んでいたものの、それ以上黙っていられずに言葉を続けた。

「女将《おかみ》さんのところに戻ったら、食堂で育てようと思うんです。自分で育てれば仕入れる必要もないですから……」

グリフィンもそこで二年という契約期間に思い至ったらしい。沈黙ののちにようやく呟く。

「ああ、そうか。……そうだったな」

その様子は少々呆然として見えた。

「君は、戻ってからも前と同じように働くのか？」

セラフィナはグリフィンの質問に小さく頷く。いずれ身分を捨ててあの町に帰り、一平民として生きていくつもりだった。スープを煮込み、客をあしらい、掃除と皿洗いをする。そんな毎日を待ち望んでいるのだ――そのはずだった。

「女将《おかみ》さん、すごくいい方なんです。本当に親切にしていただいて……」

セラフィナは目を伏せてこう語る。

「その恩は、どれだけ働いても返し切れません。それに、私はあそこにいると、私もここにいていいんだ、ちゃんとやっていけるんだって、そう思えるんです」

本心であるはずなのに、なぜか心がかすかに痛んだ。

◇◆◇◆◇

ハワード家のカントリーハウスに帰宅したその日の夕方、グリフィンはセラフィナと夕食を取る前に、旅行中に届いた手紙を書斎へと運び込ませた。ジョーンズに仕分けをさせている間に席に着き、先に手渡された重要なものにだけ目を通していく。

まずは封蝋《ふうろう》に王家の紋章《もんしょう》が押印された封筒だ。中には祝福の定型文と爵位継承《けいしょう》の承認、最後に流れるような筆跡のサインがあった。ようやく正式に婚姻《こんいん》の手続きが終わったのだ。これで何人《なんぴと》たりとも自分の――現ブラッドフォード公の地位を疑わない。ここまできたという思いと、これからだという思いを抱《かか》えながら、国王からの手紙を机に仕舞った。

続いて遠方や海外からの祝い状をざっと確認する。少なくとも五十通は返事を出す必要があるだろう。グリフィンが手紙を片づけていく一方で、ジョーンズは最後の一通の差出人の確認をしている。どうやら名前はなかったらしく、こうした場合には内容の確認を許可している。ジョーンズはペーパーナイフで封を切り、手紙を取り出すと、手をぴたりと止めた。

「どうした、ジョーンズ」

返答に詰まった彼の様子に、グリフィンは大体の内容を把握する。

「セラフィナの中傷か？」

「は、はい……」

匿名《とくめい》での中傷文は、舞踏会の直後から、何度も筆跡を変えてやってきた。もちろんセラフィナはこの件を知らない。グリフィンも今は読む気すらしなかった。

どうせ内容は、最初の婚約破棄の原因は義妹への虐待《ぎゃくたい》だった、元婚約者とはすでに肉体関係があった、平民にまじって労働に従事していたらしい、そんなところだ。ほとんどは程度の低い捏造《ねつぞう》でしかなかったが、よほど調査しない限りは判明しない事実もある。

「その手紙は捨てるな。筆跡を調べておけ」

恐らく代筆なのだろうとは思うが、念のために鑑定を命じる。グリフィンは書斎を出ると、食堂へと歩き始めた。

あれらの中傷がセラフィナのなにを証明し、なにを汚《けが》すのかと滑稽《こっけい》に思う。自分の知る彼女はこうだ。大きなものに勇敢に立ち向かうのかと思えば、どうでもよいことから逃げ出そうとする。大人と対等に渡り合うかと思えば、幼子《おさなご》も呆れるほど寂しがり屋だったりする。それでいて、どんなときにもあの瞳の輝きを失わない。

――いや、一度だけ涙で曇《くも》ったことがあった。グリフィンは足を止めないまま、ヒルズ邸での夜を思い出した。

『怖い、です。グリフィン様……。怖い』

あのときなぜ抱いてしまわなかったのか。これまでそうしてきたように、身も心も利用するだけ利用すればよかったのだ。

そう、ただ、セレストブルーの瞳から流れる涙よりも、セラフィナの笑った顔や、悔しがる顔や、驚いた顔や、喜んだ顔や、そんな顔をもっと見たいと思った――それだけなのだ。

第三章　七つ目の大罪

セラフィナが公爵夫人と呼ばれるようになってから、あっという間に五ヶ月が過ぎた。季節は緑鮮《あざ》やかな夏へと移り、貴婦人らのドレスも半袖に変わっている。色彩は白や水色や若草色、藤色などの軽やかなものが増えていた。ところが、式後の慌ただしさと忙しさは一向に軽減しない。それどころかハワード家の奥方としての務めに追われるばかりだ。

セラフィナはグリフィンと結婚するまで、高位の貴族の奥方はドレスを身に纏《まと》い、微笑むのが務めなのだろうと考えていた。ところがいざ結婚してみると、様々な仕事があるのに驚く。グリフィンが留守の際の客人の接待や、メイドを始めとする女性使用人の監督。中でももっとも重要な仕事が社交である。

社交は王都で繰り広げられる舞踏会だけではない。各領地に帰郷してからも、個人のカントリーハウスでの朗読会や演奏会、午後のお茶会に観劇後の晩餐《ばんさん》会などと多岐《たき》に亘《わた》っている。あちらこちらの招待に応じるため、ほとんど毎日馬車を使っていた。運悪く日が重なった場合、招待者の爵位順、爵位が同等の場合には招待状の先着順で応じている。

ところがあらゆる原則を飛び越えて優先される階級が二つあった。一つは当然のことながら王族で、もう一つは教会の聖職者である。アルビオン国民はほぼ全員がアルビオン国教を信仰している。この宗教では唯一神である救世主を崇《あが》め、世界の始まりと終わりを予言していた。救世主の教えを聖書にまとめ、国民に教えるのがアルビオン国教会だ。

国王が俗世間《ぞくせけん》の支配者であるのなら、聖職者は精神世界の管理人である。歴史も長く国民の信仰も厚いため、決して無下にはできないのだ。

国教会は村や町ごとに教会を置いており、主要都市には大聖堂を建設している。もっとも権威があるのは式を挙げた王都の大聖堂だが、次いでコルナ大聖堂も重要視されていた。

コルナはブラッドフォードから馬車で一日半の都市だ。大聖堂には代々の公爵が多額の献金を行い、保護下に置いてきた歴史があった。その大聖堂から夫婦で式典に招待されたのだ。創立七百年を記念した大規模なものであり、アルビオン中から貴族が参加するのだという。もちろん断る選択肢など初めからなかった。

馬車での長時間の移動は、基本的に夜明け前に出発する。そのため、まだ薄暗い空の中でセラフィナはメイドたちに最後の確認をしていた。

「荷物の確認は終わりましたか？」

「はい、奥様。旦那様のお荷物も、奥様のお荷物も、使用人らの荷物も確認済みです」

「宿泊先へのお土産《みやげ》は壊れ物があるので、ジョーンズさんが運ぶことになっています。荷馬車に入れるのではなく、直接手渡していただけますか」

「かしこまりました」

結婚したばかりのころは人に命じるのに慣れなかった。とはいえ、五ヶ月も過ぎるとそうした立場にも慣れ、公爵夫人としてどうにか格好がつくようになっている。ただし、多忙のあまりにうっかりすることも時にはあった。ようやく一通りの準備が終わり、一息ついたそのときのことである。

「セラフィナ、忘れ物だ」

背後から頭に手を乗せられ、愛用の帽子を被せられた。さらに肩にも手を置かれたかと思うと、くるりと身体を回転させられる。準備が済んだグリフィンに帽子の位置を丁寧に直され、一筋零《こぼ》れた髪を耳にかけられる。

「君は自分のことになると、おろそかになるところがあるな」

唇の端に笑みを浮かべるグリフィンに、セラフィナは頬を色鮮《あざ》やかな薔薇《ばら》色に染めた。彼はセラフィナの面子《メンツ》を潰さない範囲で、いつもさり気なく助けてくれるのだ。

「も、申し訳ありません……」

「構わない。さて、いくか」

グリフィンにエスコートされ、馬車に乗り込む。

セラフィナは普段午後九時から十時には眠るのだが、出かける前日は決まって深夜まで目が冴《さ》えてしまう。そのせいで毎回睡眠不足に陥《おちい》ってしまい、揺れの少ない道ではうたた寝をしていた。

「セラフィナ」

「……ん」

「セラフィナ、そろそろ揺れがくるぞ」

突然、身体が大きく上下に揺さぶられた。

「にゃ、にゃに⁉」

唇を噛んで妙な言葉になってしまう。我に返ってあたりを見回すと、向かいのグリフィンが声を押し殺して笑っていた。

「君はよく寝る娘だな。……にゃに、ときたか」

「わ、私そんなことを言いましたか⁉」

グリフィンは焦るセラフィナを眺めつつ頷く。

「なに、気にすることはない。寝る子は育つと言うが、確かにそのとおりだ。思う存分寝るといい」

セラフィナはたった今、自分がロウソクに変身したのだと感じた。そうでもなければなぜ顔だけがこうも熱いのだろうか。馬車から飛び降りたい衝動に駆られたが、新婚旅行時の行動から警戒されたのか、最近は扉にしっかりと鍵がかけられている。

セラフィナは恥ずかしさを紛らわそうと、窓に目を向けつつグリフィンに尋ねた。

「グ、グリフィン様は眠たくはないんですか？」

彼は昨夜遅くまで仕事をしていたはずだ。先週までは公務にも忙殺《ぼうさつ》されていたと聞いている。なのに、なぜクマ一つ、疲れ一つ見せずに完璧な美貌でいられるのか。

「ああ、十分休んだからな。久々によく眠れた」

そんな馬鹿なとセラフィナは目を見張る。どう多く見積もっても、この数日は三、四時間しか寝ていないはずだ。どんな身体をしているのかと疑う間に、馬車はコルナの市街地へと差しかかった。

コルナ大聖堂は、救世主の第七使徒であり国教会の開祖でもある聖人を祀《まつ》る。中央に巨大なドームがあり、その左右をふた回り小さなドームに挟まれていた。白い石で建てられているからか、より美しく神々《こうごう》しく見える。

中もまた聖人の住まいにふさわしく格調高い。床は白と黒の大理石が文様となるように敷きつめられ、シミ一つない壁には区画ごとに聖人の彫刻が施《ほどこ》されていた。ドームの天井には青、金、朱のモザイクを惜しみなく使い、救世主の苦難と栄光に満ちた生涯を描き出している。

「本当に神様がいるみたいですね……」

聖なる世界の色鮮《あざ》やかな再現に魅《み》せられ、セラフィナは溜め息を吐《つ》いた。グリフィンも同じものに目を向ける。

「ああ、そうだな」

その間、グリフィンにさり気なく肩を抱き寄せられ、行き来する通行人から守られていたことに、セラフィナは気づかなかった。不意にある女性が、二人の背後で足を止める。

「あら、まあ……」

どこかで聞き覚えのある声だった。セラフィナは誰だったかと振り返り、そこに豊かな金褐色《きんかっしょく》の巻き毛と琥珀色《こはくいろ》の瞳、紺色のドレスを身に纏《まと》った妖艶《ようえん》な美女を見つける。赤い唇と、そのそばにある黒子《ほくろ》がなまめかしい。

「あなたは――」

セラフィナが口に出す前に、グリフィンがその名を呼んだ。

「クローディア」

セラフィナは舞踏会での出来事を思い出し、今度はなにを言われるのかと身構えた。ところがクローディアは嫣然《えんぜん》として微笑み、二人に淑女《しゅくじょ》の挨拶《あいさつ》をしたのだ。

「グリフィン、久しぶりね。ああ、セラフィナ様も。あなたたちもきていたのね」

舞踏会と比べて口調が砕けている。また、グリフィンを閣下ではなく、呼び捨てにした。彼もその呼び方を咎《とが》めない。思わず息を呑むセラフィナを、クローディアはくすりと笑う。そして、意外なことに謝罪の言葉を述べたのだった。

「前はごめんなさいね。婚約披露の場であんなことを言ってしまって、悪いことをしたと気になっていたのよ」

「あんなこと」とは舞踏会での追及なのか、それともすれ違いざまのあの発言なのか。

『庇《かば》われて、なにもできないだけの小娘のくせに、お綺麗《きれい》な言い訳がお上手ね』

相変わらず相手の反応を見る曖昧《あいまい》な物言いだった。いずれにせよこの場には来客の貴族が多くいる。噂《うわさ》のもととなる言動だけは避けようと、ドレスの裾《すそ》を摘まみ挨拶《あいさつ》を返した。

「クローディア様こそお気になさらないでください。婚約はもう大分前のことですし、私もそのあとは挙式や新婚旅行で忙しくて、舞踏会のことはほとんど覚えていないんです」

冷静なセラフィナの返答が意外だったのだろうか。クローディアの眉がぴくりと上がった。

「まあ、そう。なら良かったわ」

続いて絡め取るようにグリフィンを見る。

「引っかかることを残しておきたくはなかったの。実は私、再婚を考えているのよ。だからグリフィン、あなたの奥様となる方が、どんな方なのか気になってしまったの」

これにはセラフィナも驚いた。

「再婚……!?」

「男も女も結婚相手で幸福が決まるでしょう？　あなたとは双子の兄妹のようなものだもの。心配だったのよ」

クローディアはグリフィンから目を離さない。

「向こうの方も再婚よ。二度目同士で気が合うと思うの」

セラフィナは相手が誰なのか知りたかったが、再婚ともなれば内々の婚約、挙式となるのかもしれない。公式の発表を待ったほうがいいのだろう。ひたすら驚くセラフィナと比べ、グリフィンは唇の端をかすかに上げるのみで、礼儀正しく祝いの言葉を述べる。

「ああ、それはおめでとう。このままひとりでいいはずがないからな」

それを聞いて、クローディアは目と口を歪《ゆが》め、明らかに傷ついた顔になった。セラフィナははっとしたのだが、その表情は数秒後には消え去っており、錯覚《さっかく》だったのかと目を瞬《しばたた》かせる。

「君の父上も安心されるだろう」

そのグリフィンの言葉に、三日月型の眉がまたぴくりと上がった。

「まさか、あの人が？」

「ああ、侯爵殿は君の将来を心配していたからね」

「……そうね」

クローディアは目を伏せぽつりと呟く。

「式は近親だけを呼ぶことにしたの。あなたには悪いけど招待状は出さないわ」

グリフィンは微笑みを浮かべたまま、あの低く艶《つや》のある声で答えた。

「長年の友人として、君の幸せを祈っている」

「……ありがとう」

それだけ言うとクローディアは身を翻《ひるがえ》す。その背は式典へ向かう人ごみに紛れ、やがて姿を消した。セラフィナがグリフィンを見上げると、彼もセレストブルーの瞳を見下ろす。

「どうした？」

セラフィナは一瞬迷ったが、思い切って尋ねてみる。

「グリフィン様とクローディア様は仲がいいんですか？」

「いいとも悪いとも言えないが、幼馴染《おさななじみ》ではあるな」

グリフィンはあらためてセラフィナの肩に手を回すと、ともに歩き始めた。セラフィナの歩く速さに合わせながら、グリフィンは淡々とクローディアとの関係を語る。

「クローディアの父と私の父は仲がよく、親子でハワード家によく遊びにきていた」
五、六歳ごろからの付き合いなのだそうだ。クローディアが伯爵と結婚したあとは交流が途絶えていたが、未亡人となった数年前に復活したのだという。

「再婚となると、どのタイミングで祝い状を送るか……」

グリフィンの横顔からは言葉以上の感情は感じ取れない。ただ、クローディアは幼いころからの彼を——セラフィナの知り得ないグリフィンを知っていた。セラフィナはまた胸がちくりと痛むのを感じる。近ごろはグリフィンの顔を見る度にこの痛みに襲われるので、一度医者に診《み》せなければと顔をしかめた。——なにかの病《やまい》だとしか思えなかった。


式典の開始にはまだ時間はあるが、貴族専用の特別席では、すでにほとんどの臨席者が腰かけていた。中には見知った顔がいくつかあり、そのうちのひとりの貴婦人が喜色満面に歩み寄ってくる。

「まあ、閣下、奥様！」

それを発端《ほったん》として、グリフィンとセラフィナは談笑の洪水に呑まれた。

「お子様はまだなのかしら？」

「二番目には娘が欲しいものですね」

「なんでも早いほうがいいですよ」

どれも答え辛い質問ばかりであり、セラフィナは曖昧《あいまい》に笑うしかなかった。老夫人に手を取られて困り顔で相槌《あいづち》を打つ中、ふと髪に白い粉がかかったのに気づく。何事かと天井を見上げると、壁の一部が剥《は》がれかけていた。改修工事をしたと聞いていたが、式典に間に合わせようと、大至急で行ったのだろうか。大丈夫なのかと不安になるセラフィナの意識を、臨席者らの騒《ざわ》めきが引き戻す。

「ウィガード大司教様がおいでだわ」

セラフィナはっと姿勢を正した。立ち話をしていた者は道を空《あ》け、腰を下ろしていた者は立ち上がる。海を割って民を神の地にまで導いた伝説の聖人さながらに、ウィガード大司教がひとりの青年を伴い現れた。

「皆さん、本日はよくきていただいた」

堂々とした体格と豊かな白い髭《ひげ》に、緋色の司教服がよく映えている。ウィガード大司教はコルナ大聖堂だけではなく、ブラッドフォードに加え、他教区も統括する責任者であった。国教会において頂点に立つ総司教に次ぐ権力者だ。

グリフィンを始め臨席者らが揃って挨拶《あいさつ》をすると、ウィガード大司教は満足げに頷き髭《ひげ》を撫《な》でた。

「ああ、よろしい、よろしい。頭を上げなさい」

グリフィンとセラフィナを交互に見る。

「ご夫婦となってからお会いするのは初めてになりますな」

グリフィンは対外用の微笑みを浮かべた。

「はい。挙式にはご列席いただき、まことにありがとうございました」

「美男美女だけに眼福だったよ。ところでグリフィン殿、来月の列聖式の件だがね……」

ウィガード大司教とグリフィンは周囲の紳士らも交え、何事かの話し合いを始める。必須ではあるが重要ではない内容らしく、この場で終わらせたいのだと感じ取れた。

セラフィナはそっと身を引き、柱に背をつけた。場の空気を読み出しゃばらないのも妻の務めである――というのは表向きの理由で、貴婦人方の好奇心から避難したかったのだ。

せっかく大聖堂にきたのだからと、見事な天井のモザイクを眺める。救世主、聖人、聖女など様々なモチーフがある中で、紅蓮《ぐれん》の羽を持つ天使がひときわ目を引いた。あの不思議な天使はなんだと目を見張る。すると、セラフィナの心の声を聞いたかのように、斜め上から心地のいい、掠《かす》れた声が答えを告げた。

「あれはセラフィム……熾天使《してんし》ですね」

「えっ……!?」

セラフィナは誰がきたのかと振り返る。背後にいる青年を見た瞬間、救世主につき従う大天使が、モザイクから抜け出して自分の名を呼んだのかと錯覚《さっかく》した。それほどその青年は大天使によく似ていたのだ。

すらりと背が高く静謐《せいひつ》な印象を与える男性だった。年のころはグリフィンより少々下だろうか。限りなく黒に近い紫の祭服が、身体をより引き締めて見せていた。アッシュブロンドの髪は柔らかく波打ち、後ろで一つに束《たば》ねられている。瞳は銀と灰を混ぜたシルバーグレーであり、深く濃い知性の光を湛《たた》えていた。

格好から聖職者だとわかっていても、セラフィナはまだ大天使ではないかと疑う。

「セラフィムはセラフィナの名の由来でもあります。眩《まばゆ》い炎をその身に纏《まと》った、もっとも尊《とうと》く美しい御使《みつか》い……あの羽は神への熱い愛が炎となったと伝えられています」

青年はさり気なく隣に立つと、セラフィナの顔を覗き込んだ。

「あなたによく似合う名ですね」

「あ、あの……」

セラフィナは目を瞬《しばた》いて青年を見上げる。すると彼はふと笑い、片手を胸に当て頭を下げた。

「驚かせてしまい申し訳ございません。私はユリエルと申します。大司教様のもとで侍祭《じさい》を務めております」

セラフィナは青年――ユリエルが、ウィガード大司教の背後に控えていた供の者なのだと気づいた。国教会において、侍祭《じさい》の職務とは名目上は教会の保全やミサの準備となっているが、早い話が雑用係である。上位の聖職者の手足となることも多い。

その侍祭《じさい》が、グリフィンならともかく、添え物でしかない自分になんの用かとセラフィナは戸惑う。

ユリエルは苦笑しながら肩を竦《すく》め、話し合いを続けるグリフィンらに目を向けた。

「あのとおり弾き出されてしまいましてね。それに、一度あなたとお話をしてみたかったのですよ」

シルバーグレーの瞳がセレストブルーの瞳を見下ろす。

「実はセラフィナ様の挙式の際、私も大司教様のお供として、僭越《せんえつ》ながら列席させていただいたのです。あなたのドレス姿はまさに天使のようでした。これほど清らかな方がこの世に人としてあるのかと、瞬《まばた》きすらできませんでした」

「そ、そうだったんですか……」

セラフィナも十七歳の娘である。美しい、可愛いと誉《ほ》められるのはやはり嬉しく、ようやく素直に受け止められるようになった。ただ、誉《ほ》められ過ぎると背中がむず痒《がゆ》くなってしまう。お世辞とはいえ、どうにも照れくさいのだ。

「それでは、またのちほど」

ユリエルはセラフィナが礼を述べる前に、ふたたび胸に手を当てて頭を下げた。どうやら向こうの話し合いが終わったらしく、ウィガード大司教がユリエルを呼んでいる。グリフィンも身を翻《ひるがえ》しセラフィナを呼んだ。

「セラフィナ、そろそろ始まるぞ」

「はい！」

セラフィナは即座に返事をすると、グリフィンのもとへと向かい、席に腰を下ろした。

やがて、開会の鐘が高らかに鳴り響き、式典は手渡されていた予定表のとおりに、滞《とどこお》りなく進められていく。創立七百年祭とは言うものの、内容自体は普段のミサと変わらない。

コルナの市街地は前夜祭があったらしく、すでに色とりどりの花輪で飾りつけられていた。今夜もお祭り騒ぎで、男性も女性も一晩中踊り明かし飲み明かすのだろう。街の賑わいに影響されたのか、セラフィナの心も浮き立っていた。

一年間暮らしたあの町にもいくつか祭りがあった。生まれて初めて屋台で買い食いをし、牛脂《ぎゅうし》がまぶされた鶏肉と野菜の串焼きを、いつになく美味《おい》しく感じたのを覚えている。コルナでも同じ軽食は売られているのだろうか。夕食は晩餐《ばんさん》会に招待されているが、宿泊先は中心街にある親族の貴族のカントリーハウスだ。窓から香りくらいは嗅《か》げるかもしれない。

そうして記憶の中の串焼きを噛み締める間に式典が終わり、セラフィナはグリフィンに促《うなが》されて席を立った。

「セラフィナ、いくぞ」

帰りはどの紳士も貴婦人も無駄話はせず、挨拶《あいさつ》だけを交わし出入り口へと向かう。晩餐《ばんさん》会まではしばらく時間があるので、みなそれまでに身支度をするのだろう。グリフィンとセラフィナもそのあとに続いたが、通路の途中でふとセラフィナの足が止まった。壁際に誰もが目を奪われる美しい女性が佇《たたず》んでいる。

クローディアだった。

彼女の琥珀《こはくいろ》色の双眼《そうがん》は、ぽっかりと空いた底なしの穴に闇を埋《う》め立てたかのようだ。彼女は明らかにセラフィナだけを見つめている。

「セラフィナ？」

グリフィンに名を呼ばれて、慌てて彼のあとを追う。

「すみません」

自分の勘違いだろうと思いつつ、それでもやはり気になってしまう。これまで色々な人間から様々な種類の感情を向けられてきた。それは好意であったり、嫌悪であったり、時には無関心であったりした。ならばクローディアのあの目に込められた思いはなんだというのか——

悩むセラフィナの気を散らすかのように、肩にトンとなにかが当たる。それは足下に落ち、硬質な音を立てた。

「えっ……」

また白い粉かと思いきや、今度はモザイクの欠片《かけら》だった。セラフィナが天井を見上げた次の瞬間、ぎしりとモザイクの聖人が歪《ゆが》んだ。

「セラフィナ!!」

グリフィンの長い腕がセラフィナを引き寄せる。息も止まるほどに強く抱き締められ、セラフィナは事態を把握できずに目を見開いた。そのまま床に押し倒されると、グリフィンの肩越しに天井の一部が神罰《しんばつ》の稲妻《いなずま》さながらに落下するのが見えた。

「……!!」

セラフィナはかたく瞼《まぶた》を閉じる。あたりには落下したものが床にぶつかり、砕ける激しい音が轟《とどろ》いた。やがてすべての音がやみ、代わって不気味なほどの静寂が訪れる。最後のモザイクの一欠片《かけら》が落ち、セラフィナの肩にまで転がった。

「い、いた……」

セラフィナはグリフィンの身体の下で身じろぎをする。首が痛みはしたが擦《かす》り傷だろう。いいや、自分などよりも――

おそるおそるグリフィンの背に手を回す。生温かくぬるりとした液体が手のひらにべったりと張りついた。刃となったガラスがグリフィンに突き刺さり、血が流れているのだとすぐに悟る。身体が小刻みに震え出し、心臓が痛いほど大きく鳴った。

グリフィンごと身体を起こす間にも、彼からは血が流れ落ち、セラフィナのサファイアブルーのドレスを赤紫に染め上げる。セラフィナは震える手でグリフィンを抱き締めた。

「グリフィン様……!!」

早く血を止めなければと思うのに、手も身体も凍《こお》りつき、なにもできない。セラフィナはグリフィンを呆然と抱き締めるばかりだった。

「大変だ。ブラッドフォード公が怪我をされたぞ！」

「すぐに医師を呼べ!!　大司教様はどちらだ!?」

二人の周囲を人々が大騒ぎで取り囲む。そこにはあのユリエルも駆けつけていた。セラフィナはユリエルの背後に、よく見知った濃茶色の髪を見つける。

「ジョーンズさん!!」

「セラフィナ様、グリフィン様!!」

ジョーンズは人ごみを掻《か》き分けると、素早くその場に片膝をつき、グリフィンの顔を覗き込んだ。

「なにがあったんですか？」

式典は招待客以外は立ち入り禁止だったため、従者のジョーンズは大聖堂外で待機していた。セラフィナは状況を説明しようとするのだが、言葉にならずに詰まってしまう。

「グッ……グリフィン様が、グリフィン様が……！」

セレストブルーの瞳から涙が生まれ、白い頬へいくつも零《こぼ》れ落ちる。ユリエルがそのさまを食い入るように見つめていたが、動揺の真っただ中のセラフィナは気づかなかった。

「ど、どうしよう。どうしたら……」

「セラフィナ様、どうか落ち着いてください。グリフィン様は大丈夫ですから」

ジョーンズがハンカチを取り出し、グリフィンに向かって腕を伸ばす。怪我の具合を確認しようとしたのだろう。だが、手が背に届く前に、グリフィンが起き上がった。

「……騒ぐな」

「グリフィン様……!?」

頭にも傷を負ったらしく、身体を起こした拍子に額《ひたい》から一筋の血が流れる。

「セラフィナ、怪我はないか？」

低く艶《つや》のある声に苦痛は感じられない。グリフィンはどこまでも冷静だった。

「は、はい……！」

セラフィナが大きく勢いよく頷くと、グリフィンは安心したように微笑み、ジョーンズを見る。

「……ジョーンズ、応急手当てに教会つきの医者を呼べ。それから、すぐにブラッドフォードに早馬を出し、ハワード家の主治医を連れてくるように」

「はっ」

グリフィンは血塗《まみ》れのままで素早く指示をしていった。理性で痛みを抑えつけているのだろうか。

セラフィナにはその強靱《きょうじん》な精神が信じられなかった。

「ああ、それから――」

最後にセラフィナを見下ろし、彼女の大きな目に溢れる涙を指で拭《ぬぐ》う。

「私の妻に新しいドレスを用意してくれ。さすがにこの紫は好《この》みではないからな」

そのあと、大司教主催の晩餐会《ばんさん》は二人揃って欠席し、グリフィンはコルナで手術を受ける羽目《はめ》になった。主賓《しゅひん》であるハワード夫妻が参加を辞退し、しかもその原因が教会側の失態であったため、大司教の面目は丸潰れだったらしい。

一方のグリフィンは不満がひとつ残ったようだ。ハワード邸に帰宅してから一週間目の今日、驚くべきことに、彼はすでにベッドから身体を起こし、書類を処理しつつ呟いていた。

「まったく、コルナ名物のローストを食いそこねた。あの地方で育てられた羊肉は美味《うま》いんだ。仕方がない、一頭丸ごと取り寄せるか」

セラフィナは背に冷や汗を流しながら、窓辺の花瓶に白百合《ゆり》を生けた。漆黒《しっこく》の前髪を下ろしたままにした、寝間着姿のグリフィンをちらりと見る。彼はそんな姿ですら美しく、こんなときですら仕事をしていた。

主治医によれば背中の傷は深く、出血量も相当あったのだそうだ。常人《じょうじん》であれば凄まじい痛みに耐え切れず、衝撃で亡くなることも珍しくないのだという。この短期間で起き上がるなど前代未聞、閣下は不死身なのか悪魔なのか、と驚き呆れていた。セラフィナもどんな身体をしているのかと、あらためてグリフィンの頑丈さが不思議になる。

首を傾げる彼女をよそに、ジョーンズもいつもと変わらない。主人を特別に心配することもなく、手渡される書類を整理している。まさかあの程度の事故や怪我など、彼らにとっては日常茶飯事《さはんじ》なのだろうか。セラフィナはありえない想像に、そんな馬鹿なと首を振った。

さて、そろそろ昼時である。食事を用意すべきだ。

「グリフィン様、お昼をお持ちしますか？」

「ああ、そうだな。頼む」

セラフィナは一旦部屋を退出し、料理を取りに厨房《ちゅうぼう》へと向かった。

近ごろはグリフィンの負担にならない範囲で、日々見舞いに訪れ、生活の補助を買って出ている。とは言ってもできることなど、花を生ける、食事や飲み物を取りにいく程度だ。それでもなにかをせずにはいられなかった。

グリフィンの怪我の責任は自分にあると感じていたからだ。初めに白い粉に気づいたときに相談していれば、大聖堂での事故は防げたかもしれない。そう思うと情けなさでいっぱいになり、せめてグリフィンの役に立ちたかったのだ。

厨房《ちゅうぼう》で食事を載せた盆を受け取り、グリフィンの寝室へ戻る。こんなときには夫婦の寝室を別々とする貴族の習慣をもどかしく思う。できることなら一晩中看病をしていたかった。

寝室の扉はセラフィナを気遣ったのか、開けられたままになっていた。中からは二人の話し声が聞こえる。

「それでは今回も大司教のお見舞いと謝罪を断るのですか？」

「ああ、せいぜい焦《じ》らせておけ。いまだに起き上がることもできないとでも伝えておけばいい。第一、ベッドの中にいるときくらい、聖職者の顔など見たくない」

「そちらには同意いたしますが……」

セラフィナは思わず足を止めた。ウィガード大司教の見舞いと謝罪を断る——それではコルナ大聖堂との関係が悪化してしまわないだろうか。しかも今回が初めての要望ではないみたいだ。

グリフィンはその理由を続けて語った。

「あの大司教は聖職者というより、むしろ金と権力の亡者《もうじゃ》だな。俗世間《ぞくせけん》に足を突っ込み過ぎだ」

グリフィンによればウィガード大司教は野心家らしく、国教会の頂点に当たる総司教の座を狙っている。

現総司教は今年で八十歳となり、さすがに近年体調を崩し、床《とこ》に就く日が多くなっていた。先も長くはないと噂《うわさ》に聞く。代わってウィガード大司教がこの数年、他の大司教を差し置いて、国教会を取り仕切っているのだ。事実上の総司教のようなものだろう。彼はその間に暗躍し、教会税の制定を謀《はか》り始めた。

現在、国教会は王侯貴族らの献金と、その運用によって成り立っている。それらの数百年にわたる蓄積により、教会の財産は莫大《ばくだい》なものとなっているはずだった。しかし、ウィガード大司教はその慣習は維持したままで、平民からも税を徴収し、国教会に納入させろと主張したのだ。

名目は時代の移り変わりや情勢に左右されない、国教会の恒久的《こうきゅうてき》な維持のためだとしている。だが、ウィガード大司教のもくろみなどたやすく見当がついた。教会税を納入しない国民には洗礼を施《ほど》さず、結婚の許可もしない。アルビオン国民の精神だけではなく、経済的にも支配するつもりなのだ。

「やつにもそろそろ首輪をつけておかなければな」

ウィガード大司教を犬呼ばわりするグリフィンに、セラフィナは目が点になってしまった。聖職者に欠片《かけら》の敬意も払わない人物など、生まれて初めて見たからだ。セラフィナもアルビオン人らしく、それなりに信心深い。

グリフィンは仕事の手を止めずにジョーンズに尋ねる。

「ところで、大聖堂の改修の件はどうなった」

「はい、大方の状況は判明しました。やはり建築材料に問題があるそうです。しかし、いくら突貫工事とはいえ権威ある大聖堂に対して、あのような手抜きは通常はありえないと……」

工事の資金の一部が内部の何者か——恐らくウィガード大司教の側近に、横領されていたのではないかとジョーンズは述べる。帳簿の操作や中抜きができる者は限られるので、犯人の目星はすぐにつけられるとも。

「それにしても手口がやけに稚拙《ちせつ》です。犯罪に慣れていないような印象を受けますね」

「ふん、どうも臭うな。工事記録書は手に入れたのか」

「内部資料だからと出し渋られ、ごく一部なのですが……」

グリフィンは唇の端に笑みを浮かべた。闇色の瞳に不敵な光が浮かぶ。

「十分だ。このまま大聖堂の調査は続けろ。証拠を掴み、記録書からは矛盾点を探せ。一文字でもいいし、こじつけでも構わん。それらをもとに国王に調査を要請する」

「陛下に、でございますか……？」

国教会は大アルビオン王国の権力機関の一つではあるが、さすがに国王直々の調査は拒否できない。ウィガード大司教は、その事態だけはなんとしても回避したいはずだった。

なぜなら、総司教に選出されるためには、実績に一切の瑕疵《かし》があってはならないからだ。総司教は心身の完璧さを要求され、瑕疵《かし》には教会や側近の管理不行き届きも含まれる。だからこそ、ウィガード大司教は本人こそ腥《なまぐさ》いが、他者の失態で足を掬《すく》われぬよう、部下へは清廉と潔白を強制してきたのだ。

それゆえにこれまでハワード家は、彼の野心を目にしながら、配下へ置く口実がなく手をこまねいてきた。ところが、今後はこの事件がウィガード大司教の致命的な弱点となる可能性がある。

だからこそ、ウィガード大司教は今回の事故を、どうにか内々におさめてほしいと、泣きついてくるだろうとグリフィンは語る。懇願《こんがん》を兼ねた謝罪の申し入れは、折を見て受け入れるつもりだとも語った。国王による調査はグリフィンの手で直前に差し止め、横領の証拠は内密にハワード家が握っておく。今後のウィガード大司教の首輪として利用するのだという。

「神のものは神のもので構わないが、我々のものへの干渉は控えていただこう」

病床で交わされる腥《なまぐさ》い会話に、セラフィナは目を白黒させた。あの大怪我をきっかけに、ウィガード大司教がハワード家に逆らえないよう手を回す。グリフィンは転んでもただでは起きぬ性格らしい。彼は最後に低く艶《つや》のある声で笑った。

「どう解決するにせよ、このグリフィン・レイヴァース・ハワードが流した血の分だけの報《むく》いは受けてもらおう」

セラフィナは二人の話を聞き、あらためてグリフィンとは、大局観に優れた偉大な人物なのだと感じた。きっとハワード家にとってだけではなく、このアルビオンという国にとってもかけがえのない存在だろう。

あらゆる不利を不屈の精神で乗り切り、有利な状況にすら変えてしまう――そんな人物が自分を庇《かば》ったばかりに、命の危険に晒《さら》されてしまった。こんなちっぽけでなんの力もない、なんの価値もない小娘をだ。そう考えると罪悪感に心がひどく痛んだ。

やがて話が終わったのか、ジョーンズが書類を片手に退出し、壁際のセラフィナとすれ違う。

「ああ、セラフィナ様、失礼いたします」

「は、はい……」

セラフィナが代わって寝室へ入ると、グリフィンと二人きりになった。彼はセラフィナと盆に目をやり、窓辺のテーブルを見る。

「ああ、そこに置いてくれ」

言われたとおりに料理を並べると、セラフィナはグリフィンに向かい深々と頭を下げた。

「……申し訳ございません」

「なぜ謝る?」

グリフィンの寝間着の合わせからは、巻かれた包帯が見え痛々しい。どれだけグリフィンの肉体が強靭《きょうじん》でも、やはり少なくはない血が流れたのだ。

「お怪我を、させてしまいました。血が、たくさん流れて……」

「すぐに治る。気にすることはない」

そんな単純な問題ではないのだと、セラフィナは藤色のドレスのスカートを、痛いほどに握り締めた。

「グリフィン様はアルビオンと、ブラッドフォードに必要なお方です。代わりのお方など、いらっしゃいません」

グリフィンは書類を置くと、当然といったふうに答える。

「君もこの世にたったひとりだろう」

「いいえ、いいえ……!!」

セラフィナは首を大きく振りながら、グリフィンと比べてはならないと強く思う。二年間の偽りの妻でしかない自分の代わりなど、いざとなればいくらでもいる。唇を強く噛み締めると、苦い鉄の味が口の中に広がった。

「……どうかお願いです。二度と、あのようなことは、なさらないでください。私など、見捨てていただいて構いません」

心と身体が凍《こお》りついたあの瞬間は忘れられない。怪我らしい怪我などないにもかかわらず、魂《たましい》を引き裂かれるような凄まじい痛みがした。あのときグリフィンが命を落としていたら、セラフィナは悔やんでも悔やみ切れなかっただろう。おのれの無力を生涯嘆き、憎み、呼吸すら苦しくなっていたはずだ。あるいはひとり残された後悔に耐え切れず、あとを追っていたかもしれない。

「……どうかお願いです」

目を伏せその場に立ち尽くすセラフィナを、グリフィンはいつもよりも低い、それでいて宥《なだ》めるような声で呼んだ。

「セラフィナ、おいで」

「えっ……」

「こちらへくるんだ」

セラフィナは束の間躊躇《ためら》ったが、おずおずとベッドのそばに立った。腰を屈《かが》めて端整な顔立ちを見下ろす。深く濃い黒の瞳に映るセラフィナは、小さく頼りない幼子《おさなご》みたいだった。

「セラフィナ」

グリフィンが瞬《まばた》きすらせず、セレストブルーの瞳を見上げる。

「なんのために生き、なにに価値を置くのかは私が決める」

口調は強くも激しくもない。だが、芯には揺るぎのない意志があった。

「女ひとりも守れない男など、それこそなんの価値もない。第一、私はあの程度で死にはしない」

セラフィナはその言葉にはっとなる。

「……申し訳ございません」

声が消え入るように小さくなった。グリフィンの誇りを傷つけたかと思ったのだ。そもそも、謝罪以前に告げなければならない、大切な一言があった。

「助けていただいて、ありがとうございました……」

「いい子だ」

グリフィンは微笑んで亜麻色《あまいろ》の髪に長い指を埋《う》める。セラフィナは馴染《なじ》みのある手に心地よさを覚えつつ、それでも遠慮がちに切り出した。

「私になにかできることはありませんか。お食事やお飲み物を運ぶ以外で……」

「いいや、今までどおりで構わない。ああ、一つあったか」

次の瞬間、ぐいと手を引かれ、グリフィンの胸に抱き寄せられていた。

「グ、グリフィン様？」

「このところ女日照《おんなひで》りだ」

グリフィンはセラフィナもろともベッドへ倒れ込む。

「ひゃ……！」

セラフィナはグリフィンに覆い被さる形になってしまった。布越しに広くたくましい胸を感じ、身体が茹《ゆ》でられたばかりの卵になった気がする。このままでは心臓が壊れるだろう。それに、セラフィナの重みでグリフィンの傷も開くかもしれない。

「い、いけません……」

セラフィナは慌ててベッドに手をつくと、グリフィンの胸から起き上がろうとした。ところが背に回された腕に阻《はば》まれ、たちまち身動き一つできなくなってしまう。グリフィンはなにも言わずにただセラフィナを抱いていた。彼女は抵抗できずにされるがままだったが、やがて小さな笑い声が耳に届いて我に返る。

「ふむ、大き過ぎもせず、いい具合に育った」

「……？」

「やはり食事は大事だな。身体の原材料だ。それにしても、同じものを食べているはずだが、なぜこうも柔らかくなるんだろうな」

いい具合に育った、大き過ぎない、こうも柔らかい――これら三つの単語が意味するものはたった一つしかない。セラフィナはおそるおそる下へと目を向けた。グリフィンの胸に密着し、おのれの二つの丸みが押し潰されている。彼はしっかりとその感触を楽しんでいたのだ。

「〜〜っ!!」

またからかわれてしまったと恥じ入り、セラフィナはグリフィンの胸から跳ね起きた。彼もあっさりと手を離す。

「わ、私、お代わり持ってきます！」

セラフィナは料理が丸ごと残った皿を盆に載せ、脱兎《だっと》のごとく廊下へ飛び出した。背後からは追い討ちをかけるように、グリフィンの笑い声が聞こえる。

「もう知らない！　もう知らないんだから!!」

セラフィナは真っ赤になりながら廊下を駆け抜け、その光景を数人のメイドが唖然として眺めていた。

「お、奥様……？　今のっていつも物静かなあの奥様よね？」

グリフィンが全快したのはそれから一ヶ月後――さらにその一週間後には、ウィガード大司教からの使者として、侍祭《じさい》ユリエルがブラッドフォードへとやってくることになった。

ハワード邸を訪れたユリエルが、応接間で挨拶《あいさつ》の次に発したものは、カントリーハウスへの称賛だった。メイドに椅子を引かれて腰かけながら、彼はグリフィンの目を見つめる。

「セラフィナ様という奥方だけではなく、このように素晴らしい邸宅にお住まいとは……。玄関ホールに足を踏み入れた途端、古代へ迷い込んだ錯覚《さっかく》に陥りました」

「お褒めにあずかり光栄です」

グリフィンは礼を述べつつ、セラフィナとともに腰を下ろす。ユリエルとの接見には、ブラッドフォード公の正妻として、セラフィナも同席することになっていた。

「この邸宅を訪れた者はみな、同じことを言います。あのホールはハワード邸の特色の一つですね」

玄関ホールは来客が初めに目にする場所のため、貴族らは一族の繁栄を知らしめるべく、特に贅《ぜい》を凝《こ》らした造りにする。ハワード邸も例外ではなく、ホールは王都の劇場かと見紛《みまが》う広さだ。

全体は古代の大理石の神殿を模し、廊下へと続く出入り口はアーチ型、柱は溝の入った円柱となっている。壁には隙間なく薊《あざみ》の意匠《いしょう》が刻み込まれていた。また、絨毯《じゅうたん》と所々に置かれた長椅子はすべてワインレッドに統一され、さらに薔薇《ばら》や百合《ゆり》などの花々の意匠《いしょう》と、それらを繋ぐ蔓草《つるくさ》の文様が描かれている。

来客らはまず丘に聳《そび》え立つ居城を見、続いて見事な玄関ホールに息を呑むのが、初訪問での一通りの流れとなっていた。セラフィナもそれらの経験者であったため、ユリエルの気持ちはよく理解できた。

ユリエルが感心した表情のまま告げる。

「それでは、大聖堂での件について早速説明いたします」

一週間前、容疑者の聖職者数人が更迭《こうてつ》され、現在尋問の最中《さいちゅう》だとユリエルは語る。証言が誤魔化され、記録が改ざんされないよう、尋問にはハワード家お抱《かか》えの法律家と、第三者が立ち会っているのだとも。これで今回の事故と横領事件は、あらかた決着がついたということなのだろう。今後はウィガード大司教とすり合わせが行われ、ハワード家との新たな力関係が構築される。

存外に早い解決だったとセラフィナは感じた。もっと時間がかかるものだと思い込んでいたのだ。

「――以上になります。なにかご質問はございますか？」

ユリエルは淡々と説明を終え、ティーテーブル越しに、グリフィンとセラフィナを交互に眺めた。質問がないことを確認したのちに、鞄から一通の封書を取り出しテーブルの上に差し出す。

「晩餐会《ばんさん》の招待状をお持ちしました。あらためて主賓《しゅひん》としてご参加いただきたいと、ウィガード様より申しつけられております」

ウィガード大司教としては晩餐《ばんさん》会にグリフィンを招くことで、ハワード家との和解と関係の継続を宣伝したいのだろう。

グリフィンは招待状に目を落とすと、唇の端だけで皮肉げに笑った。

「日程にもよります。なにせ近ごろ忙しいので」

グリフィンの回答を予想していたのか、ユリエルはシルバーグレーの目を細める。

「お返事はすぐにとは申しません。日程も閣下のご都合のよろしい日時にと伺っております。ただ、その際にはセラフィナ様……奥方にもぜひご参加をお願いしたいのです。どうやらお二人ともウィガード様を誤解されているようですので、その誤解を解ければと思っております」

「誤解……？」

首を傾げるセラフィナに、ユリエルは穏やかに微笑んだ。

「ウィガード様は金の亡者《もうじゃ》との噂《うわさ》がございますが、亡者《もうじゃ》となるのには理由がございます。是非、晩餐《ばんさん》会の前に、コルナでそちらをご覧いただきたいのです」


それから二週間後の週末、グリフィンとセラフィナはふたたびコルナを訪れていた。

コルナ大聖堂から徒歩で五分の距離に、国教会によって建てられた孤児院がある。約百人を収容できるこの孤児院はウィガード大司教の立案によるものであり、これまでにない試《こころ》みがなされているのだという。セラフィナはそれを見せられたとき、にわかには信じられずに目を瞬《しばた》かせてしまった。

孤児らが聖職者を教師に、食堂を教室にして授業を受けていたのだ。それも内容は聖書学や読み書きのみならず、数学や文法も含まれている。グリフィンとセラフィナは、熱心に聖職者の言葉に耳を傾《かたむ》けている孤児の様子を後ろの出入り口から眺めていた。

やがて、案内役となったユリエルが解説を始める。

「この孤児院では孤児らに衣食住だけでなく、教育を提供しております。最低限の知識さえあれば将来自分の力で生きていけますからね。教師の聖職者は貴族出身で、相応《そうおう》の教育を受けてきた者たちです。こうして恩恵を弱者へ還元しているというわけです」

国内の孤児院のほとんどは、各地域が公営の施設として、税金で運営している。けれど、その資金は豊富とは言いがたい。食うや食わずやの孤児院も珍しくはなく、院内に疫病《えきびょう》を流行《はや》らせ、子どもを死なせることもある。

ところが、教会が近年始めたこの孤児院は、生活改善と教育への投資を惜しまないのだそうだ。グリフィンも感心して頷いている。

「これは確かに金がかかるな。優秀な者を拾い上げる制度はあるのか」

「ないわけではございませんが、あくまで進路が聖職者に限られておりまして……」

二人の会話を聞きながら、セラフィナはエリナーと暮らしていたころ、平民の女性に教育を提供できないかと、あれこれ考えていたのを思い出した。こうした機関があるのなら、貧困層の未来も明るいだろう。だが、授業に出席しているのが男児のみであることは気になった。

グリフィンとの会話が終わるのを待って、セラフィナはユリエルを見上げた。

「ユリエル様、この授業は男の子だけですが、女の子はどこにいるのでしょう？　同じ待遇になっているのでしょうか？」

ユリエルは静かに首を振った。不可解な質問をする娘だと、顔にはっきりと書かれている。

「いいえ、この計画はあくまで男児が対象です。第一、女児に教育を施《ほどこ》してどうなるというのです？」

女児は家事や簡単な手仕事以外は、特に教えられていないという。男児の授業中には、病院で看護や下働きの奉仕活動を行っているのだそうだ。孤児の女児は将来、住み込みのメイドになる場合が多いので、その職業訓練も兼ねているのだという。

「そうですか……」

セラフィナはひどくがっかりとしてしまった。だが、続けられたユリエルの案内に顔を上げる。

「それと、ここを雛型《ひながた》として、ウィガード様の管理する教区に同じ制度の孤児院を増やしております。小さくはありますが、ブラッドフォードにも来月から開設する予定ですよ」

「……!!」

――天啓を受けた思いがした。セラフィナはたった今閃《ひらめ》いた今後の計画に、興奮して身体が震えるのを感じる。

「ユリエル様、その教会を教えていただけませんか？」

意気込んでユリエルに詰め寄るセラフィナを、グリフィンが驚いたように見下ろした。

「セラフィナ……？」

だが、自分の考えに夢中になっていたセラフィナには、そんなグリフィンを気にかける余裕はない。ユリエルに熱心に質問をしながら、孤児院を見て回った。

それから一時間をかけて見学が終わり、一旦宿泊先まで戻った。晩餐《ばんさん》会まで多少時間がある。セラフィナはグリフィンとともに身支度を整えており、その間上機嫌で微笑みを浮かべていた。先ほど閃《ひらめ》いた計画が、頭の中で徐々に形となるのが実感できたからだ。

「セラフィナ。孤児院からずいぶん機嫌がいいが、なにかいいことでもあったのか？」

セラフィナはうっと言葉に詰まった。なんとなく言い辛く、仕方がなく「内緒です」と答える。

「私にもグリフィン様が知らないことだってあるんですよ」

セラフィナもグリフィンについて知らないことが多くある。むしろほとんど知らないと言ってい い。だが、グリフィンは自分のこれまでの人生のほぼすべてを知っているのだ。これくらいの未知の領域があってもいいだろうと思う。

すると、グリフィンはついと顔を上げ、こんなことを言い出したのだ。

「〝結婚契約書第七条、妻は夫にすべて打ち明けるものとする〟」

セラフィナはグリフィンの言葉に目を剥《む》いた。契約書にそんな条項があったかと記憶を辿る。

「冗談さ。あの契約書は六条までだ」

慌てふためくセラフィナの頭に、グリフィンはぽんと手を乗せた。その声は珍しくどこか寂しそうだった。


その夜の晩餐《ばんさん》会は、大聖堂に隣接する聖職者の宿舎で行われた。とは言っても、慎《つつ》ましく簡素なものではない。王宮の一部を切り取り、据《す》えつけたのかと錯覚《さっかく》するほど壮麗《そうれい》なものだった。神の代理人である高位聖職者には、地上の栄光の一部をも分け与えようということなのだろうか。

会場となる広間には二十人がけの長卓が二台並び、すでに招待客らがずらりと席についている。その中にはクローディアも含まれていた。亡夫のブラウン伯爵がウィガード大司教のかつての知己《ちき》であり、この大聖堂に墓もあるからなのだそうだ。

料理がそれぞれに配膳《はいぜん》されたあとに、ウィガード大司教の挨拶《あいさつ》とともに食事が始まる。晩餐《ばんさん》会の一皿目はとろりとした海亀のスープだった。二皿目は豚肉のパテのフルーツソースがけ、三皿目は鮭のパイ包み――この時点で貴婦人方の大半は、料理のほとんどを残している。

ところがセラフィナはペロリとすべてを平《たい》らげていた。婚約披露までの特訓のたまものだ。貴婦人方は、なぜ折れるほど細いくせに、胃に入るのかと目を丸くしている。グリフィンはその様子を見て、隣で笑いを噛み殺していた。

鮭のパイ包みが切り分けられるのと同時に、グラスにはなみなみとワインが注《つ》がれる。ウィガード大司教がよく響く声でこのワインの成り立ちを語った。

「みなさん、こちらはコルナのブドウが原料であり、五代に亘《わた》ってワイナリーを営《いとな》む一族の手による逸品《いっぴん》でございます。どうぞお楽しみください」

酒が苦手なセラフィナは代わりに水をもらう。やがて胃も満たされたころ、ひとりの貴婦人がウィガード大司教に話しかけた。

「大司教様、孤児院は素晴らしかったですわ。わたくし、大司教様の情け深さに心を打たれました」

どうやらウィガード大司教はグリフィンやセラフィナだけではなく、招待者の大半に孤児院の見学をさせたらしい。その発言を皮切りに、みんなが彼を褒め称え始めた。

「さすが大司教様は弱者救済の第一人者でいらっしゃいますな」

「実行に移すのは難しかったことでしょう。やはり総司教様の代理を務められるお方だ」

「いやいや、実は、孤児の救済は私の長年の夢でしてな」

ウィガード大司教はグラスを片手に得意げである。

「まずは資金集めに少々苦労しました。なんせ教会でも前例がなかったですからな。各方面の資料の収集にも時間がかかった」

「まあ、やはりそう簡単にはいかないものなのですね」

「予算の承認が大変だったでしょう」

「ああ、まったく」

セラフィナはウィガード大司教の語り口を聞き、どこか違和感を覚えて首を傾げた。長年の夢だったと言う割には、彼の説明はどこか上滑りだ。予算や時間の遠回しな愚痴《ぐち》ばかりで、志《こころざし》や情熱、達成の喜びや今後の意気込みを感じられない。報告書をそのまま読み上げているといった雰囲気だ。それとも高位聖職者の物言いとは、このようなものなのだろうか。

セラフィナは孤児院の教育について話を聞きたかったのだが、ウィガード大司教の態度からはどうにもきっかけを掴めず、愛想笑いをしながら相槌《あいづち》を打つばかりだった。

料理もいよいよ後半に差しかかり、口直しの柑橘《かんきつ》の果汁が並べられる。何気なく隣の長卓に目を向けたセラフィナは、ふとクローディアが姿を消したのに気づいた。夜風に当たりにいったのだろうか。

そんなことを考えつつセラフィナがグラスを取った次の瞬間、給仕をしていた見習いの少年の手がぶれ、盆に載せた果汁が胸元にかかってしまった。瞬《また》く間に少年の顔色が真っ青になる。

「もっ、申し訳ございません!!」

少年は今にも泣きそうな顔だ。公爵夫人のドレスを汚してしまった、罰を受けるに違いないと怯《おび》えている。

「大丈夫ですよ。大丈夫ですから、落ち着いてください。声を小さくしてくださいね」

セラフィナは少年を優しく宥《なだ》め、ドレスの具合を確認した。この程度なら水に浸《ひた》せばすぐに落ちるが、数時間以内にやらなければシミになってしまうだろう。セラフィナはグリフィンにそっと耳打ちをした。

「グリフィン様、少しだけ出てきます。皆様にはお手洗いにいったと伝えていただけますか?」

もっとも、みんなの酔った様子から、大して気にされないだろうとも思う。

グリフィンはドレスに目を向け、小さく頷いた。同じく騒ぎ立てるつもりはないみたいだ。

「では、いきましょうか」

セラフィナは少年を促《うなが》した。彼は涙目でセラフィナに問いかける。

「い、いきましょうってどこへ……」

「綺麗《きれい》な水のある場所です。どこか心当たりはありますか?」

厨房《ちゅうぼう》には清潔な汲み水が用意されているらしい。セラフィナは少年に案内されそこを目指した。

「も、申し訳ございませんでした。本当に申し訳……」

「本当に大丈夫ですよ。洗えばすぐに取れますから」

ドレスよりも、泣きじゃくる少年が心配である。早く安心させなければならない。

セラフィナは足早に石造りの廊下を歩いていった。頭上がアーチ型となっているからか、靴音がよく響く。壁には等間隔にロウソクが灯《とも》されており、二人分の影が浮かび上がっている。人気《ひとけ》がないのもあり少々不気味だった。

途中、セラフィナは中庭の見える窓から人影を発見し、ぎくりと足を止めた。植え込みの近くで二人の人物が立ち話をしているのだ。ひとりはすらりと背の高い祭服の男性。一つに束《たば》ねられたアッシュブロンドの髪――ユリエルだった。彼がこの宿舎にいること自体はおかしくないが、なぜこのような裏手へ回る必要があるのだろうか。

ユリエルはもうひとりと言葉を交わしている。豊かな金褐色《きんかっしょく》の巻き毛に、ドレスに包まれた魅惑的な肢体の女性――

「クローディア様……？」

思いもよらなかった組み合わせに、セラフィナは目を瞬《しばた》かせた。なぜあの二人がこんなところで隠れて話しているのだろうか。気になったが、ユリエルたちの会話はこちらには届かず、内容はまったくわからない。

なにをしているのかと目を凝《こ》らすと、クローディアがユリエルの手を取り、互いに見つめあっているではないか。

「……!?」

ただならぬ状況にセラフィナは息を呑んだ。ユリエルは聖職者である。そしてこの国では、聖職者の姦淫《かんいん》と妻帯は禁止されていた。ならば、あの二人はまさか――

「奥様？　シミになってしまいますよ！」

少年に促《うなが》され、我に返ったセラフィナはふたたび歩き始める。そのあとドレスのシミ抜きをしている最中《さいちゅう》も、重なり合う手ばかりが心に浮かんでいた。


――禁断の恋。


ブラッドフォードに戻ってからも、その衝撃的な言葉が頭から離れない。だが、理性がこうも告げていた。たった一度二人きりになっていた程度で恋人だなどと思い込まれては、たまったものではないと。

第一、クローディアはもうじき再婚すると言っていたではないか。ユリエルとは昔からの親しい友人なのかもしれない。かつてのセラフィナとエドワードの関係もそうだった。仲のよい幼馴染《おさななじみ》であったため、婚約前から二人でよく遊んでいたのだ。

結局、本人たちにしか確かなことは言えないのだから、この件は自分の胸におさめようと決める。

それでもセラフィナも年ごろの娘だった。ヘンリーやエドワードの裏切りを知り、一時期は男性不信になったが、ロマンス自体が嫌いなわけではないのだ。禁断の恋という甘美な響きに、ときめきを覚えてしまう。そんなわけでその日の夜は、どうにも禁断の恋の妄想が止まらなかった。

妄想のネタは、子どものころにある令嬢が貸してくれた本だ。あれは騎士と王女の身分違いの恋物語だった。その主人公二人を、ユリエルとクローディアに置き換える。

大聖堂の一角からその物語は始まる。二人の出会いの場はとある冬の日のミサだ。一心に祈りを捧げるクローディアに、ユリエルは一目で恋に落ちてしまう。触れることすら許されない、切なくも美しい恋……以降のあらすじは忘れてしまったが、とにかく二人は結ばれ、最後は手に手を取って駆け落ちするのだ。

国境線を越えたところでユリエルが尋ねる。

『……後悔していますか？』

クローディアは幸福そのもののように微笑み、首を縦に振ってこう答えるのだ。

『はい。なぜあなたとの愛をもっと早く選ばなかったのかと、そう後悔しております』

二人は夕日の中で口づけを――する間際、突如《とつじょ》としてユリエルの顔がグリフィンに、クローディアの顔が自分に変わった。おまけに唇はそのまま重なってしまい、セラフィナはなぜこんな展開になったのかと慌てる。

「不謹慎《ふきんしん》だわ」、「こんなの駄目よ」とどれだけ自分に言い聞かせても、頭から一向に振り払えない。なぜこんなことを考えてしまうのかと、自分自身が理解できなくなったところで、不意に低く艶《つや》のある声に呼ばれた。

「セラフィナ？」

セラフィナははっと顔を上げると、向かいの席に座るグリフィンを見る。

「君がぼうっとするのは珍しいな。なにを考えていたんだ？」

グリフィンの唇の端には笑みが浮かんでいた。これはからかわれる前兆である。そう、ここは国境線ではなくハワード邸の食堂であり、夕食の途中だったのだと顔が真っ赤になった。

セラフィナは慌ててフォークに刺したソテーを食べる。グリフィンの顔がまともに見られなかった。一方、彼は笑いながらなおも問いかける。

「さて、まだ答えてはいないな。なにを考えていた？　君が答えるまでデザートは待ってもらおう」

今夜のデザートは焼きリンゴである。セラフィナの好物のひとつだった。

「ゆ……」

「ゆ？」

まさかユリエルとクローディアの恋物語を妄想して、そこからグリフィンとの口づけが浮かんでしまったなど、正直に言えるはずがなかった。きっと恥ずかしさで死んでしまうだろう。苦し紛れにやっと出た答えがこれだった。

「せ、先週の金曜日にいった孤児院が、素晴らしかったと思っていたんです」

これは決して嘘ではない。確かに孤児院についても、あれからずっと考えていた。グリフィンは顎《あご》に手を当てる。

「ああ、そうだな。確かに面白い試みだった。もっとも、あの大司教の手柄だとは考えられないが」

セラフィナはグリフィンも同じ感じ方をしていたのだと驚いた。

「まあ、誰の尽力にせよ、孤児が救われるのには違いない。ただ、女児にも読み書き計算は教えるべきだろう。メイドになるにせよ、学のあるないで扱いがまるで違ってくる」

「……‼」

セラフィナはグリフィンのその言葉に、なかなか言い出せなかったあの願いを、ようやく申し出る勇気を得る。

「グリフィン様、その件でお願いがあるんです」

力の籠《こ》もったセラフィナの声に、グリフィンが顔を上げた。

「ユリエル様のおっしゃっていた、ブラッドフォードの教会へ通ってもいいですか？　見学をしたいんです。もちろん社交界のお誘いや、お務めのない日だけにしますから……」

「……なんのためだ？」

艶《つや》のある声がいつもよりわずかに低くなる。セラフィナは不興を買ったのかと怯《ひる》んだが、もう引き返すわけにはいかない。

「た、たくさんの人への話し方と教え方を学びたいんです」

「それはなんのためだ」

間髪《かんはつ》を容《い》れずに問われ、セラフィナもすかさず返す。次は淀《よど》みなく声が出てきた。

「再来年あの町に帰ったら、空き時間を使って、食堂で小さな塾を開きたいんです。大人や女性のための塾です」

セラフィナは令嬢時代には当たり前だった知識が、とても貴重なものなのだと気づいた。平民には自分の名すら書けない者も少なくない。グリフィンの言うとおり、学があるとないでは待遇が変わってくる。にもかかわらず、女性が学べる場はほとんどないのだ。

だからこそ、そういった場をあの町に作りたいと思った。無理がない金額で読み書き計算を学べる塾――ところがセラフィナには教育の技術がない。今からでもその能力を身につけたいのだ。

「もう、結婚からだいぶ過ぎてしまいました。あっという間でした」

そう、この分なら二年は矢のように過ぎ去るだろう。

「だから……今のうちにできる限りの準備をしておきたいんです」

なんのための準備だとは言えなかった。帰るためのと紡《つむ》ごうとして、喉に詰まってしまったからだ。なぜ帰ると思うと苦しくなるのか、前はあれほど望んでいたのに――

しばしの沈黙ののちにグリフィンがぽつりと呟く。

「そうか、いいだろう。君はよくやってくれている」

闇色の瞳からその心は窺《うかが》い知れない。やっと運ばれてきた焼きリンゴは甘く、なのにどこか苦い味もした。


セラフィナが孤児院での授業の見学と、教師役との面談を希望したところ、教会からはぜひどうぞと二つ返事の手紙がきた。

ユリエルに教えられた教会は、ブラッドフォードの東の街の大通りにあった。大通りの表側に建設された聖堂には、礼拝のため多くの市民が訪れている。ところが、裏通りの孤児院には人はほとんどこない。日当たりが悪い上、孤児院の壁色の濃灰も合わさり、寂寥《せきりょう》とした景色に見える。

セラフィナは木枯らしが吹き抜ける中、従者を連れて孤児院の門をくぐった。グリフィンは現在、王都へいっているためブラッドフォードにはいない。先月からなんらかの調査をしていて多忙なのだと聞いた。

従者は待合室に待たせ、早速司祭に連れられ密《ひそ》かに授業を見にいく。セラフィナは、自分が訪れることを子どもたちには教えないでほしいと、職員に念入りに頼んでいた。あのコルナの見習いの少年のように、萎縮《いしゅく》されてはありのままの姿を見られないからだ。

ところが、セラフィナがそんなことを頼むまでもなく、子どもたちはみな恐ろしいほど静かに授業を受けていた。私語などほとんどなく、子どもとは思えない。セラフィナは授業のやり方の覚え書きを取りつつ、その光景にどこか異様さを感じていた。

午後には一通りの授業が終わり、司祭に応接間へ案内される。歩きながら授業の感想を正直に述べると、司祭はふと足を止め、窓の外に目を向けた。

「あの子たちは頼れる親も親族もおりません。他に行き場がないとわかっていますから、追い出されないようにと必死なのですよ。だからみな大人しいのです」

「そう、なんですか……」

「親がいない孤児だけではありません。母親が未婚で出産し、捨てられた子どももいます。そうした子どもたちは引き取り手がなかなかつかず、孤児院から巣立っても食うに困って、悪事に手を染めてしまうこともあります」

アルビオンでは結婚を男女の結びつきの至上とし、未婚の女性には純潔を、既婚の女性には貞節を強く求める。そのために未婚の母や私生児、庶子が蔑《さげす》まれる風潮があるのだ。貴族ですら庶子や父親の知れない子どもは、表立って恩恵を受けられない。

今にして思えば、ヘンリーがクレアとの再婚を急いだのは、愛人の娘という不安定な立場だったエリカを、早くにレノックス家に入れたかったのもあるだろう。

司祭はふたたび廊下を歩き始めた。

「ですから、私たちはこれが子どもたちと王国の未来に繋がると信じております。教育がきっと彼らに自立の道を示す。ユリエル様がおっしゃったように――」

「ユリエル様？」

今度はセラフィナが足を止める。ウィガード大司教ではなく、ユリエルの名が出てきた。セラフィナはまさかと司祭の横顔を見る。彼はしまったといった表情になったが、開き直ったのか重々しく口を開いた。

「この孤児院の計画のほとんどは、ユリエル様が立案、実行したものなのです。その成果を大司教様がご自分のものにされてしまって……。いつも、いつもそうなんですよ。大司教様はあの方をいつまで飼い殺しにしておくおつもりなのか……」

本来ならば、ユリエルはその能力から司祭となっていても不思議ではない。なのに侍祭《じさい》の階級に留め置かれたままなのだそうだ。この司祭はユリエルのあとに聖職者となったのだが、気づけば敬愛するユリエルを階級では追い越してしまった。ところがユリエルは腹を立てた様子もなく、ウィガード大司教に忠実に仕えているのだという。

「あの方こそ大司教の地位に相応《ふさわ》しいとすら感じてしまうのです。なぜ大司教様はユリエル様をああも冷遇《れいぐう》されるのか……」

司祭は溜め息を吐《つ》いて応接間の扉を開けた。

「しばらくここでお待ちください。教師役を連れてまいります」

たった今聞かされた不条理な話に、セラフィナは心がずしりと重くなるのを感じる。どうにも座ってはいられず、立ち上がって窓辺へと近づいた。木から落ちる枯れ葉を眺めながら、沈んだ心を慰《なぐさ》めていると、二つの声が遠くから聞こえてくる。

「コルナで流感《りゅうかん》ですか？　孤児院は無事ですか？　子どもたちはどうなりました」

「実は……女児が何人か亡くなりました。マリアやエイミー、ベッキーを覚えていますか？」

「はい、どの子も容姿がよかったので……。ああ、神は美しく汚れのない魂《たましい》からお召しになるのか」

一つは先ほどの司祭の声だが、もう一つの心地のいい声には聞き覚えがあった。この声はまさかと振り返る。直後に扉が音もなく開かれ、セラフィナはそこにアッシュブロンドの大天使の姿を見た。

「またお会いしましたね」

「……ユリエル様？」

セラフィナはユリエルが現れるとは思わず、ぽかんとその美貌を見つめてしまった。すぐさま我に返ると電光石火でドレスの裾《すそ》を摘まむ。

「おっ、お久しぶりでございます」

「こちらこそお久しぶりでございます」

てっきり教師役の聖職者がくるものだと思っていたセラフィナは、驚きを隠せないままユリエルを見上げた。

「なぜ、ユリエル様がこちらにいらっしゃるのですか？」

「まあ、とにかくどうぞ」

ユリエルは椅子を引くとセラフィナを座らせ、みずからも向かいの席にゆったりと腰を下ろす。

「時折ウィガード様の代理で管轄の教会を巡回しているのです。この教会の司祭からセラフィナ様がいらっしゃるとお聞きしたので、こうしてご挨拶《あいさつ》にまいりました」

あくまでも個人的な申し込みだったので大事《おおごと》にはしたくなかったのだが、ブラッドフォード公の奥方の訪問ともなれば、国教会側も無視はできないのだろう。結局は気を遣わせてしまったと、セラフィナは申し訳ない気持ちになった。

「……お心遣いをありがとうございます」

ユリエルは柔らかく笑い、セラフィナに尋ねる。

「ところで先ほど司祭からあなたの希望をお聞きしました。授業の手順を学ばれたいそうですね？」

「はい。大変興味を持ったのです」

「なら、私がお話ししましょう。授業の手引き書を作成したのは私ですから」

「えっ……」

セラフィナはやはりウィガード大司教ではなく、ユリエルが制度改革の中心にいたのだと確信した。

「ですが、なぜ授業のやり方などを学ぶ必要があるのですか？」

セラフィナの背がびくりと震える。

「貴族の方々が見学するだけならばともかく、このようなご要望は初めてだったのです。差し支えなければ事情をお聞かせいただけませんか」

セラフィナはしばし迷ったものの、ユリエルならばと心を決めた。きっと理解してくれるだろうと希望を抱いたのだ。契約結婚のことは伏せ、脚色を加えて事情を説明していく。

再来年に里帰りをするつもりであること。前々から故郷の読み書きができない平民の女児や、大人の女性に危機感を覚えていたこと。彼女たちに短期間で最低限の教育を施《ほどこ》したいこと――

ユリエルは口を閉ざしたまま話を聞いていた。大天使の美貌は大理石の彫像にも見紛うほどで、その心にある思いはまったく知れない。そして、セラフィナが語り終えるのと同時に、冷淡そのものの口調でこう窘《たしな》めたのだ。

「セラフィナ様、それは高貴なあなたのやるべき仕事ではない。平民の教育など、我々下々《しもじも》の者に任せればよいことです。それ以前に、女性に教育は不要です」

コルナで質問した際と同じ答えである。だが、今回はセラフィナも引かなかった。

「いいえ、必要です。ユリエル様、どちらの性別で生まれるかなんて、誰にも選べません。どの階級で、どの両親の間に生まれるのかも同じことです。出自のせいで学ぶ権利すらないなど、そんなことがあっていいはずがないのです」

階級、両親の二単語にユリエルの肩がかすかに動く。

「……セラフィナ様。それは神の思《おぼ》し召しであり定めです。その定めを与えられた者は、艱難辛苦《かんなんしんく》を試練と受け止め、おのれの力で乗り越えねばなりません」

「ユリエル様、それは違います」

セレストブルーの瞳がシルバーグレーの瞳を射貫《いぬ》いた。ユリエルは、はっと息を呑んでセラフィナを見つめる。

「貧困や無学や性別が神様の試練だというのなら、試練を乗り越えるために、誰かが手を差し伸べるべきです。それをできる者が、その手を持って生まれたのも、きっと神様の思《おぼ》し召しです。ユリエル様もそうお考えになったから、この制度を作られたのでしょう？」

聖職者の義務としてだけではなく、きっと心に熱くたぎる思いがあったはずだ。ユリエルはセラフィナの問いかけに、かすかにではあるが、苦々しげに顔を歪《ゆが》めた。セラフィナはそれを不快の表現と受け取り、生意気にも口答えしたことを謝罪する。それでも心のままに語り続けた。

「自分だけで乗り越えるのには限界があります。それは貴族も平民も、大人も子どもも、男性も女性も変わりません。でも、誰かひとりでも手を差し伸べてくれる人がいれば……」

あの日あの町でエリナーと出会ったときの、彼女の手の温かさを思い出す。あのぬくもりがなければ、セラフィナは凍え死んでいただろう。たった一つの真心《ここ》でセラフィナは救われた。手と肩が触れ合ったあの瞬間、二人の間に身分などなかったのだ。

窓の外の木の枯れ葉が一枚、二枚、三枚と散る。ユリエルは最後の葉が地に落ちるころ、ようやく引き結んでいた口を開いた。

「……あなたは優しい方ですね。私には汚れのない心が、折れぬ強さが羨《うらや》ましい」

ユリエルの目は陽の光を見るかのように、眩《まぶ》しそうに細められている。いつしか彼から冷ややかさが消え失せていた。セラフィナはユリエルの過ぎたお世辞に、こそばゆさと後ろめたさを覚える。ぶつけた思いの丈は決して嘘ではない。だが、塾を開くのは単純に生活のためでもあるのだ。

セラフィナが密《ひそ》かに冷や汗をかいていると、ユリエルは小さく独り言を零《こぼ》した。

「私にも、あのときそんな手があれば今ごろは――」

ユリエルはそこでまた口を閉ざしてしまう。

「……ユリエル様？」

「ああ、申し訳ございません。私も恵まれた幼少期を送ったわけではありません。当時セラフィナ様のような心ある方がいらっしゃれば、ずいぶん嬉しかっただろうと考えたのですよ」

ユリエルの意外な告白に、今度はセラフィナがはっとなった。

「そう、だったのですか……」

「お気になさらずに。そうした過去の自分を忘れ、女性には教育は不要などと述べた自分を恥ずかしく思っていたところです」

ユリエルはそれから数秒もかからずに頷いた。

「……かしこまりました。私でよければお引き受けしましょう」

セラフィナには一瞬、なにに対しての承諾なのかわからなかった。

「どうぞこの教会にもコルナにも、いつでもいらしてください。私でよろしければ教えて差し上げましょう」

「……!!」

かたく閉ざされていた扉が開かれた晴れやかさを覚える。

「ありがとうございます。ユリエル様、本当にありがとうございます……」

セラフィナは繰り返しユリエルに礼を述べた。


いつでもどうぞとは言われたものの、ユリエルは通常コルナにおり、セラフィナはブラッドフォード在住である。日程を合わせるのは至難の業《わざ》だった。ユリエルとのすり合わせの結果、セラフィナは通常はブラッドフォードの孤児院を見学し、グリフィンがコルナへいく際には同行し、ユリエルに授業を受ける形になった。

ユリエルはいつもセラフィナを快《こころよ》く迎え、根気強く指導の要領を伝授してくれた。教室は孤児院の食堂である。さすがに密室に二人きりともなれば、いくらユリエルが聖職者であっても、よからぬ噂《うわさ》が立つかもしれないからだ。常に開かれ人目がある食堂であれば、そのような心配はいらないし、ハワード家の奥方は福祉に熱心だと、セラフィナ自身の評判を上げる効果もある。念のためにグリフィンにも相談したのだが、「それなら構わない」と許可をもらった。

セラフィナはユリエルの心遣いがありがたかった。何度目かの授業でぜひ礼をしたいと申し出たのだが、彼は微笑んで首を横に振るばかりだった。

「ハワード家からは教会へ多額の献金をいただいております。それに個人的な贈答品の受け取りは、規則により禁じられているのです」

「そうですか……」

感謝を形にしたかったのだけどと、セラフィナはがっかりしてしまう。もっとも、彼女個人の財産など微々たるもので、差し出したところで苦笑されるだけかもしれない。セラフィナはそれでもと顔を上げ、向かいに座るユリエルを見つめた。

「では、なにか私にできることはありませんか？」

シルバーグレーの瞳にセラフィナが映る。ユリエルは口を開くとなにかを言いかけた。

「それでは……」

だが、それ以上を言おうとはしない。

「ユリエル様？」

セラフィナが首を傾げると、ようやく言葉を続けた。

「……それでは、まだ時間があるようですので、子どもたちと遊んでやっていただけませんか」

ユリエルに手でさし示され、後ろの出入り口に目を向ける。そこには三、四歳の少女が三人、もじもじとしながらセラフィナを見つめていた。

「若いご婦人が珍しいのですよ。孤児院の子どもたちは女性の温かさに飢《う》えています。どうかあの子たちを抱いてやってください」

子どもと触れ合ったことのないセラフィナは、数秒どうしたものかと戸惑った。それでも、おそるおそる「おいで」と呼ぶと、少女たちはぱっと顔を輝かせて飛んでくる。いかにも無邪気であどけない姿に、幼いころの母と自分を思い出した。

「みんな、お名前を教えてくれる？」

少女たちは目配せをし合いながら、それぞれ競うように答えた。

「アビゲイルよ。みんなアビーって呼ぶの」

「あたし、ブリジット」

「シンディよ」

「そう、みんないい名前ね」

とりわけアビーは人目を引く可愛い子どもだった。セラフィナは大きく頷いて微笑む。

「じゃあ、みんなで遊びましょうか」

少女たちは待っていましたとばかりに、セラフィナの手を引っ張った。

「なら、おままごと！　おくさまがお母さんで、あたしがお姉さん、ブリジットとシンディが妹よ」

母になってと言われ、セラフィナは胸を衝《つ》かれる。

「……ええ、いいわ。じゃあ、外にいきましょうか」

セラフィナと少女たちは手を繋ぎ合うと、そろって灰色の空のもとへ繰り出した。

長くも短くも思える秋が終わった。空から陽の光と青さが失われ、鉛色《なまりいろ》に染まる憂鬱《ゆううつ》な季節がやってくる。せめて気分だけは晴らすつもりなのか、冬は社交シーズンの始まりの時期だ。

　この時期、貴族らは領地のカントリーハウスから、王都のタウンハウスへと移動する。華やかな都《みやこ》で華やかな一時《ひととき》を過ごすのだ。それはグリフィンとセラフィナも例外ではなかった。

　雪の降るその日、二人は王都へいきがてら、コルナの大聖堂に立ち寄った。ウィガード大司教とユリエルへの挨拶《あいさつ》のためである。ウィガード大司教は宿舎の執務室にいたが、ユリエルは孤児院へ出かけており、当分は戻らないだろうと告げられた。

　陽のあるうちに王都へ着くには、一刻も早く発《た》たなければならない。だが、セラフィナは世話になったユリエルにも挨拶《あいさつ》をしておきたかった。

「どうした？」

　考え込むセラフィナの様子に気づいたのか、石造りの廊下を歩くグリフィンの足が止まる。彼女も足を止め、漆黒《しっこく》の瞳を見上げた。

「グリフィン様、ユリエル様にも挨拶《あいさつ》をしてきてよろしいですか？」

「ああ、例の侍祭《じさい》だな。なら、私もいこう」

　北部に位置するコルナはすでに街全体が淡い雪に覆われている。雪は大聖堂にも、川にかかる橋にも、家々の屋根にも降り積もり、街を一枚の風景画としていた。寂しく、静かで、それでいていつまでも眺めていたくなる。孤児院もそうした情景の一部となっていた。

　門の前で二人を出迎えたのは、ユリエルでも職員の聖職者でもなく、アビーだった。

「おくさま!!」

「まあ、アビー!!」

アビーはセラフィナに駆け寄り、ぽすんと外套《がいとう》にしがみつく。セラフィナも腰を屈《かが》めてアビーの頬に触れた。

「久しぶりね、アビー。元気だった？」

「はい。とってもげんきでした！」

アビーはあれからも何度か遊んだ四歳の少女だ。茶色の髪に明るい水色の瞳が可愛らしい。両親が流行病《はやりやまい》で立て続けに亡くなり、二歳でこの孤児院にやってきている。

アビーは幸運にも、引き取り先が決まるかもしれないそうだ。現在、養父母となる夫妻と話し合いの最中《さいちゅう》らしい。セラフィナはその話を聞いてほっとしていた。アビーは人一倍甘えん坊であり、セラフィナによく懐いていていたからだ。そんなアビーにも母と呼べる人ができ、孤児院を去るのは、喜ばしくもあり寂しくもある。

アビーは目を輝かせてセラフィナを見上げた。

「あのね、おくさまがまどから見えたから、いそいできたの！」

「まあ、嬉しいわ」

セラフィナはアビーを見つめて微笑む。

「あのね、あのね、おくさま……」

アビーはスカートのポケットから、きらりと光る石を取り出した。小さな手のひらに乗せてセラフィナに差し出す。

「これ、おくりものです。あたしの宝ものなの。きのう、川のちかくでひろったんです。おくさまがきたら、あげようとおもっていたの」

川の流れに磨かれた石だと思われた。曇《くも》りなく青く澄み渡っており、水晶や蛍石《ほたるいし》の類《たぐい》なのかもしれない。

「アビー、こんな大切なものはもらえないわ……」

アビーはふふっと笑い、ふたたびポケットに手を入れる。すると、同じ輝きを持つ別の石が出てきた。

「おそろいなの」

アビーが頬を染めてはにかむ。セラフィナは彼女の額《ひたい》に自分の額《ひたい》を当てた。

「ありがとう。大切にするわね」

アビーは嬉しそうに笑うと、セラフィナに頬をすり寄せる。セラフィナもそれに応えて頬ずりをした。

「――アビー!!」

大声で呼ぶ声がしたと思ったら、数秒後にユリエルが駆け足でやってきた。アビーは途端に飛び退《の》き、彼を避けようとあとずさる。ところが今度はグリフィンにぶつかり、その姿にびくりと身を震わせた。

「あ、あ……」

アビーはグリフィンに怯《おび》えて声も出ないようだ。子どもは大きく、黒いものを本能的に恐れるのだろう。ユリエルがその隙を見計らい、小さな肩をぐいと引き寄せた。

「アビー、外に出てはいけないと、あれほど言ったはずだ」

セラフィナはユリエルの口調の刺々《とげとげ》しさに驚く。普段子どもたちには優しいユリエルに、いったいなにがあったのかと目を瞬《しばた》かせた。

「ゆりえるさま、で、でも……」

アビーはすっかり萎縮《いしゅく》してしまっている。セラフィナは見ていられずに、二人の間に割って入った。

「ユリエル様、お待ちください。アビーは私に会いにきてくれたのです」

ユリエルはセラフィナの姿に目を見開いた。

「私が呼んでしまったんです。申し訳ございませんでした」

「……はぁ」

ユリエルは仕方がないなといったふうに溜め息を吐《つ》く。

「アビー、とにかく君は中へ入りなさい。風邪を引いてしまっては大変だ」

「で、でも……」

「アビー」

アビーは名残惜《なごりお》しげに振り返りながら、それでもようやく孤児院へと戻った。ユリエルはあらためて二人に向き直ると、まずはグリフィンに謝罪の言葉を述べる。

「見苦しいものをお見せしてしまい、大変申し訳ございません。あの子は身体が弱いのです。そろそろ流感《りゅうかん》の季節にもなりますから、少々過剰な心配をしてしまいました」

「気にしなくていい。子どもの管理も簡単ではないだろう。侍祭《じさい》殿はよくやっている」

「もったいないお言葉です」

アビーの身体が弱いと聞き、セラフィナは違和感を覚えた。あの子は子どもたちのなかでも人一倍活発であり、進んで動きたがる少女だった。とはいえ、セラフィナはユリエルとは違い、アビーの様子を日々窺《うかが》えるわけではない。彼なりの不安があるのだろう。だが、どうにも気になってならない。セラフィナは孤児院には王都からも手紙を書き、子どもたちの様子を知らせてもらおうと決める。

「ところで今日はどうしました？　まさかご夫妻でいらっしゃるとは思いませんでした」

セラフィナは気を取り直すとユリエルを見上げた。

「はい、社交シーズンに入りましたので、王都へ移動することになったんです。残念ですが、しばらくはコルナにこられません。その前にご挨拶《あいさつ》をと伺ったのです」

ユリエルははっとセラフィナを見下ろし呟く。

「もうそのような時期だったんですね。そうですか、来年までは……」

その間、グリフィンは一言も発さず、ユリエルをじっと見つめていた。ユリエルが胸に手を当てて頭を下げる。

「どうぞお気をつけて。来年をまた楽しみにしております」

王都はコルナよりは暖かく、雪もそれほど降らない。セラフィナはタウンハウスのバルコニーから、夜明け前の冬の空を楽しんでいた。あまりに夢中で眺めていたため、身体がすっかり冷えたのにも気づかなかった。

昨夜は久々に王都にきた興奮からか、ベッドに入ってからも眠気がなく、寝返りを打つばかりだった。気づけばすでに夜明け近くであり、今から眠ることはもう不可能だろう。

肌を撫《な》でる冷たい風に身を任せ、このまま風となりアルビオンを駆け抜けたかった。そんなセラフィナを風から人へ戻したのは、低く艶《つや》のある声だった。

「セラフィナ、君も眠れなかったのか？」

セラフィナは背後からの呼びかけに驚く。声の主は振り返る前からわかっていた。風にたなびくカーテンの向こうで、寝間着にガウンを羽織ったグリフィンが、腕を組んでこちらを見つめている。

「はい。なんでか気持ちが高揚してしまって……。グリフィン様もですか？」

目を瞬《しばたた》いて尋ねるセラフィナに、グリフィンは微笑んで隣に並んだ。

「ああ。それにこのバルコニーからの眺めが一番いい。眠れない夜には昔からよくここへくる。こうして街を見下ろすのも久々だ」

グリフィンは手すりへ右手をかけ、眼下にある王都の景色に目を向けた。セラフィナもまたその視線を追う。午前五時の今は、空は夜の闇と雲に覆われており、光は家々に点在するランプの灯《あか》り以外にない。

「王都の夜景を見るのは初めてですが、暗いですね。もうそろそろ日の出のころなのに……」

「東部はどこもこんなものだ。九時ごろまでは薄暗いままだな」

アルビオン中の誰もが憧れ、いつか目にしたいと夢見る王都。だが、花の都《みやこ》と呼ばれるこの都市も、秋、冬には空が雲に覆われ灰色に染まる。

「そう、なんですか……」

いつまでも朝がこない気分になりそうだった。そこで初めて寒さを感じ震えると、グリフィンが苦笑しながらガウンを脱いだ。

「相変わらず君はちぐはぐな娘だな。しっかりしているのか、抜けているのかわからない」

身体を温められた布に覆われ、セラフィナはグリフィンを見上げる。

「い、いけません。グリフィン様が風邪を引いてしまいます」

慌てて返そうとするがグリフィンは否と答えるばかりだ。

「私はそう簡単には死なないと知っているだろう」

ガウンにはグリフィンの体温と、香水なのだろうか、甘さと苦さを含んだ香りが染み込んでいた。

心臓が一度大きく鳴り、身体に熱い血が巡り始める。ガウンなどなくとも十分に熱くなっていた。

それからどれだけの時が過ぎたのか。彼方《かなた》の紺碧《こんぺき》に浮かぶ朱金の光が徐々に広がり、ゆっくりと、だが確実に空を夜から朝へ変えていく。まるで街が光の中で生まれ変わったかのように見えた。思わず手すりから身を乗り出し、夢中で王都を眺めるセラフィナを、闇色の瞳が見つめる。

「二年後の今ごろ、君はどこにいるんだろうな」

「えっ……」

セラフィナは我に返ってグリフィンを振り返った。

「どの男の腕の中でこうして朝を迎えているのか」

「お、おとこの、うで？」

彼の質問の意味が理解できない。

「私はきっとあの食堂にいます。朝になったら火を熾《おこ》して、お湯を沸かして、野菜を煮て……」

グリフィンはセラフィナから目を逸らさなかった。

「君がそうでも周りが放っておかない。あの侍祭《じさい》のように君に恋をする男も現れるだろう」

「こい……恋？」

侍祭《じさい》とはユリエルのことなのだろう。だが、ユリエルが自分に恋をするなど、セラフィナには考えられない話だった。

「なにを……おっしゃって……ユリエル様は神様にお仕えする方ですよ？」

困惑するセラフィナを、グリフィンは問いつめる。

「君は聖職者であれば男ではないと言いたいのか」

「いえ、確かにユリエル様は男の方です。けど、神様に一生を捧げた方です。私には触れないように手も取りませんし、決して二人きりにならないよう、いつも気をつけていらっしゃいます」

「なっ……」

グリフィンは腕を伸ばすとセラフィナの細い手首を掴んだ。

「それは二人きりになってしまえば、こうしない自信がないということだ」

セラフィナは息を呑んでグリフィンを見上げる。次の瞬間、有無を言わせぬ力で引き寄せられ、抱き締められた。

「グ、リフィン様」

熱く、苦しく、胸の中で身じろぎをしたが、背に回された手にさらに力が込められただけだった。耳元に吐息とともに囁《ささや》きが零《こぼ》れる。

「君は肝心なところが子どもだ。無防備過ぎる。男はいつ狼になるのか、本人にすらわからない」

子ども、無防備とさんざんに言われ、セラフィナは抗議をしようと顔を上げた。ところが思いがけないもので唇を塞《ふさ》がれ、言葉がどこかに飛んでしまう。

「ん……ふ」

グリフィンは一度唇を離し、セレストブルーの瞳を間近から見つめると、ふたたび唇を深く重ねた。

「……ん」

「……もう二度と侍祭《じさい》には会うな。こんな危なっかしい状態で、コルナに通わせるなどできない」

彼は、もっと早くにユリエルの心に気づくべきだったと呟く。

「セラフィナ、いいな？」

セラフィナは「はい」とも「いいえ」とも答えられなかった。考えもしなかったユリエルの思いを聞かされ、困惑していたからだけではない。突然抱き締められ、口づけをされ、熱で頭がおかしくなってしまいそうだったからだ。ただグリフィンの胸の中で、その脈打つ心臓の音を聞くしかなかった。

　年が明けてすぐ、孤児院からの手紙が王都のタウンハウスに届いた。それを読んだセラフィナは、信じられない思いでいっぱいになる。なぜなら手紙にはこう書かれていたからだ。

『この度、残念なお知らせがあります。孤児院で流感《りゅうかん》が流行し、孤児の何人かが亡くなりました』

　そして添付された資料の中には、わずか一ヶ月前には元気一杯だったアビーの名があったのだ。

　セラフィナはグリフィンにその手紙と資料を揃えて見せ、コルナにいきたいと懇願《こんがん》した。

「グリフィン様、アビーはユリエル様が特に気をかけていた女の子です。外に出るなとあれだけ言っていたほどなのに、どうしてよりによってあの子が……」

「セラフィナ、常人《じょうじん》は死にやすい。子どもならなおさらだ」

「そんな……」

　確かに死は日常でもそう珍しいものではない。人は病《やまい》で、事故で、時には原因すら判明せずに命を落とす。母のアンジェラもそうして呆気《あっけ》なく亡くなった。手紙を強く握り締め、顔を伏せたセラフィナの背を叩きながら、グリフィンが眉を顰《ひそ》める。

「だが、確かに引っかかるな。身体が弱いようには見えなかった」

　グリフィンは椅子に腰かけ長い足を組むと、なにかを思いついたのか顎《あご》に手を当てた。

「そう言えばあの侍祭《じさい》……」

　漆黒《しっこく》の瞳に、一瞬鋭い光が過《よぎ》る。セラフィナはそんなグリフィンに、これまでにない必死の形相《ぎょうそう》で詰め寄った。

「グリフィン様、どうかお願いします。次にコルナへいくときは私もお連れください。せめてお墓参りだけはしたいんです。……まだ信じられないんです」

アビーは孤児院の子どもたちの中でも、特に愛くるしい女児だった。春には裕福な商人夫妻のもとで暮らせるかもしれなかったのだ。手紙によるとその夫妻はたいそう悲しみ、共同墓地で眠らせるには忍びないと、アビーのためだけの墓を建てたらしい。

グリフィンは足を戻すと「いいだろう」と小さく頷いた。

「来週コルナへ発《た》つ。だが大聖堂と孤児院へは立ち寄らない。いいな？」

セラフィナはその提案に、一にも二もなく頷いたのだった。


アビーの墓は大聖堂からほど近いコルナ市内の墓地にあった。グリフィンは孤児院に事前に連絡をし、アビーを知る職員に墓地を案内させることにした。ユリエルは体調を崩したとのことで、宿舎で寝込んでいるそうだ。セラフィナは見舞いにいきたいと思ったが、グリフィンに止められるだろうと諦めた。

「あちらです」

職員が西側にある区画を腕で示す。ずらりと並ぶ朽ちかけの墓石と、隙間を埋《う》める雑草の寒々とした景色の中、アビーの墓前だけには花束があった。小さな白い花にリボンはアビーの瞳の色と同じ水色だ。恐らくアビーを迎えるはずだった夫妻が供えたのだろう。墓石には「アビゲイル・ミラー」と、夫妻の姓で刻み込まれている。自分たちの娘として埋葬《まいそう》したのだ。

セラフィナは墓石の前に屈《かが》むと、新たに青紫の花束を置いた。祈りを捧げたが、やりきれない思いは胸から去らない。

「アビーは……苦しんだんですか？」

「わかりません」

職員は溜め息を吐《つ》いて首を振った。

「病院に運び込まれるまでは、アビーはもちろん、亡くなった子供たちはとても元気だったんですよ。ところが、昼食の一時間ほどあとでしょうか。眠くなったと揃って机に突っ伏し、揺すっても頬を叩いても起きなかったのです。ユリエル様に、これは流感《りゅうかん》なので早く病院に連れていけと言われ、そのとおりにいたしました」

セラフィナは思わず職員を見上げる。

「すみません。流感《りゅうかん》とはそうした病気なんでしょうか？」

「いいえ、急に高熱が出る場合が多いのです。あのような症状はあまり聞いたことがありません。それだけではなく、いつもは数十人単位の病人が出ます。ところが今年は亡くなったアビーたちだけで、他の子どもたちは至って健康だったんですよ。ですから、私は流感《りゅうかん》ではなく別の病《やまい》ではないかと疑ったのですが、病院でも流感《りゅうかん》だと診断されたので……」

それまで黙って聞いていたグリフィンが、目に油断のない光を浮かべて腰を上げた。

「その三人を治療した医師と話はできるか」

「え？　あ、ああ、はい。お望みでしたら……」

「では、面会を申し込みたい。ただし、ブラッドフォード公の名は出さないよう」

「えっ……」

セラフィナにはグリフィンの意図がわからなかった。彼は病院へと向かう馬車の中で、ハワード家の者だと知られれば、カルテを粉飾《ふんしょく》される恐れがあると説明した。

通りの表にあるその病院は、王家と国教会による設立であり、貴族からの献金で成り立っている。儲《もう》けるためではないので患者から治療費は取らない。主治医のない平民や貧困層への、福祉施策の一環となっているのだ。それゆえにパトロンらの視察の際には、負の側面はできる限り隠そうとする。それでは意味がないとグリフィンは言うのだ。

そうした理由で病院への調査は、グリフィンに代わってジョーンズが向かった。亡くなった孤児の遠い親戚だと名乗ったのだそうだ。ところが孤児らの治療に当たった医師は不在で、代わって別の医師が現れた。

その医師いわく、アビーを含む三人の子どもたちが数日の闘病ののちに亡くなったのは事実だが、不在にしている医師が全員を担当していたため、詳細なことはわからないとのことだった。ただ、三人が亡くなり埋葬《まいそう》された際には、担当医師はひどく意気消沈していたらしい。

馬車の中でジョーンズから報告を受け、グリフィンは続けざまにこう命じた。

「ジョーンズ、お前はこのあとコルナに残り、これまで病院へ運び込まれた子どもの身体的特徴を調査しろ」

「はっ」

「それと、その前に確認だ」

グリフィンはジョーンズからセラフィナに目を移した。

「セラフィナ、君はアビゲイルの顔立ちを詳しく覚えているか？」

「は、はい……？　仲良しだったので」

セラフィナはなぜそんなことを尋ねるのかと訝《いぶか》しむ。

「どんな顔立ちだった。簡潔に説明してくれ」

「茶色の髪に水色の瞳のすごく可愛い子でした。子どもたちの中でも、一番目立っていました」

「ああ、なるほど、そういうことか」

グリフィンは目を鋭く光らせると、御者《ぎょしゃ》に大声でこう命じた。

「墓地に戻れ！」

馬車がゆっくり動き出すのと同時に、仰天《ぎょうてん》どころではない一言を告げる。

「アビゲイルの墓を掘り起こす。遺体があればの話になるが、君はその遺体の顔を確認してくれ」

この命令にはセラフィナも絶句した。

「そ、れは」

墓を掘り起こすなど考えられなかった。死者はこの世の終わりまで眠り続け、きたるべき日には神の光で復活し、そのあとは天国の一員となるとされていた。その日までは死者の眠りを妨げてはならない――アルビオン国民の常識だ。

ところがグリフィンは唇の端で不敵に笑うばかりである。

「この世の終わりなど知ったことか。責任は私がすべて取る。ジョーンズ、道具を用意しておけ」

セラフィナは彼の自信に満ちた表情に、すでに確信があるのだと感じた。そして、先ほど「遺体があれば」と言っていたのを思い出す。ということは、ない可能性もあるということなのだろうか。そんな馬鹿なと心臓が早鐘《はやがね》を打ち始める。

「グリフィン様、アビーの遺体は埋葬《まいそう》されていないのかもしれないのですか？」

グリフィンははっきりと頷いた。

「ああ、そうだ。あるいは別人のものにすり替えられている恐れがある」

「そんな、いったいなんのために……」

「これからその推理を確かなものにするのさ」

冬の黄昏時《たそがれどき》の墓地には不気味な静寂だけがあった。ジョーンズと御者《ぎょしゃ》が事前に確認したところ、今墓地内にいるのはセラフィナたちだけのようだ。冷え込みが厳しいからか人がくる気配もない。

その間にもジョーンズと御者《ぎょしゃ》の二人は、せっせとアビーの墓を掘り起こしていく。御者《ぎょしゃ》などはしきりに祈りの言葉を唱《とな》えていた。

ついに二つの鋤《すき》の先になにかが当たり、土の中から小さな木の棺《ひつぎ》が現れる。しかし、ジョーンズは棺《ひつぎ》を持ち上げた瞬間にはっとなり、地上で見守るグリフィンを見上げた。

「グリフィン様、軽過ぎますね」

「やはりそうか……棺《ひつぎ》の蓋《ふた》を開けろ」

通常、棺《ひつぎ》の蓋《ふた》は墓荒らしなどの被害に遭わないよう、釘を打ちつけられ閉ざされている。ところがアビーの棺《ひつぎ》には釘の痕跡《こんせき》すらなかった。それどころか、中には遺体の影も形もなく、子どもの服と靴が詰め込まれていただけだったのだ。

「そんな……」

セラフィナは棺《ひつぎ》に駆け寄ると縁《ふち》に手をかけた。

「どうして……？　アビーはどこにいるの？」

グリフィンは彼女の呆然とした呟きには答えず、闇色の瞳を鋭くする。

「それはまだ不明だ。一先《ひとま》ずタウンハウスへ戻るぞ」

セラフィナは馬車に向かいながらも、いまだに空っぽの棺《ひつぎ》が信じられず、何度もアビーの墓を振り返る。次から次へと明らかになる情報に混乱し、頭の整理がまったくつかなかった。アビーの遺体はどうなったのか、医師はどう関与しているのか、ユリエルはこの件を知っているのか――

出入り口までできたところで、どうにも気になり身を翻《ひるがえ》す。そして、墓地の片隅にきらりと光るなにかを見つけたのだ。

「……？」

セラフィナは躊躇《ためら》わずに光のもとへ向かう。すぐに戻るつもりだったため、グリフィンには断りを入れなかった。彼もジョーンズと話していたため、セラフィナが離れたのに気づかない。

光は枯草が伸び放題になっている一角の、木が二本並んだ狭間にあった。セラフィナは腰を屈《かが》めて腕を伸ばし、覚えのある感覚にはっとなる。

曇《くも》りなく澄み渡った青い石だった。色味も形もセラフィナが持つものによく似ている。そう、アビーの宝物の半貴石《はんきせき》だったのだ。

「どうしてこんなところに……」

セラフィナはあたりをざっと探り、右の木の裏側に古い井戸を発見した。円状の石組は崩れて苔《こけ》むしており、覗き込んでみると水も枯れているようだ。墓地になる以前からここにあった、何百年も前の時代の井戸なのだろう。

セラフィナは底の見えない闇に寒気を覚え、そろそろ戻らなければと立ち上がった。ところが井戸に背を向けた瞬間、左の木の裏から飛び出してきた何者かに、一気に羽交《はが》い締《じ》めにされてしまったのだ。

「……!!」

グリフィン様と叫ぼうとした途端、大きな骨ばった手で口を塞《ふさ》がれる。――男性だ。

しかし、墓地内には他に人はいなかったはずだ。あのジョーンズが念入りに確認したのだから間違いない。ならば、一体どこからこの男性は出てきたのだろうか。

乱暴されるのか、あるいは物盗《ものと》りかと恐怖に身が竦《すく》む。しかし、男性が次に取った行動は、そのどちらでもなく、セラフィナを井戸の暗い穴にどんと突き落としたのだ。

セラフィナがグリフィンから離れ、五分程度での出来事だった。男性は井戸を木の板で素早く塞《ふさ》ぐと、土と雑草で念入りに覆い隠す。

「セラフィナ？」

そして、グリフィンが振り返ったときには、セラフィナの姿はどこにもなかった。

男性二人の言い争いが聞こえる。どうやら意識が戻ったのだとセラフィナが自覚した途端、踵《かかと》と手首に鋭い痛みが走った。

墓地で何者かに井戸に突き落とされたのは覚えている。そのあとは弾力のある敷布の上に埃《ほこり》を立てて着地し、気絶した。それ以外は今がいつなのか、ここがどこで、どうしてこんなことになったのか、セラフィナには把握できなかった。

どうにか瞼《まぶた》を開けようとしたが、気力・体力のすべてを吸い取られたかのように、指一本動かすことができない。それでも聴覚だけは働いていており、相変わらず男たちの口論が聞こえる。なにか手がかりはないのかと、セラフィナは必死に耳を澄ました。声が妙に響いているところからして、劇場や大広間にいるのだろうか。それにしては空気がひんやりとしている。

「なぜこの方をこの場に連れてきた？」

セラフィナは心の内で首を傾げた。声に聞き覚えがあったからだ。

「なあ、ジュード様、この女はカタコンベの隠し通路を見つけちまったんだ。ほっとくわけにはいかないだろ」

ジュードと呼ばれた声の主は青年、もうひとりは少年に思える。二人の言葉遣いと発音には格段の差があった。ジュードは中流以上の人物で、少年は平民だろう。

「関係者にしかあれが通路だとはわからない。この方は、恐らく井戸だと思って覗き込んだのだ。お前はとんでもない真似《まね》をしでかしてくれたな」

少年はジュードの叱責をげらげらと下品に笑い飛ばした。

「まあ、そうだとして、今更どうにもならないでしょお？　この女すんげえ可愛いし、一緒に売り飛ばしちまえばいいじゃないですか。その前にちょっと俺らでつまみ食いくらい……」

「――ケイン」

さすがに腹に据《す》えかねたのだろうか。ジュードの声音が裁きを下す神そのものの冷徹さとなった。

「お前はなぜ自分がこの場にいられるのかを理解していないようだな。いつからふざけた口を利くようになった？　どうやら甘やかし過ぎたようだ。餌《えさ》だ、水だと吠《ほ》えてばかりの犬にも、そろそろ躾《しつけ》が必要らしい。ルーク、あれを持ってこい」

ケインなる少年がひゅっと息を呑むのがわかる。

「お、おい。待てよ、待ってくださいよ。お、俺が悪かったよ。だから、頼むからあれだけは……」

「なら、明日から忠犬になることだ」

続いてなにかが風を切った音がした。そう、これは鞭《むち》だ。御者《ぎょしゃ》が馬を打ったときと同じ音を出していた。

「ひいいいっ!!」

ケインが耳をつんざく悲鳴を上げた。悲鳴はどこまでも反響し、打たれる響きを掻《か》き消してしまう。鞭《むち》は二発、三発とケインに当てられた。

「痛《いて》え、痛《いて》えよおぉ。い、いてぇ……」

悲鳴が嗚咽《おえつ》に変わり、ケインが床を転げ回っている音がする。セラフィナは耳を塞《ふさ》いでしまいたかったが、自由のきかない身体ではそれも叶わない。

「ジュード様、ケインはどうしますか？」

ルークと呼ばれた少年が静かに尋ねる。

「牢の一つにでも放り込んでおけ」

「では、こちらの女性は？」

ジュードは迷いなく答える。

「夜が明けてから、私が大聖堂まで連れ帰る」

「……殺さなくてもいいのですか？」

「この女性はあの井戸に気づいただけだ。あの通路も用済みであり、問題ない」

「しかし、危険ではないですか？」

ジュードは「問題ない」と繰り返した。

「彼女はまだなにも見てはいない。今なら単なる暴漢《ぼうかん》の仕業《しわざ》だと誤魔化せるだろう」

その会話の直後に何者かにそっと横抱きにされ、運び出されていくのに気づいた。すっかり慣れたグリフィンの手ではない。さらに次の瞬間、腕の主からふわりと知った香りが漂《ただよ》った。没薬《もつやく》を含んだ神秘的なお香《こう》だ。

セラフィナはどこで嗅《か》いだ香りだったかと記憶を辿り、頭に浮かんだひとりの人物に、まさかという思いを抱く。おそるおそる目を開けてみると、シルバーグレーの瞳が間近にあった。この瞳の色の持ち主は、たったひとりしか知らなかった。

「ユリエル、さま……」

「……困りましたね」

ジュードは――ユリエルはセラフィナを見下ろし、いつもと変わらぬ穏やかな笑みを見せた。

「これであなたを地上に帰せなくなりました」

「こ、こは……？　それにどうしてユリエル様が……？」

セラフィナはユリエルの腕の中であたりを見回した。ロウソクを持った少年が先を歩いているが、わずかな灯《あか》りでは闇に慣れない目には厳しい。辛《かろ》うじて見えたボロボロに崩れた石レンガの壁から、古い建物の通路なのだということはわかる。

セラフィナはそこではっとなり観察をやめた。グリフィン以外の、よりによってユリエルの腕に抱かれているのである。

「は、離してください！」

セラフィナは身じろぎをしたのだが、ユリエルの冷たい声に身体が凍《こお》りついた。

「どうか大人しくしていただきたい。セラフィナ様は怪我をされていますし、できる限り傷つけたくはありません」

それは必要とあらば暴力も厭《いと》わないという宣言でもあった。セラフィナは信じられずになぜ、どうしてと首を振る。同時に、これからどうなるのかと背筋が震えた。

ユリエルが先導するロウソクの少年に声をかける。

「ルーク、予定が変わった。この女性の処分は私が受け持つ。お前は今夜は街へ戻れ」

「わかりました。ではジュード様、鍵を預けておきます」

ルークがユリエルに鍵を渡した。セラフィナは立ち去る彼を呆然と見送ると、ユリエルの美貌を見上げる。

「ジュード……？」

「ジュードは私が聖職者となる前の名です」

ジュードはあまり使われない名前だ。聖書では救世主を裏切った人物だと言われており、縁起が悪いからである。ユリエルの両親はなぜそんな名をつけたのかと訝《いぶか》しむ。

やがてユリエルは通路を通り抜け、暗い、だが不思議と暖かい空間へと辿り着いた。四角く切り出された広い部屋で、わずかな足音もよく反響する。セラフィナはここは地下なのだと思い至った。

「この区画にはベッドがあるので、一晩眠っていただいてから帰そうと思ったのが間違いでした。私の顔をここで見てしまったからには帰せない」

ユリエルは片隅の一室に近づくと、セラフィナを左手で抱いたまま、器用に錠の穴に鍵を差し込んだ。セラフィナは不吉な予感を覚え、薄暗がりに目を凝《こ》らしてその部屋の正体を確認する。

室内にはクリーム色の絨毯《じゅうたん》が敷かれ、ベッドには真新しいシーツがかけられている。テーブルと椅子など一通りの家具もあったが、窓はなく壁一面が格子《こうし》となっていた。これではまるで――

セラフィナの心を読んだのか、ユリエルがなんでもないことのように言う。

「そうです。ここはかつて高貴な身分の罪人を収監《しゅうかん》した牢獄です」

動揺するセラフィナを我に返らせたのは、隣の牢から小さく響く子どもの泣き声だった。

「ゆりえるさま、ゆりえるさま、こじいんへかえして……」

この声には聞き覚えがある。セラフィナはまさかと目を見開いた。

「アビー……!?」

セラフィナはアビーに駆け寄りたかったが、足が痛む上に、ユリエルの腕が阻《はば》んでいる。

「アビー、アビー、どうしてこんなところに……」

「おくさま……?」

アビーもセラフィナに気づき、また悲しげな嗚咽《おえつ》を漏《も》らした。

「わ、わかりません。ごはんをたべたら、ねむくなって、おきたらここにいて……」

一体どう言うことなのか。目まぐるしく頭が回り始める。

すると、ユリエルはセラフィナを抱いたまま、アビーのいる牢へと近づいた。孤児院でのユリエルと変わらない、優しく穏やかな声で宥《なだ》める。

「アビー、泣くんじゃない。君はその怪我が治ったら、さる高貴なお方のもとへいくんだ。好きなものを好きなだけ食べられるし、人形も花も菓子も思いのままだ。いい子だから泣きやむんだ」

アビーはベッドの片隅にうずくまっていたが、いやいやと首を振り涙混じりに訴えた。

「おにんぎょうも、おはなも、おかしもいらない。こじいんにもどりたい。おじちゃんとおばちゃんが、むかえにくるからっていってたのに……」

ユリエルはやれやれと溜め息を吐《つ》く。

「ミラー夫妻は今は君に優しいかもしれない。けれどももしも、二人の間に本当の子どもが生まれたら、君はどうなるだろう？　孤児院に戻される可能性もある。昔からそんな話はいくらでもあった」

「ち、ちがう。おじちゃんとおばちゃんは、そんなことしないもん」

「違わないんだよアビー。人は自分の幸福のためなら、他人に不幸をいともたやすく押しつける」

アビーは容赦ないユリエルの説教に、ついに声を上げて泣き出してしまった。セラフィナはアビーの泣き声を聞きながら、頭の中でいくつもの情報の断片が、瞬時に組み合わさるのを感じる。

突然眠るように倒れた子どもたち、消えた医師と遺体のない空《から》の棺《ひつぎ》、実は生きていたアビーと、ユリエルの言うさる高貴なお方。

まさかとセラフィナはユリエルを見上げる。背筋に冷たい汗が流れ、身体が小刻みに震え出した。

「まさかあなたは可愛い……見栄えのする子どもたちを、身分の高い方に売っていたんですか……？」

否定してほしかった。なにを言っているのですかと笑い飛ばしてほしかった。ところがユリエルは大聖堂のモザイクの大天使と同じ、神々《こうごう》しくも穏やかな微笑みを見せこう返したのだ。

「ならばどうしたというのですか？」

「なぜ、そんなことを……」

ようやく絞り出した声は、掠《かす》れて闇に溶け入ってしまう。セラフィナはユリエルを師と仰《あお》いでいた。その師が子どもを売っていたなど、信じたくはなかったのだ。

「なぜ？　さて、なぜだったたか」

ユリエルは唇の端を歪《ゆが》め、くつくつと笑い始めた。

「……初めは生き延びるためだったでしょうか。それが、いつしか引き返せないところにまできてしまった」

セラフィナはいつだったか、彼が恵まれた幼少期ではなかったと、そう語っていたことを思い出した。それでは生き延びるためだけに、犯罪に手を染めたとでも言うのだろうか。ユリエルが仕える神だけではなく、よりによって自分の幼少期を冒涜《ぼうとく》するような、人身売買という犯罪に――

ユリエルはアビーが泣き疲れ、眠ったのを見計らうと、開錠した牢の前へ戻り、格子《こうし》の扉を軽く押した。錆《さび》ついた鉄と石畳が軋《きし》み、苛立たしく不吉な音を鳴らす。

中に入ったユリエルは奥のベッドにそっとセラフィナを座らせた。そしてその場に跪《ひざまず》き、彼女の革靴に触れる。セラフィナはぎくりと身をこわばらせた。グリフィン以外の異性に触れられるのは、初めてだったからだ。その上、二人きりとなったこの環境で、どんな目に遭わされるのかわからない。殴られようが、犯されようが、声は外には届かないのだ。そう実感すると身体が恐怖に震え始める。

ユリエルは苦笑しセラフィナを見上げた。シルバーグレーの瞳に、男性に怯《おび》えた娘の顔が映っている。

「……私に触れられるのもお嫌ですか」

そう尋ねつつもセラフィナの踵《かかと》を掴むと、ユリエルは靴を脱がせ、素足をあらわにしてしまった。薄暗がりの中でもくるぶしが腫《は》れ上がり、甲には擦《かす》り傷があるのがわかる。

「それでも触れなければ手当てができません」

ユリエルは懐《ふところ》から布と包帯を取り出すと、手際よく足と手首を治療していった。手当てを施《ほどこ》すということは、殺すつもりまではないのだろうか。セラフィナは声の震えをどうにか抑え、勇気を振り絞ってユリエルに尋ねる。

「ユリエル様は私をこれからどうされるおつもりですか」

「さあ、どうしましょうか」

「まだ心を決めてらっしゃらないのならお願いです」

セラフィナは穏便に事を解決しようと必死だった。

「アビーを連れて一緒にコルナに戻り、グリフィン様に今回の件をお話しください。そしてこれまで売った子どもたちの行き先を教えてください。私もユリエル様の罰が軽くなるよう、力を尽くしますから」

この事件の真相を知った以上、見逃すわけにはいかなかった。それ以前にグリフィンはすでに、事件の骨格は掴んでいると思われる。彼は死亡したとされる孤児らの身体的特徴を、洗い出すよう命じていたからだ。であるならば、事件が明るみにでるのは、時間の問題でしかないとセラフィナは考えていた。

ただし、今回のことをウィガード大司教に知られてはならない。総司教への昇進の邪魔と見なされ、おそらく事件の真相ごと握り潰される。孤児らの一生など、彼にとっては塵《ちり》にも等しいだろう。セラフィナが優先すべきは、まずは孤児らの身の安全だった。

「お願いです。どうか自首を――」

「罪……ですか」

ユリエルはふたたびくつくつと笑い出した。

「セラフィナ様、人は麦を刈り入れてパンを焼き、豚を殺して肉を塩漬けにし、その日の糧《かて》として暮らしています。人が人を糧《かて》とするのはそれほど罪深いことなのでしょうか？」

セラフィナはそんなことは当たり前だと眉を顰《ひそ》める。ところがユリエルはシルバーグレーの瞳を光らせると、巧妙な言い訳を続けた。

「あなた方貴族も平民を食い物にしているではないですか。貴族にとって彼らは家畜と同じだ。しかも、孤児院や病院へわずかな金を投げて寄越せば、家畜どもが口を開けて喜ぶと考えている。自分は慈悲深いとすっかり満足し、夜には絹のシーツが敷かれたベッドで眠るというわけだ」

セラフィナは胸を打たれて息を呑んだ。一理ないわけではなかったからだ。だが、すぐに違うと心のうちで否定し、これだけは主張しなければと奮《ふる》い立った。

「ユリエル様、一部の貴族の行いを全体の問題とするのは間違っています。それに仮に貴族の我々がそうだったとして、あなたの罪と貴族の所業はまったく別の問題です。ユリエル様は論点のすり替えをなさっています」

セラフィナが必死の思いで言い返す間、ユリエルは食い入るようにその目を見つめていた。やがて深く重い溜め息を吐《つ》いて首を横に振る。

「……セラフィナ様、あなたはやはり聡明だ。もっと愚《おろ》かであってくれたなら、所詮《しょせん》美しいだけの女なのだと失望し、躊躇《ためら》いなく殺せたでしょうに。あなたの強さと優しさを知らなければ、こうして愛することもなかった」

あの日ブラッドフォードの孤児院でセラフィナと話すべきではなかった、とユリエルは溜め息を吐《つ》いた。

彼女の右手を取ると目を閉じ、ごく軽く、だが確かに甲にその唇を触れさせる。なにも知らぬ者からすれば、大天使が聖女に忠誠を誓う、一枚の宗教画のごとく見えただろう。

「……‼」

セラフィナはすぐさま手を引き左手で庇《かば》う。ユリエルの行動の予想がまったくつかなかった。

「……たった今決めました。あなたは閣下のもとには帰さない」

彼は目を細めて立ち上がると、セラフィナに背を向け歩き出した。

「ユリエル様‼」

「私を愛せとも身を任せろとも言いません。ただ、そばにいるだけでいい」

鉄格子《てつごうし》の扉が閉ざされ、錠には鍵がかけられる。無機質な金属音は絶望の音でもあった。扉の閉ざされた音がおさまるころ、セラフィナは目を見開いたまま口を覆った。グリフィンの見抜いたとおりだったのだ。

だが、気づいていたところで応えられず、どうにもできなかっただろう。ユリエルは戒律で女性との恋愛や結婚を禁じられているし、自分にはすでに愛する者がいるからだ。

——愛する者。

セラフィナははっと口を押さえた。今、なにを考えたのかと愕然《がくぜん》とする。

「私……」

セラフィナは首を繰り返し振った。自覚してはならない感情に、ついに気づいてしまったからだ。

「私は……」

これ以上はいけない、今後のためにも封印してしまえと理性が押し止めようとする。だが、一度決壊した思いの川はもう堰《せ》き止められなかった。セレストブルーの瞳に、先ほどとは違う絶望の色が混じる。

「グリフィン様……」

セラフィナはグリフィンを好きなのだ。こんな暗闇の中ですら、はっきりとその姿が思い浮かぶほど愛している。

あの方はブラッドフォード公で、本来なら手の届くはずのない方なのだと、どうにか自分を嘲《あざ》笑《わら》って熱を冷まそうとする。そう、グリフィンを愛するなど恐れ多過ぎる。家族からは疎《うと》んじられ、婚約者には捨てられ、この身以外なに一つ持ってはいない――そんな娘がアルビオンの礎《いしずえ》でもある人物を愛していいはずがない。

舞踏会の夜の、クレアの捨て台詞《ぜりふ》が脳裏《のうり》に蘇《よみがえ》った。

『どうせあなたもすぐに裏切られることになる。アンジェラと同じよ。身分も、地位も、財産も、美貌も持ち合わせている男が、あなたひとりだけなんてありえるものですか』

今さらになって心が深く傷つく。同時にひどく滑稽《こっけい》にもなった。裏切られる以前に、この結婚自体が愛情に基《もと》づいてはいないからだ。グリフィンにとってはハワード家の当主となるため、セラフィナにとってはエリナーの命と自由を得るためでしかなかった。

グリフィンは偽りの妻にもとても優しい。初めは恐ろしかったが、今では笑顔も見せてくれるようになった。だが、それも一年後には終わる。そしてグリフィンの生きる世界には、美しく洗練された美女が多くいるのだ。契約が終了してしまえば、その優しさは見知らぬ美女たちに向けられるだろう。

心臓を握り潰された気がした。死んだほうがましだと思うほど、息が冷たく苦しくなった。セラフィナは唇を噛み締め目を閉じる。この思いはグリフィンに決して告げず、悟らせてもいけない。できるかできないかではなく、やるのだとおのれに言い聞かせる。

「だ……めよ」

そもそも、こんな状況で自分の恋心など考えるべきではない。今は事件を解決し、孤児らを助け出すことが先決だ。

アビーのような孤児らを引き取る目的など、慰《なぐさ》み者にするのだとしか思えない。慰《なぐさ》み者程度で終わるのならばまだいいが、命すら踏みにじられるかもしれないのだ。

セラフィナは息を大きく吸い、ゆっくりと吐いた。どんな手段を使おうとここから脱出しなければと決意を新たにする。激情に身を任せるなどいつでもできる。ならば、今は理性と頭脳を働かせなければならなかった。

◇◆◇◆◇

グリフィンは書斎の窓の縁《ふち》に手をかけ、曇《くも》り空から降る雪を見上げた。

王都の数年ぶりの雪景色だ。セラフィナがいれば美しい、素敵だと喜んでいただろう。バルコニーから身を乗り出していたかもしれない。だが、あの笑顔とセレストブルーの瞳は、今隣にはない。ならばグリフィンにとって、雪はただの雪に過ぎなかった。

セラフィナが消えて一週間が過ぎたが、いまだに行方はわからぬままだった。彼女はあの夜、たった五分で煙のように姿を消してしまった。すぐさまコルナにいる部下らを招集し、翌日には隠し通路のある井戸を発見したが、すでに土と砂利《じゃり》で埋《う》められたあとだった。掘り起こした通路は道がいくつにも分かれて落とし穴などもあったため、先を進むのに時間がかかった。

調査の結果、それの正体は大聖堂が建築されるより以前——王朝が現在のものとなる以前の、古代のカタコンベの一部だと判明した。ウィガード大司教に国教会が保存するカタコンベの史料を請求したところ、史料自体を見つけるのにまた手間がかかった。

なんとか手に入れた史料によれば、カタコンベは二百年前に一度埋《う》められ、そのまま忘れ去られていたらしい。当時の構造はごく単純なものだったが、長い年月をかけて様々な犯罪組織に利用され、通路や部屋が拡張されてきたのだろう。

現在、人を使ってカタコンベの調査をしているところだ。早くも、人のいた痕跡《こんせき》をところどころに見つけている。最大の収穫は女物の真鍮《しんちゅう》の櫛《くし》だ。櫛《くし》はセラフィナが長い髪を留めていたものである。彼女は確かにあのカタコンベを通じ、どこかに連れ去られたのだ。隠し通路を虱潰《しらみつぶ》しに当たれば、必ず手がかりがあるはずだった。

　今回の事件の骨格はすでに見え始めている。だが、関係者への接触はまだ行わない。万が一犯人の一味が逆上すれば、セラフィナの命すら危うくなる可能性があるからだ。

「……っ！」

　グリフィンは拳《こぶし》を窓に押し当てた。そう、女性ならば命が助かるだけでも儲《もう》けものなのだ。犯人が男性の場合には乱暴なことをされてもおかしくはない。まして今回の容疑者のひとりは、セラフィナに思いを寄せている。どれだけセラフィナの精神が強靭《きょうじん》でも、無体な真似《まね》を働かれてしまうと女性は弱い。

　セラフィナが傷つけられているかもしれない――想像しただけで身体中の血が逆流し、加害者をこの手でくびり殺したい思いに駆られる。たとえそれが罪となり裁かれることになろうとも、後悔は覚えないだろう。こんな激情が自分の中にあることすら、今になるまで知らなかった。セラフィナはいつしか心の多くを占めていたのだ。

　思いを力に変え、ガラスに拳《こぶし》を叩きつける。最新の技術で製造されたはずのガラスには、不吉な破壊音とともに、いとも呆気《あっけ》なく穴が開いた。割れた欠片《かけら》が手の甲と指に傷を作り、血は滴《しずく》となって一滴、二滴と床に落ちる。それでもまったく痛みは感じない。セラフィナはもっと惨《むご》い目に遭っているかもしれないのだ。

　神などという不確かな存在ではなく、この世で唯一信じるおのれ自身に誓う。セラフィナを、必ずこの手に取り戻す。取り戻して、それから——

血の滲《にじ》む拳《こぶし》をかたく握り締め、雲に覆われた空を見据《みす》える。激情に身を任せるなどいつでもできる。ならば、今は理性と頭脳を働かせなければならなかった。

第四章　愛してはいけない

冷静になったセラフィナは、それからの時間を情報の収集に費やした。牢は、アビーやセラフィナの世話をするため、日に二度人が入れ替わる。その係の顔をひとりひとり覚えていった。

下働きの部下は少なくとも四人はいるらしい。発音や言葉遣い、立ち居振る舞いなどから、その誰もが平民の出身だと思われた。世話係だけでなく、牢獄の出入り口や隠し通路の見張り、その他の物理的な手間を考えれば、全体で少なくとも十数人はいるだろう。

これまでの経緯から、病院の医師も仲間だったのだと推測できる。睡眠薬などで眠っていただけの孤児を、死亡したと診断して棺《ひつぎ》に入れ、隠し通路のある墓地にまで運び出していたのだ。

教会の内部にもユリエルの回し者がいるのかもしれない。これまでどれだけの人間と聖職者が犯行に関わってきたのか、どれだけの孤児が売られてきたのか。考えただけでぞっとなった。

セラフィナは情報収集だけではなく、隣の牢で涙を零《こぼ》すアビーをなんとか元気づけようと頑張った。アビーはこの牢獄に連れてこられる際に暴れたのか、顔や身体に擦《す》り傷を負っているらしい。

だが、その痛みよりも闇が怖い、孤児院に戻りたいとアビーは泣いた。

「おくさま、わ、わたし、わるいこだった？　わるいこだったから、こんなくらいなかに、ひとりでいるの？　ゆりえるさまも、あんなにこわくなったの？」

「アビー、それは違うわ。あなたはとてもいい子よ。あなたはなにも悪くないの。それに、私もここにいるからひとりでもないわ」

隔《へだ》てる厚い壁をもどかしく思いながら、セラフィナは無理もないと鉄格子《てつごうし》を握り締めた。自分でさえ薄暗く肌寒い環境に、時折まいりそうになるのだ。幼いアビーならなおさらだろう。暗がりの中では時間の感覚が失われ、朝か、昼か、夜なのかが判別できない。区切りのない長い時の中では、このまま永遠に光の中に戻れないのではないかと、そんな恐怖に襲われるのだ。

とはいえ、日に二度は粗末な食事が運ばれてきていた。そしていずれかの食事のあとには、自然に眠りがやってくる。それで今が昼夜どちらなのか判断した。

次いでセラフィナは石レンガの欠片《かけら》で、ベッドの左右の足に交互に昼には丸を、夜には三角の記号を刻んだ。記録を残すことで、一日の感覚を失わないようにしたのだ。

そんな異様な環境下で三週間目を迎えるころ、アビーが「さる高貴なお方」に引き渡されるため、ついに牢から出されることになる。その日の朝の目覚ましとなったのは、アビーの泣き声だった。

「いや、いや、いや。いきたくない！　かえる。こじいんへかえるの！」

セラフィナはベッドから飛び起き、格子《こうし》に駆け寄って冷たい鉄棒を掴んだ。隣の牢の鍵が開けられ、三人の男性が中へ入っている。うちひとりが舌打ちをしながら、アビーを小脇に抱《かか》えて牢から出てきた。

「アビー!!」

「おくさま!!」

セラフィナの声に気づいたアビーが救いを求めていっぱいに腕を伸ばす。セラフィナも手を伸ばしたものの、無情にも鉄格子《てつごうし》に遮《さえぎ》られてしまった。

「おくさま！　おくさま！」

アビーは必死に暴れるも、大の男性の力に敵うはずもない。

「静かにしろ！　また怪我してぇのかよ!!」

やがてアビーは荷物のごとく、外へ運び出されてしまった。

「アビー……!!」

泣き声のこだまがおさまったあと、恐ろしいほどの沈黙と薄闇、そして無力感がセラフィナを襲う。

セラフィナは口惜しさと悲しさに顔を伏せ、その場に座り込んだ。この数週間で結局なに一つできなかった。これからどうするべきなのか、いや、どうにもならないのではないか。

そんな思いが頭をかすめたとき、暗がりの奥から新たな足音が響いてきた。暗闇の中では視覚に代わり、聴覚が鋭敏になるものらしい。セラフィナは初めの一音を聞いただけで、誰がきたのか察して身をこわばらせた。

「セラフィナ様、お元気ですか」

ユリエルは鉄格子《てつごうし》の前に片膝をついた。

「ようやくアビーの怪我が治りましたからね。これであのお方に引き渡せる。先方は傷一つない美しい女児が欲しいと、長らくおっしゃっていたのです」

セラフィナはユリエルの言い方にぞっとなった。アビーを意思のあるひとりの人間ではなく、商品としてしか見ていなかったからだ。たった今罪もない子どもを売り飛ばしたというのに、大天使の美貌にはやましさの欠片《かけら》も感じ取れない。一つに束《たば》ねたアッシュブロンドの髪は眩《まばゆ》く、シルバーグレーの瞳は穏やかな光を湛《たた》えている。おまけに今日は教会から直接やってきたのか、濃紫の祭服を身に纏《まと》っていた。人身売買の主犯が神に仕えているなど、悪い冗談だとしか思えない。

「ついにおひとりになってしまいましたね」

セラフィナは息を呑んでユリエルに目を向けた。そうだったと今更ながらに実感する。アビーがいなくなった以上、この牢獄にセラフィナの味方はもういない。

ユリエルは囁《ささや》くように、誘うように彼女に尋ねる。

「セラフィナ様、これからどういたしますか？　この牢にはもはや私以外にあなたを知る者はいない」

「……」

「閣下には他にいくらでも相応《ふさわ》しい方がいる。あなたもじきに忘れられるでしょう。だが、私にはセラフィナ様が必要なのです。私はあなたの強さと優しさが、これから生きていくために欲しい」

口を利かないセラフィナに、ユリエルは溜め息を吐《つ》いた。

「……どれだけでも待つつもりです。時間はたっぷりあるのですから」

つまりは、セラフィナがユリエルに屈するまで、牢獄から出さないということなのだろう。

「なぜ……」

セラフィナはようやく声を出した。

「なぜ、このような非道な行いをするのですか」

「前も申し上げたとおり、生き延びるためですよ。私とて望んでこうなったわけではない」

ユリエルは目を伏せ寂しげに微笑む。

「そうですね……。では、ある男の話をしましょうか。抗《あらが》う術《すべ》を知らなかったために、堕《お》ちていくしかなかった、哀《あわ》れで愚《おろ》かな男の半生です。信じようとも、信じなくとも結構ですよ。そう……始まりはひとりの令嬢でした」

その語り口は穏やかでどこか悲しかった。

「彼女は特別美しいわけでもなければ、賢いわけでもない。だが、とても心の清らかな少女でした。彼女には幼馴染《おさななじみ》の婚約者がおり、婚約者は彼女のあどけなさを真実愛していました。ところが二人の結婚が二ヶ月後に迫《せま》ったころのことです」

少女は舞踏会へ出かけた。婚約者は当日急用ができ、代わって彼女をエスコートしたのは、彼女の一つ下の弟だった。ところがここで悲劇が起こってしまう。少女が王族のひとりに目をつけられたのだ。弟がわずかに目を離した隙に、その男性は彼女を言葉巧《たく》みに外へ連れ出し、卑劣にも純潔を奪った。

「親子ほど年の離れていた人物でしたから、彼女は警戒すらしていなかったのでしょうね。また、地位ある人物がそうした無体な真似《まね》をするなどとは、思いもしなかったのでしょう」

少女は我が身に起こった事件を、婚約者に告白するべきか悩んだ。だが、できなかった。少女も婚約者を愛しており、彼との結婚は長年の夢でもあったからだ。結局、二人は何事もなかったかのように、神の前で誓いの言葉を述べた。

そこで終わったのなら、時とともに少女の心も癒《い》え、二人は幸せに暮らしました、と結べていたのかもしれない。ところが、神はなんの罪もない彼女に更なる試練を与えた。

それから満月を七つ数えたあとに、少女は男児を産み落としたのだ。月足らずだが夫の息子だと誤魔化そうにも、赤ん坊は標準的な体格だった。当然問いつめた夫に、彼女は泣きながら真実を打ち明ける。

夫は妻が嘘をつけない性格だと知っていた。愛する者を汚した男性を地獄に落としてやりたいと願っただろう。しかし、卑劣な男性はどこまでも卑劣で、夫が復讐の鬼と化す前に、病《やまい》であの世へ逃げていたのだ。

夫に妻を捨てる選択肢はなかった。だが、やり場のない怒りと憎しみを、彼は憎い男性の血を引く赤ん坊へと向ける。その人生に幸福などあってはならない、生まれながらの罪人だと罵《ののし》られればよいと、男児に「ジュード」と名づけたのだ。

それでも、夫はどれだけ憎かろうと赤ん坊のジュードを殺せはしなかった。なぜなら、憎い男性の子ではあったが、確かに愛する妻の血も引いていたからだ。赤ん坊の瞳の色と目元は妻とまったく同じ。悪魔になり切るには彼は妻を愛し過ぎていた。彼は赤ん坊が死産だったと届け出たのち、信頼できる教会へと預け、厳しく接するよう頼んだ。

「ジュードは不義の子である以上、貴族社会ではまっとうに生きられない。かと言って、市井《しせい》に下るのも許されない。その血を一代限りで断つために、妻や子を得るなどもってのほかだ。彼には神のもとでしか生きる道はありませんでした。しかし、どれだけ隠そうと噂《うわさ》は流れるものです。ジュードはことあるごとに不義の子と蔑《さげす》まれ、どれだけ実績を積み上げようとも認められませんでした。母親の夫が手を回したのもあったのでしょうね」

「……」

「ジュードはそれでもまじめに生きようとしておりました。ところが、ある日噂《うわさ》を嗅《か》ぎつけた高位聖職者のひとりからこう持ちかけられたのです」

『孤児院にいる女児をひとり私に預けてくれないか。ああ、実は、君のとある噂《うわさ》を聞いてしまってね。このままでは侍祭《じさい》の地位も危ういかもしれない。私は君にぜひとも昇進してほしいのだが残念だ。おおっと、そんな目をしないでほしいね。私は神の慈悲を哀《あわ》れな孤児のひとりに授けたいだけだ』

セラフィナは言葉がでなかった。まさか聖職者にも買い手がいるとは、考えもしなかったのだ。

「初めは罪悪感を覚えていたジュードも、次第に罪自体に慣れてしまいました。やがて、聖職者らの買春の証拠を逆手《さかて》に取って、陰から彼らを操れるようにもなった。なにせ、事が公《おおやけ》になれば地位を追われるだけでは済みません。聖職者への罰則は厳しいですからね。ジュードを見下《みくだ》していた連中が、彼の言いなりになり、不正に手を染めて金をかき集め、堕《お》ちていくさまは実に滑稽《こっけい》でした」

ユリエルはくつくつと笑いながら、鉄格子《てつごうし》を握る手に力を込めた。

「……セラフィナ様、ジュードはどうすべきだったのでしょう？」

「……」

「他に道があったのでしょうか？」

セラフィナはユリエルの壮絶な過去に言葉を失った。世の中には思いもつかない不幸があるのだと痛感する。まっとうな道をいこうとするのに、無理やりそれを歪《ゆが》められる人生は、ユリエルの心をどれだけ深く傷つけたのだろうか。

セラフィナは悲しみに胸を痛めながら、それでもと思う。それでも、子どもたちの人生まで道連れにしてはならなかった。どん底に突き落とされようと、ユリエルを信じ慕っていた子どもたちの、伸びやかな道を断つ権利は決してなかったのだ。

セラフィナはようやくユリエルの目を真っ直ぐに見つめた。彼が珍しく目を瞬《しばた》きながら、息を呑んでセレストブルーの瞳を凝視《ぎょうし》している。

「私なら、逃げます」

その言葉に気を取り直したのか、ユリエルが嘲《あざけ》るように笑う。

「逃げる？　強いあなたらしくはないな」

「ユリエル様、私らしさとはなんでしょう？」

セラフィナはゆっくりと瞼《まぶた》を閉じた。

「私は逃げて、自分が生きられる場所を探します。自分を受け入れてくれる人を探します。世界のどこかにきっとあるはず、きっといるはずなのです。私は……」

エリナーの顔が思い浮かぶ。

「私は、そうして逃げました」

ヘンリーの冷酷さに耐えられなかった。クレアの虐待《ぎゃくたい》が辛かった。エリカの嫌がらせが苦しかった。エドワードの裏切りに心が引き裂かれそうだった。とても、とても傷ついていたのだ。差し伸べられたエリナーの手に、縋《すが》りつかずにはいられないほどに。ユリエルが言うように強くなどはない。むしろ、強くなりたかった。

黙り込んでしまったセラフィナの肩に、鉄格子《てつごうし》を抜けた手がふわりと乗せられた。

「セラフィナ様、あなたはまだご存知ではない。振り切れるのも強さなのです。その一歩を踏み出すのが人には難しい。……とても、難しいのです。私はすでにぬかるみに足を絡め取られ、抜け出せなくなっている」

ユリエルは溜め息とともに声を落とし、纏《まと》う雰囲気を変える。大天使然とした彼から、初めて「男」を感じた。

「哀《あわ》れみでも構わない。どうか私を見てほしい」

この牢獄から出るためならば、嘘でもいいから頷くべきなのだろう。なのに、たったそれだけの言葉を偽れない。どうしてもできなかった。

「そんな顔をされても……困ったものですね」

しばしの沈黙ののちに、いつものユリエルに戻る。

「ですが、少々安堵してもいます。あなたが容易に頷く人だったのなら、私は失望していたでしょう」

心にまでは決して手が届かないからこそ、崇拝《すうはい》できるのかもしれない——皮肉な逆説だとユリエルは苦笑した。彼は音もなく立ち上がると丁寧に謝罪する。

「申し訳ございませんでした。私ごときが恐れ多く、不謹慎《ふきんしん》な真似《まね》をしでかしてしまいました。どうかお忘れください」

忘れられるはずがないと、ユリエルも知っているだろう。

「ご安心ください。私は拒絶されたからといって、我を忘れたりなどはしません。母を苦しめた獣《けもの》と同じになりたくはない」

最後の「獣《けもの》」という言葉には、これまでユリエルが舐《な》めた辛酸《しんさん》の香りがした。

彼は身を翻《ひるがえ》すと、足音を響かせて牢獄から姿を消した。沈黙の中にひとり取り残され、セラフィナは重苦しい思いを噛み締める。

昔読んだ騎士と王女の物語では、恋とは甘く切なく、男性と女性はその世界に二人だけだとすら思えた。だが、今にして思えば、一瞬だけ登場した騎士の幼馴染《おさななじみ》の少女や、王女の婚約者は、どんな思いだったのだろうか。同時に、心を偽れず、騎士しか選べなかった王女の気持ちも理解できた。

けれども、騎士の本心まではわからない——グリフィンの本心はわからないのだ。

ユリエルが姿を見せなくなり、四日が過ぎた。それでも相変わらず食事や着替え、身を清める水や布などは運ばれてくる。セラフィナには彼の意図が見えなかった。ところがさらに六日が過ぎたころ、思いがけない事態に出くわすことになる。

その日もいつものように、午前の食事が運ばれてきた。持ってきたのは初めて見る顔の青年である。青年は食事を置いたのち、用は終わったとばかりに、さっさと牢から出ていった。そして錠をかけようとしていたが、中が錆《さび》ついていたのか、うまくはめ込めない。ようやくカチリと小さな音がした次の瞬間、牢獄に見張りと思《おぼ》しき二人が駆け込んできたのだ。何事かと驚くセラフィナには目もくれず、二人は青年に耳打ちをする。青年ははっと息を呑んで二人に尋ねた。

「おい、本当か？」

「ああ、今日くるはずだったガキがいない。棺桶《かんおけ》が初めからからっぽだったんだ」

「どういうことだ？　場所や日付を間違ったってことはないのか」

「いいや、何度も確認したから間違いない。ジュード様に確認にいくぞ」

三人は揃ってその場から駆け出した。足音がおさまりふたたび静けさが戻るころ、セラフィナはある事に気づき、おそるおそる扉へ近づいた。錠前《じょうまえ》を完全に施錠するにはカチリと音がしたあと、もう一度指で強く押し込まなければならない。二度目ならば手慣れた作業だが、あの青年は今日が初めてだったのだ。

あるいは、もしかしたらとセラフィナは逸《はや》る気持ちを我慢した。三人が戻らないのを確認してから、両手を錠前《じょうまえ》に回して指を絡める。何度か強く力を込めた結果、錠前《じょうまえ》はついに音を立てて開いた。

「……！」

思わず歓声を上げそうになるのを抑える。そこから先のセラフィナの行動は迅速《じんそく》だった。

まず、布を丸めて横たわる人の形を作り、その上からシーツをかける。これで外からは眠っていると思われるだろう。しばらくならば不在を誤魔化せるかもしれない。続いてパンとスープを素早く平《たい》らげた。セラフィナは牢獄の中だろうと、決して食事を残しはしなかった。逃げる機会が訪れたときのために、体力を落とさないようにしていたからだ。それに、今日に限って食事がすべて残っていては、あとからあの青年が食器を取りにきた場合、不審に思われてしまう。

セラフィナは最後に水を一気飲みすると、いよいよ扉を開け一歩を踏み出した。周囲には誰もいないのか、静まり返っている。抜き足差し足で出入り口へと向かうと、見張りはやはりいなかった。よほど大きな事件が起こったらしい。

出入り口から先は石レンガの壁の廊下が、左右真ん中の三手に分かれていた。どの道も苔《こけ》むしており不気味である。セラフィナはそれぞれをよく観察し、左側の道を進むことにした。ロウの垂れた跡が点々と続いていたからだ。

そして、迷ったときに戻れる道しるべとするため、石レンガの欠片《かけら》を持ち、等間隔で壁に傷をつけていく。セラフィナは覚悟を決めると、闇に向かって迷いなく駆けていった。

道は途中でも分かれており、中には行き止まりもあった。セラフィナはその度に残した傷に沿って戻り、次の道を探さなければならなかった。それでも運や天が味方したのか、不思議と危険な場所へ迷い込まず、敵に見つかることもなかった。

セラフィナはそれから約一日を迷宮の探索に費やした。終わりのない道かと思われたが、地上で太陽が真南にくるころ、ついに出口の一つを発見したのだ。階段の先は鉄の蓋《ふた》で覆われており、セラフィナは音を立てずにそれを押し上げた。直後に目に飛び込んできた陽光に、瞼《まぶた》を閉じて暖かさを存分に味わう。薄い冬の陽でしかなかったが、長らく地下にいた身にはありがたかった。

セラフィナは地面に手をつくと、腕に力を込めて外へと抜け出した。あたりを見回すと、四方をアーチのある廊下で取り囲まれ、鐘の音が聞こえてくる。きっと、ここは郊外の教会の中庭なのだろう。

一際幅広い廊下へ入り込むと、見習い服姿の少年が廊下の向こうからやってくるのが見えた。少年に助けを求めようとしたが、彼は食事係のひとりだった。少年はセラフィナの登場に驚き、その場に立ち尽くしている。次いで腕に抱《かか》えていた書物が、音を立てて床に落ちた。

「お前……！」

セラフィナはそれを合図にふたたび走り出した。教会の構造はどこも一緒で、出口がどこにあるのかは知っていた。なにがなんでも、捕まるわけにはいかないのだ。セラフィナが息を切らして廊下を走っていると、背後から人が暴れる音と、少年の怒鳴り声が響き渡った。セラフィナは思わず立ち止まる。

「畜生っ、馬鹿野郎。離せっ!!」

続いて大人の男性ががなり立てる。

「侍祭《じさい》ユリエルはどこだ⁉」

少年は三人の赤紫色の武装服姿の男性に拘束《こうそく》されていた。

「言え！　言わんとろくな目に遭わんぞ」

「阿呆！　誰が言うかよ‼」

赤紫は血とワインの色であり、国教会を象徴する色彩である。すなわち、彼らは国教会の手の者だ。みな帯刀、あるいは腰に銃を差しており、ものものしさを醸《かも》し出していた。セラフィナはなにが起きているのかと目を瞬《しばた》かせる。ともあれ、あの男たちに助けを求めたところで、それこそろくな目に遭いそうになかった。

この分では教会の玄関にも仲間が待機しているのかもしれない。どこかに裏口がないかと思いながら、角を曲がったそのときだった。ちょうど廊下を駆けてきたかたく広い男性の胸に、真正面から飛び込んでしまったのだ。

「ご、ごめんなさっ……」

セラフィナは額《ひたい》を押さえつつ顔を上げ、次いで口元をひくりと引きつらせた。見開かれたシルバーグレーの瞳が、セラフィナを見下ろしていたからだ。

「……あの牢獄と迷宮をどうやって抜け出してきたのですか？」

ユリエルは溜め息を吐《つ》くと、セラフィナの両肩に手を置き、呆れたように苦笑した。

「慣れた私ですら地図なしでは迷うというのに。セラフィナ様は神の加護を受けていらっしゃるのか」

「か、神のご加護だなんて、受けていません」

セラフィナはユリエルが恐ろしかったが、祭服に包まれた腕を掴み、これが最後の説得の機会だと声を上げる。

「このままでは嫌だと思ったからです。逃げたからです。ユリエル様、道はあるんです。真っ暗闇の中でも、たったひとりでも、諦めずに探し続けていれば、どこかに、必ず、見つかるんです……!!」

廊下を駆けたからか、息が切れ、声も途切れ途切れになる。それでも、ユリエルは埃《ほこり》だらけのセラフィナの顔に、輝く天上の青の瞳を目にし、はっと息を呑んだ。

「ユリエル様、お願いです、どうか自首を。まだ間に合います。どんな罪があっても、どんな罰を受けても、きっと、生きる道があるはずです。それに、それに、今のままでは……」

セラフィナは堪《こら》え切れずに泣き声になってしまった。

「私も、私も……悲しい……!」

二人の周りに沈黙が落ち、すべての物音が遠くに聞こえた。ユリエルがふたたびセラフィナの肩に手を置くのと同時に、周囲の様々な音が戻ってくる。

「セラフィナ様、あなたはまだこんな私を信じて、希望を持っていてくれるのですか」

ユリエルは「そうだった」と笑いながら廊下の天井を見上げた。

「あなたは――天使だった」

その声には迷いを吹っ切ったすがすがしさがあった。

「最後に、神が遣わしてくださった天使だったんですね」

セラフィナは、最後にという言葉に引っかかりを覚える。

「ユリエル様、最後とは……」

ユリエルは穏やかな光を湛《たた》える瞳で、セレストブルーのそれを見下ろした。

「私はこれ以上罪を重ねるつもりはありません」

「で、では、自首してくださるのですね」

「……」

ユリエルは答えない。セラフィナはその沈黙に、果てしなく不吉な予感を覚えた。

「セラフィナ様、私は重罪人です」

ユリエルはセラフィナが神の使いであるかのように懺悔《ざんげ》する。

「この身をもって償《つぐな》わなくてはなりません。ですが、アルビオンの宮廷や王族、その血を引く者にだけは、捕まりたくも裁かれたくもない――もちろん閣下にもです」

シルバーグレーの双眸《そうぼう》に愛憎《あいぞう》の入り混じった、複雑な思いが浮かんでは消えた。

「……私は閣下を羨《うらや》んでいました。あの方も不義の子の血を引きながら、陽の当たる道を歩いている」

ハワード家の興《おこ》りは王の愛人の息子である。本来であれば蔑《さげす》まれる立場にもかかわらず、初代ブラッドフォード公は、栄光に満ちた生涯を送った。その子孫であるグリフィンも、輝かしい一生となるのだろう。

「いいや、そんなことはどうでもいい」

「ユリエル様……」

「セラフィナ様を妻として迎えた閣下が、私は羨《うらや》ましかった」

セラフィナは違うのだと叫びだしたかった。この結婚は契約に過ぎず、一年後には清算される関係なのだと告白し、楽になってしまいたい。だが、唇を噛み締めてその衝動を耐える。

「さあ、時間がございません。どうぞこちらへ」

ユリエルはセラフィナの手を取ると、有無を言わさず曲がり角へ連れ込んだ。

「い、いやっ……」

「大丈夫ですから」

抵抗の意を示したセラフィナを、心地のいい掠《かす》れた声で宥《なだ》める。

「あなたをこの場から逃がすだけです。セラフィナ様もここにいたと大司教様に知られてはまずい。証拠隠滅《いんめつ》のために命を狙われる可能性がある」

曲がり角の先からは、風の吹きこむ気配がする。出口があるのは確からしかった。

「ユリエル様、先ほどの赤紫の方々は……」

ユリエルは振り返らないまま答える。

「おそらく大司教様の手によるものです。閣下より一足早く、黒幕が私だと突き止めたようだ」

コルナ大聖堂の経理や管理の担当者にも、ユリエルから孤児を買った聖職者が数人いた。そのあとユリエルから買春の証拠で脅迫《きょうはく》され、やむを得ずに大聖堂の改修資金を横領し、彼に手渡していたのだ。その結果がずさんな工事と、グリフィンが怪我を負った事故だ。恐らくウィガード大司教は、犯人をあの手この手を使って締め上げ、事件の真相を白状させたのだろう。ユリエルはそう呟いた。

「さすが大司教様。あの方々は相当口がかたかったはずだ。はたしてどのような拷問《ごうもん》を行ったのやら」

悪事が露見して危機一髪の状況にもかかわらず、ユリエルは声も態度もどこまでも冷静である。

「セラフィナ様、馬は乗れますか？」

セラフィナは首を横に振った。さすがに乗馬までは習っていない。

「そうですか……。なら、仕方がないですね。失礼いたします」

ユリエルは振り返るが早いか、セラフィナを力ずくで横抱きにした。

「なにをっ……！」

暴れる彼女を押さえながら、教会の裏口を抜け、一頭の馬の繋がれている木の下へと辿り着く。

そして、こう耳打ちをしたのだ。

「あのカタコンベの牢獄、西の壁の石レンガの裏側に、買春者の名簿を隠してあります。どうぞ無事に帰りつき次第、閣下にお教えください」

セラフィナを馬に乗せ、続いてみずからもひらりと後ろに飛び乗る。

「ユリエル様……なぜ今になって……」

セラフィナが呆然と尋ねる前に、ユリエルは手綱《たづな》を引いて馬の腹を蹴った。馬が風を切って街の下道を駆け抜けていく。やがて街に沿って流れる川の辺の、木が並んで植えられた通りで馬は止まった。そのうちの一本の木陰に一台の馬車が停まっている。ユリエルはセラフィナを馬から降ろすと、御者《ぎょしゃ》に声をかけて扉を開けさせた。

「この馬車は私の身内の者に手配させました。無事に王都のハワード邸へ送り届けるよう頼んでいます」

ユリエルに身内がいたのかとセラフィナは首を傾げる。あの悲惨な出生での身内とは、一体何者なのだろうか。疑問に思っていると、馬車の中からゆっくりとひとりの女性が姿を現した。金褐色《きんかっしょく》の巻き毛と琥珀色《こはくいろ》の瞳を持つ妖艶《ようえん》な美女だ。セラフィナは呆然とその美女の名を口にした。

「クローディア様……？」

「クローディア、話したとおりだ。どうかセラフィナ様を無事に送り届けてくれ。迷惑をかけてしまうが、君にしか頼めない」

ユリエルはたじろぐセラフィナの背に手を添える。

「ええ、承知しておりますわ」

クローディアはセラフィナの手を取ると、慣れた仕草で馬車へといざなった。だが、セラフィナは予想外の事態に警戒し、乗り込もうとはしない。中にクローディアの従者と思《おぼ》しき男性がいたのも気になった。肩幅の広い屈強な男性であり、セラフィナにちらりと向けたその目が、異様に鋭かったのだ。友好的な態度というよりは、むしろ敵意があるように見える。

ユリエルは気が急《せ》いたのか、力ずくでセラフィナを馬車に押し込んだ。

「ユリエル様っ……」

ユリエルは馬車の扉が閉ざされる間際、このうえなく穏やかな微笑みを見せた。

「……ありがとうございました。どうぞお身体にお気をつけて、閣下とお幸せに」

「待っ……」

待って、と言い終える前に、例の男性に無理やり座らされてしまう。男性は御者《ぎょしゃ》に低く重い声で馬車を出すよう命じた。セラフィナは息を呑んで男性を見たが、彼は少しも動じない。凍《こお》りついた車内の空気を、クローディアのころころとした笑い声が破った。

「まあ、セラフィナ様、そんな顔をなさらないで。その男は私が命じない限りは、人に危害なんて加えないわ。私の長年の従者ですもの」

男性でなくとも心を奪われる艶《あで》やかな笑みだった。それでいて琥珀色《こはくいろ》の瞳に浮かぶ光は鋭い。

「なにが起こっているの、というお顔でいらっしゃいますね。そうよね、あなたにとってはわけがわからないわよね。潔癖《けっぺき》なあの方に女の知り合いがいるだなんて、きっと誰も知らなかったでしょう」

クローディアは傍《かたわ》らからワインの瓶を取り出すと、従者に二つのグラスに注《つ》がせた。一杯どうぞと勧められたが、セラフィナは酒が苦手でほとんど飲めない。やんわりと断りを入れたセラフィナに対し、クローディアは興ざめしたのだろうか。「つまらない人ね」と吐き捨てるが早いか、ぐいと赤紫色の液体を一気に飲み干した。

その様子を見ていたセラフィナは、急に我に返ってクローディアに詰め寄る。脳裏《のうり》にユリエルの最後の微笑みが浮かび、とてつもなく不吉な予感を覚えたのだ。

「クローディア様、どうか戻ってユリエル様も一緒に連れていってください。どこにもいかせてはなりません。このままではあの方が危ないんです！」

セラフィナの剣幕に、クローディアが眉を顰《ひそ》める。

「あなた、なにを言っているの？　もう聖職者ではいられないでしょうけど、お兄様はすぐ帰ってくるわよ」

セラフィナは最後の単語に愕然《がくぜん》となった。

「お兄様……？」

晩餐会《ばんさん》の日に宿舎の物陰で見た、麗《うるわ》しい二人の姿が脳裏《のうり》に浮かぶ。道理でしっくりくる男女だったはずだ。あれは同じ母の血のなせるわざだったのだ。

「……クローディア様はユリエル様の妹君だったのですか？」

「それ以外になにがあるって言うのかしら？」

誰が予想できただろうかと、セラフィナは首を振った。クローディアとユリエルはいつからお互いの存在を知っていたのか、グリフィンはこの事実を把握しているのか。様々な疑問が頭の中で入り乱れる。

クローディアは手の甲を口に当ててまた笑った。

「想像もできなかったって顔ね。セラフィナ様もそんな顔をするのねえ」

顔を寄せたクローディアから酒くさい息がかかり、セラフィナはびくりと身を震わせた。

「セラフィナ様、あなたは幸運で不運ね。男たちに愛されたばかりに、こんな事件に巻き込まれるだなんて。お兄様なんて、大司教様だけにはあなたを決して渡さないでくれと、私に頭を下げたのよ。神に仕える二人の心まで虜《とりこ》にして、たいしたものだこと」

その一言でクローディアが、事件について誤解しているのだと気づいた。どうやらウィガード大司教とユリエルと自分の、壮大な痴情《ちじょう》のもつれなのだと思い込んでいる。

「クローディア様、そんな単純な事件ではないんです！　このままではユリエル様の命も危ないんです！」

そう深くは考えなくとも、ウィガード大司教が事件の主犯であるユリエルを見逃すとは思えなかった。あと一歩で総司教の宝冠が待っているのだ。必ず事件をもみ消すに違いない。問題となるのはそのもみ消し方だ。最悪の想像に、背筋に寒気が走った。

一方、クローディアは眉を顰《ひそ》め、首を傾げるばかりである。

「命が危ない？　そんなはずがないでしょう」

セラフィナは口を噤《つぐ》まざるをえなかった。クローディアは事件の真相をなにも知らないようだ。

ユリエルはクローディアになんと説明したのだろうか。

もしも、セラフィナを逃がしてほしい、大司教のもとにだけは連れていくなと、それだけを頼んでいたのなら――ユリエルはたったひとりの妹であるクローディアを、極力事件に巻き込みたくなかったということだ。そんな切ない思いを守ろうとするのなら、ユリエルは戻らないと説明することもできない。どうするべきなのかとセラフィナが手をこまねく間に、馬車は枯草の広がる平野へと差しかかった。

セラフィナは街から遠く離れるばかりの景色に、不安を覚える。途中何度も逃げ出そうとしたのだが、例の従者が睨《にら》みを利かせており、叶わなかった。

クローディアは酔いが回ったのか、白い頬がほんのりと染まっている。声はオクターブ上がり、口調も朗《ほが》らかになっていた。

「ねえ、セラフィナ様、グリフィンから聞いているかしら？　私と彼は幼馴染《おさななじみ》なの」

「は、はい、よく遊びにきていたと聞いています」

脈絡《みゃくらく》のない会話の始まりに、セラフィナは困惑しながらも相槌《あいづち》を打つ。クローディアがグリフィンの少年時代を知っているという事実に、セラフィナは嫉妬《しっと》したことがあった。

「グリフィンは私の初恋の人なのよ。恋をしたのはあとにも先にも彼ひとりだけ。だってお父様以外には彼だけが男だったんだもの」

セラフィナが動揺して黙り込んでしまったのに目もくれず、クローディアは昔を思い出しているのか、瞳を宙に向けて語り続ける。

「お父様はとても厳しい方だった……。私は結婚するまで舞踏会にも、園遊会にも、観劇にもいけなかったのよ。ねえ、ひどいと思いませんこと？　他のみんなは楽しく華やかな日々を送っていたのに……。外の世界は獣《けもの》ばかりだと、何度も言い聞かせられたわ。男を信じてはいけないとも言われた。気がおかしくなりそうだったわ。けれども、ハワード家だけは特別だったの」

クローディアの手から空《から》になったグラスが落ちた。

「セラフィナ様、あなたはなぜ生まれてきたのかしら？　私から大切な人たちを奪うため？　あなたはある日突然現れて、グリフィンを盗っただけではない。私のお兄様まで奪ったのよ」

琥珀色《こはくいろ》の瞳に激しい憎しみが宿る。

「……聞きたいことがあるのよ。どんな手練手管《てれんてくだ》を使って、グリフィンとお兄様を虜《とりこ》にしたの？　お兄様なんて女性には触れられもしない方だったのに、今じゃすっかりあなたに夢中みたいじゃないの」

ユリエルは母親の件があり、女性との接触をできる限り絶っていたのだそうだ。自分の男性としての性を嫌悪し、父親と同じ轍《てつ》は踏むまいとしていたのだろうか。

いずれにせよセラフィナは答えられなかった。グリフィンについてはそもそもが契約上の結婚であり、虜《とりこ》以前の問題である。ユリエルについてはなぜ好意を抱かれたのか、いまだによく理解できていない。黙り込んでしまったセラフィナに、クローディアは淑女《しゅくじょ》らしからぬ舌打ちをした。

「あなたみたいな子が一番嫌いだわ。取り澄まして、自分が一番お綺麗《きれい》だわって顔をしているのよ」

「……クローディア様は」

セラフィナは不安と驚愕《きょうがく》と困惑の中から、ようやく蚊の鳴くような声を絞り出した。クローディアが不愉快そうに眉を動かす。

「クローディア様は、なぜ今そのようなことを……グリフィン様をお好きだとおっしゃるのですか。クローディア様はもうじき再婚されると伺いました。その殿方をお慕いしてはいないのですか？」

「やっと口を利いたと思ったら、お説教？　ええ、もちろん再婚するわ。グリフィンとね」

「なっ……」

琥珀色《こはくいろ》の瞳がセレストブルーの瞳を捉《とら》える。セラフィナは背筋に寒気が走るのを感じた。

「あなたがいなくなってしまえば、きっとグリフィンは落ち込むでしょうね。けど、束の間に過ぎないわ。すぐに立ち直る。きっとそうよ、ええ、そうでなければならないの」

クローディアはセラフィナを見ながら見ていない。激しい恋情が艶《あで》やかな美貌を彩《いろど》っていた。

「グリフィンの心に開いた穴は私が埋《う》めてあげるわ。そうよ。私は誰よりもグリフィンの近くにいたもの。きっといつか彼も私を見てくれるわ。今は嫉妬《しっと》すらしてくれなくても……いつかきっと……」

酒のせいなのかクローディアは饒舌《じょうぜつ》である。

「こんな機会をくれるだなんて、お兄様に感謝しなければならないわね。あなたたちを離婚させる手間が省《はぶ》けたわ。ああ、でも、あとでなぜそんなことをしたのかと、嘆かれるかもしれないわね。でも、大丈夫よ。私はお兄様の大事なたったひとりの妹ですもの。必ず許してくれるわ」

「なにを……言って……」

セラフィナがいなくなればと、クローディアは言った。彼女はいったい自分をどうするつもりなのだろうか。恐怖に身体が震え出した直後、馬車が一度大きく揺れて止まった。溝にでも引っかかったのかと、セラフィナは窓の外を覗く。

そして、すっかり見慣れた大聖堂が、目と鼻の先にあったことに愕然《がくぜん》となった。クローディアの馬車はぐるりと一周し、コルナに戻っていたのだ。

クローディアの従者がゆるりと立ち上がると、セラフィナの腕を強く掴んで外へと引きずり出す。

「クローディア様……!!」

「さようならね、セラフィナ様。せいぜい大司教様に可愛がってもらってちょうだい」

クローディアはこれまでに見た中でもっとも美しい微笑みを浮かべていた。

「あなたさえいなくなれば、きっとなにもかもうまくいく。私の幸せのために消えてちょうだい?」

セラフィナは背筋がぞくりと震えたのを感じた。


コルナ大聖堂の宿舎の地下にもカタコンベと同じように、格子《こうし》のある部屋があった。国教会にはどれだけの闇があるのかと、憂鬱《ゆううつ》な気分になってしまう。

セラフィナの吐《つ》いた溜め息に、扉が開けられる音とウィガード大司教の声が重なった。

「ハワードの奥様、まさかあなたまで関わっていたとは……」

椅子に腰かけたまま振り返る。堂々とした体格と白い髭《ひげ》が印象的なウィガード大司教がいた。ただし今日は緋色の司教服ではなく、仕立てのいい黒地の上着と、トラウザースを身に纏《まと》っている。そうだ、彼も貴族出身だったのだと、セラフィナは今更のように思い出した。

そもそも位階にある聖職者のほとんどは貴族出身である。家督を継げない次男や三男が、出世を宮廷にではなく教会に求めるのだ。ウィガード大司教の実家も有力な侯爵家のはずだった。それだけにどうしても気位が高くなるのだろう。

セラフィナは溜め息を吐《つ》くとウィガード大司教を見上げた。

「ユリエル様はどうされたのですか」

「奥様が知る必要はございません。知ったところでなにもできないでしょう。それよりも、奥様は今回の件についてどこまでご存知なのですかな」

答えたところでここから出られる保証はない。ならば、与える情報は多くないほうがいいのだろう。そう考え黙り込んだセラフィナを、ウィガード大司教は髭《ひげ》を撫《な》でながら目を細め見つめた。

「奥様、察しがよいと女性は生きづらいものですよ。ブラウン伯爵未亡人程度でよいのです。あのご夫人はなにを勘違いされているのか、私が恋情からあなたを攫《さら》おうとしたと思い込んでいる。あのお方の頭の中には、男女の繋がりとは恋か、愛か、憎しみしかないのが滑稽《こっけい》だ」

ウィガード大司教は女性を見下《みくだ》している。わずかな発言からも蔑視《べっし》が滲《にじ》み出ており、さすがにセラフィナも眉を顰《ひそ》めた。

「大事な奥方が私の手のうちにいると知れば、あの若造はどのような反応をするでしょうな。我を忘れて取り乱すのか、頭《こうべ》を垂れて許しを請うのか？　想像しただけで愉快になるというものだ」

声を抑えず笑い始めたウィガードに、セラフィナは呆然と目を向ける。ウィガード大司教は自分になにをするつもりなのか？

彼はしばらく笑い続けていたが、セラフィナが思ったほど動じていないのに気づいたのだろう。しらけた表情に苛立たしさが浮かんだ。

「あなた様はまことにつまらない方ですな。普通の女子どもであれば泣き喚《わめ》きもするでしょうに。

夫も、妻も、従者も、ハワード家は面白くない一族だ」

ウィガード大司教はグリフィンに弱みを握られた過去を根に持っているようだ。彼のわずかに歪《ゆが》められた顔に、セラフィナは生々しい人間の感情を見出す。清廉であるはずの聖職者だからこそ、ありきたりであるはずの感情が、俗人より醜悪に映るのかもしれない。

ウィガード大司教は余裕ある態度からは打って変わって、今度は忌々《いまいま》し気にセラフィナを睨《にら》みつけた。

「あなた様が誇りを汚されるさまを見たいとも思いますが、あいにく私は女の血も涙も厭《いと》わしい。この聖なる地を不浄なものに汚されるのは我慢ならん」

す、と手を掲《かか》げると、外に控えた四人の部下を呼び出す。ウィガード大司教の私兵なのか、赤紫ではなく青い旅人服姿の、逢魔《おうま》が時に目立たぬ格好だった。二人がセラフィナの両腕を拘束《こうそく》し、地下牢から力ずくで連れ出してしまう。

「大司教様……！」

「奥様、あなた様の罪は関わり過ぎたこと、あの若造の細君であること、女であることですよ。せめて魂《たましい》だけは救われるよう、このウィガードが主《しゅ》に祈っておきましょう」

ウィガード大司教はようやく大聖堂の説教でも見せた、堂々とした威厳ある姿となった。

外に連れ出されたセラフィナは、また無理やり馬車に乗せられ、どこかに向かっていった。ここから離れた地で殺され、埋《う》められるのだろう。

セラフィナは揺れる馬車の窓から見える、金と紫の入り混じる空に哀《かな》しみを感じていた。今度こそ死ぬのだと覚悟を決めつつあった。手首は荒縄でかたく前に縛られ、痛ましくも血が滲《にじ》んでいる。左右を二人の青服に挟まれており、逃げ出す隙などはまったくない。

馬車は家々の点在する通りを抜け、街も抜け、やがて人の住む領域と森林の境界線に辿り着く。その狭間には広い川が流れており、古びた長いアーチ橋が架《か》かっていた。

橋は右側のアーチの一部が崩れかけ、対岸には木造の枠組みが組まれている。どうやら補修工事の途中らしく、道幅が馬車一台分にまで狭くなっていた。

ここで、青服のひとりが初めて口を利いた。

「予定よりかなり遅くなったな。もうあの森でいいんじゃないか」

「大司教様はコルナから一時間は離れた地でと言っていたぞ」

「貴様、大司教様のご命令に逆らうつもりなのか」

四人が口論を始める。そうしてしばらく過ぎたころ――セラフィナは橋の対岸からやってくる、もう一台の馬車に気づいた。このままだと正面から衝突してしまうだろう。なのに、その馬車は速度を落とす気配すらない。事故を回避しようとしたのか、セラフィナが乗せられた馬車が、少々進んだ位置で止まった。対向車も中央で停車し不気味に沈黙している。

「おい、なんだあの馬車は」

青服らも異常事態に騒ぎ始めた。引き返そうにも馬車は後ろには進めない。

「御者《ぎよしや》、あちらの主人は何者かわかるか!?」

「そ、それが……うわっ!?　ひいっ!!」

御者《ぎょしゃ》が悲鳴を上げるが早いか、石畳に引きずり落とされる音がした。馬が興奮して嘶《いなな》いている。

「何事だ!?」

青服のひとりが扉を開けて馬車から飛び出した。

「おい、待て！　相手を確認してから……」

直後に、「うぐっ」とくぐもった声が耳に届く。

「おい、どうした!!」

セラフィナを押さえていた二人が、「こい！」と怒鳴りつけ扉へ近づいた。まずはひとりが腰の小剣を抜くと、あたりを窺《うかが》いながら外へと一歩踏み出す。何者かが襲いかかってきたのか、すぐさま激しい剣の打ち合いが始まった。

続いてダガーを手にした青服があたりを探っていると、今度は右脇からの不意打ちに応戦する。相手もかなりの手練れらしく苦戦していた。二組の鋭い剣戟《けんげき》音が重なり合い響き渡る間に、セラフィナは残るひとりの青服に馬車から降ろされ、右側の欄干《らんかん》へと引きずられていった。

なにが起こっているのかと、セラフィナは黄昏《たそがれ》に目を凝《こ》らす。青紫の薄闇に青服が三人。二人は黒服の男たちと戦っているが、もうひとりと御者《ぎょしゃ》はすでに地に倒れていた。

セラフィナは向かい側の馬車に顔を向け、あっと声を上げそうになる。漆黒《しっこく》の外套《がいとう》を着たひとりの男性が降り立ったからだ。落陽の朱金を背にしたその姿は、たった今降臨した神にも見える。混じり気のない艶《つや》やかな黒い髪も、黒曜石《こくようせき》のような深みのある瞳も、その人のすべてが輝かしく見えた。

「グリフィン様……」

セラフィナは涙を滲《にじ》ませつつ思い出す。聖書では悪魔なる存在は、もっとも強く美しい天の使いでありながら、みずから堕天《だてん》の道を選んだと伝えられているのだ。

「ひいっ」

黒服に斬られた二人の青服がどっと橋の上に倒れ伏した。セラフィナを捕らえていた青服が取り乱し、彼女の白い喉元に短剣を突きつける。

「くるな！　くるんじゃない!!　この女の命が惜しくはないのか!!」

闇色の瞳が傷を負ったセラフィナの手首に向けられた。グリフィンの眉がかすかに上がる。彼は青服を見据《みす》えたまま懐《ふところ》に手を入れ、一枚の丸められた書状を取り出した。掲《かか》げられたそれの左端には、王家の黄金の印章が押され、紛れもなく公文書であることを示している。

「ウィガードは聖職者への暴行、婦女子への監禁の疑いにより、本日をもって大司教の全権を停止された。本人、側近、および関係者は全員拘束《こうそく》、逮捕。これらはすべて国王陛下の名のもとに執行される」

「なっ……」

青服は瞬《また》く間に蒼白となり小刻みに震え始めた。法を犯した聖職者らへの処罰は厳しい。青服は書状の向こうにおのれの死と絶望を見たのだろう。

「……畜生っ！」

彼は短剣を握り締めると勢いをつけて駆け出した。

「グリフィン様！」

セラフィナは突き飛ばされた衝撃によろめき、それでも踏ん張って欄干《らんかん》にもたれかかった。

青服は武を以《もっ》てウィガード大司教に仕えるだけあり、足は速く動きにも無駄がなかった。セラフィナの脳裏《のうり》にはグリフィンの胸に短剣が沈み、血が滴《したた》り落ちる様子がありありと描かれる。ところが彼の瞳に恐れはなかった。青服が外套《がいとう》の懐《ふところ》に飛び込まんとした、次の瞬間のこと。グリフィンが一歩踏み出し、青服との間合いを一気に詰めたのだ。

「……!?」

青服には予想外だったのか、動きがわずかに乱れた。グリフィンはその隙を見逃さず、いつの間にか抜いた小剣を下から右斜め上に薙《な》ぎ払う。セラフィナには銀の刃を染めた赤が、血なのか夕陽なのかわからなかった。

「ぐ、あっ……」

青服の顔は斜めに切れ、右目から深紅の液体が溢れ出していた。片側の視力を失い、痛みに耐え切れずに、青服はその場に跪《ひざまず》く。グリフィンは血糊《ちのり》をそのままに小剣を鞘《さや》におさめると、打ち負かした男性を見下ろし冷酷に告げた。

「……貴様はまだ死なせるわけにはいかない。証人となってもらうからな」

グリフィンは彼らを連行するよう、黒服らに指示を出してから、やっと双眸《そうぼう》をセラフィナに向けた。彼女は欄干《らんかん》に背を預け、呆然と座り込んだまま、歩み寄るグリフィンを見上げている。

「――セラフィナ」

グリフィンはすぐそばに跪《ひざまず》き、セレストブルーの瞳を覗き込んだ。次いで縛られている手首を取り、荒縄を瞬《また》く間に解《ほど》いた。グリフィンは懐《ふところ》からハンカチを出すと、セラフィナの手首の擦《かす》り傷に当てる。

「他に怪我ないか」

「は、はい……」

セラフィナははっと我が身を見下ろした。顔や身体は濡《ぬ》れた布で拭《ふ》いていたが、長らく頭は洗えていない。さすがに匂うかもしれないと思うと、グリフィンに近づきたくなかった。

「わ、私、身体、汚れてしまったんです。だ、だから……」

セラフィナは涙の滲《にじ》んだ眼のまま顔を背《そむ》けた。

「お願いです。どうか、近づかないでください。私……汚いんです」

セラフィナにとっては文字どおりの意味だった。だから早く帰りたい、水と石けんで頭を洗いたいと続けるつもりだった。ところが、グリフィンはセラフィナの言葉を深読みし、深刻な意味に勘違いしてしまう。

彼はセラフィナの頬を覆い、彼女の顔についた土を拭《ぬぐ》った。

「グリフィン様……?」

「君はどこも汚れてはいない。……遅れてすまなかった」

闇色の目に初めて見る後悔の色に、セラフィナは大きく首を振る。

「そんな。遅れてなどいません」

グリフィンにそんな目をしてほしくはなかったのだ。いつもの余裕ある、からかうような態度でいてほしかった。だが、彼の表情は一向に晴れない。

「私の失態だ。君を墓地に連れていくべきではなかった。君が犠牲《ぎせい》になってしまった」

「ぎ、ぎせい？」

セラフィナはグリフィンの勘違いに気づかず、目を瞬《しばた》かせる。

「……？」

「セラフィナ」

名を呼ばれた次の瞬間、セラフィナは厚く広い胸に抱き締められていた。

「すまなかった」

その温かさに緊張と恐怖が解けていく。胸の奥から様々な感情がないまぜになった、熱い塊《かたまり》が溢れ出てきた。不安だったのだ。どれだけ自分を鼓舞《こぶ》しようと、不安でたまらなかった。

セラフィナはグリフィンの首に腕を回し、彼に縋《すが》りつく。

「うっ……」

自分のためだけに涙を流すのは、何年ぶりになるのだろうか。泣き方を忘れてしまったのか、うまく嗚咽《おえつ》が出てこない。

「……うぅ……っ！」

セラフィナは声もなくしゃくりあげ、澄んだ滴《しずく》を頬にいくつも落とした。夜の帳《とばり》が降りても涙が尽きることはなく、グリフィンはそんなセラフィナの背を優しく撫《な》で続けていた。

セラフィナはコルナで傷の手当てを受けたあと、高熱を出し宿泊先で寝込んでしまった。気をつけていたつもりだったが、やはり相当体力が落ちていたらしい。一ヶ月もろくな食事が与えられず、運動もできなかったのだから当然だろう。

グリフィンは寝込んでいる間、一日も欠かさずに見舞いに訪れ、時にはセラフィナの額《ひたい》の汗を拭《ぬぐ》った。セラフィナはグリフィンを看護に使うとはと慌てたが、彼に気にした様子はない。熱もようやくおさまり起き上がれるようになっても、グリフィンは相変わらず部屋にやってきた。

その夜セラフィナはだいぶ身体が楽になっていたため、久方ぶりに入浴をし、ベッドから身を起こして髪を編んでいた。セラフィナの亜麻色《あまいろ》の髪は細くすぐに絡まるので、三つ編みにすることで毛玉になるのを防ぎたかったのだ。そこに布を手にしたグリフィンが現れた。

「あっ、グリフィン様」

セラフィナは「もうよくなりました」、と続けるつもりだった。ところがグリフィンは大股で歩み寄るなり、彼女の手からリボンを取り上げ、問答無用でベッドに押し倒したのだ。

間近となった漆黒《しっこく》の瞳にセラフィナは目を瞬《しばた》かせる。

「君はなにをしているんだ。まだ熱があるだろう？」

あまりの近さに血が上り、逆にくらくらしてしまう。

「さ、下がりました！　もう大丈夫です！　これくらいの熱は、あの町じゃよくあったんです！」

「ここはあの町ではない。君はとにかく休むべきだ。我慢する必要などない」

グリフィンはそう言い切り、ベッドの端に腰をかけた。冷やされた布が額《ひたい》に当てられる。

「あ……」

セラフィナは心地のよさに目を閉じた。子どものころの思い出が浮かび、口元に微笑みが零《こぼ》れる。

「……お母様みたい」

「お母様？」

「はい。風邪を引いたときには、こうして看病してくれたんです。一晩中そばにいてくれて……」

優しくて温かい、決して忘れられない日々だ。あのころは寂しさなど知らず、世界は光に満ち溢れていた。

グリフィンは「そうか」と呟き、セラフィナの髪に手を埋《う》める。長い指が彼女の髪をそっと梳《す》いた。

「私には思い出があるんです。優しい家族がいた思い出が……。だから、ここまでこられました」

だが、ユリエルにはないのだとセラフィナは思う。彼が前を見ようとする度に、その意志を他者の憎悪や欲望で打ち砕かれてきたのだ。非道な行いをしたユリエルだが、セラフィナはいまだに彼を憎めずにいた。グリフィンの闇色の瞳を見上げる。

「……グリフィン様、あれからユリエル様はどうなりましたか？」

グリフィンの美貌に一瞬だが陰が過《よぎ》る。そのわずかな表情の変化から、セラフィナはおおよその事情を悟った。

「グリフィン様、どうか教えてください」

どんな事実からも目を逸らしてはならないと、セラフィナは真っ直ぐにグリフィンを見つめる。

「私は、知りたいんです」

グリフィンも彼女の視線を受け止め、小さく頷きありのままを語り始めた。

「あの侍祭《じさい》は大司教に捕らえられていた」

「……」

「宿舎の地下に監禁されていたそうだ」

ウィガード大司教は今回の事件の主犯にして、みずからの地位を脅《おびや》かしたユリエルを、決して許そうとはしなかったらしい。あの牢獄に閉じ込め拷問《ごうもん》にかけていたのだという。警察隊が宿舎に踏み込み、ウィガード大司教を逮捕したころには、ユリエルは襤褸《ぼろ》切れのような状態で発見された。

「……っ」

セラフィナはかけられたシーツをかたく握り締め、耳を塞《ふさ》ぎたくなるような惨《むご》い話も、一言も漏《も》らさずに聞こうと努めた。それがユリエルが彼自身に科した罰なのだと感じたからだ。

自分をクローディアに託したあと、ユリエルは逃げようと思えば逃げられたはずだ。だが、あえてウィガード大司教の部下である教会兵に捕らえられ、身をもって償《つぐな》おうとしたのではないか。

「では……ユリエル様は今どちらにいらっしゃるのですか？」

グリフィンの語るとおりであれば、人身売買の犯人として逮捕されるのと同時に、ウィガード大司教の隠蔽《いんぺい》工作の証人として保護され、手当てを受けていてもいいはずなのだ。

「警察隊はまずは治療のため、侍祭《じさい》を医師に診《み》せようとした。しかし、彼を乗せた馬車が川の横を通りかかったとき、侍祭《じさい》は扉を開け、川に身を投げたのだ。警察隊がすぐさま捜索《そうさく》したが、遺体はいまだに発見されていない。川の流れの速さからすれば、生存は絶望的だそうだ」

警察隊はユリエルの手足が壊死《えし》しかけていたため、血流を妨げないよう拘束《こうそく》していなかったらしい。それ以前に身体を動かせる状態ではなく、逃亡の恐れはないと判断していたのだ。油断と気遣いが招いた失態だったと、隊長は溜め息を吐《つ》いていたのだという。

「そう、だったんですか……」

セラフィナはユリエルが誰の手も届かない、あの世へ逃げたのだと感じた。愛されず、恵まれず、冷たい水に儚《はかな》く消えた短い生涯に痛みを覚える。

ユリエルを憎めないが許せない。許せないが哀《あわ》れんでいる。哀《あわ》れんではいても愛せない。様々な思いがセラフィナの胸を締めつけた。

「アビーや他の子どもたちは……？」

グリフィンにはユリエルから教えられた名簿のありかを教えている。すぐさま孤児を救出しに向かわせると言われたが、はたして全員助かったのだろうか。

ところが今度は答えが返ってこない。どうしたのかとグリフィンに目を向けると、吸い込まれそうに深い漆黒《しっこく》の瞳があった。彼は手を伸ばし、セラフィナの頬に触れる。

「……時々君という女が理解できなくなる」

艶《つや》のある声はいつもより一段と低い。

「君は罪を犯し、自分を汚した男の死すら悲しめるのか？」

「け、けがした……？」

セラフィナは穏やかではない表現に目を瞬《しばた》かせた。

「それとも、あの侍祭《じさい》を愛していたのか」

ありえない問いを投げかけられ、セレストブルーの瞳に戸惑いが浮かぶ。その戸惑いもグリフィンに伸《の》しかかられ、たくましい胸に抱き締められた瞬間、驚愕《きょうがく》に吹き飛ばされてしまった。

「グリフィン様……!?」

二人分の重みにベッドが小さく軋《きし》む。セラフィナはグリフィンの肩越しに、淡黄色《たんこうしょく》の天井の壁紙を見上げていた。薄い寝間着の布地を通じてグリフィンの体温を感じる。彼は切れ長の目を閉じると、セラフィナの耳元に吐息のように囁《ささや》いた。

「……すまなかった。私にそのようなことを言う権利はないな」

肘《ひじ》をついて身を起こし、セラフィナの頬を優しく包み込む。闇色の眼差しを注《そそ》ぎ込むように、彼女の瞳を見下ろした。

「あの侍祭《じさい》と過ごした時間は私より多かっただろう。君が情を抱いてもやむを得ない。泣きたいだけ泣けばいい」

グリフィンはふたたびセラフィナを胸に抱いた。慈《いつく》しみに満ちた腕が、ユリエルの最期を聞き、悲しみに沈んだ心をゆっくりと温めていく。セラフィナはその心地のよさに目を閉じていたが、途中、我に返って身じろぎをした。ところが、グリフィンは彼女を離そうとはしない。

「身体は平気なのか？」

「そ、それはもう元気で……」

「君は、後悔しなかったのか」

「……こうかい？」

「無理やり抱かれたのか？　だからあのとき、汚れてしまったと言ったのか」

ここでようやく、グリフィンがとんでもない誤解をしているのだと悟る。

「グリフィン様、あ、あれは、違うんです」

ユリエルはグリフィンが思うような男性ではない。女性を傷つけるのをなによりも恐れる人であり、手の甲への口づけが唯一の触れ合いだった。しかし、言い訳をすればするほど、どつぼにはまる気がしてならない。

「グリフィン様、私、ユリエル様には、なにもされていません。あの、それより、アビーたちは……」

「ああ、無事だ」

グリフィンは端的に言い切ると、背に回した腕に力を込めた。頬にかかるその吐息は熱く、セラフィナの心臓の鼓動をさらに速くさせる。

「君は心の傷も、身体の痛みも、そうして耐えていくのか」

「……」

「数え切れないほどの傷跡をいくつも残して、これからもひとりで立ち上がっていくのか？」

セラフィナはおそるおそる腕を伸ばし、指先で間近にあるグリフィンの額《ひたい》に、頬に、唇に触れた。

「……セラフィナ？」

初めて聞くグリフィンの戸惑った声だった。こんな思いは許されないと知っている。それでも、誤解なのだとわかっていても、彼が自分のために心を痛めていることに、この上ない喜びを感じてしまったのだ。ありきたりの同情であっても、泣き出したいほどに嬉しかった。

「グリフィン様……」

あのヒルズ邸での偽りの夜とは違い、もうグリフィンに抱かれるのは怖くない。こうしてみずから触れたいとすら思い、いつからこれほど好きになっていたのか不思議だった。

身体と身体の間に生まれた熱を感じ取ったのだろうか。かすかな衣擦《きぬず》れの音とともにグリフィンの唇が重ねられる。

「……ん」

決して強引ではないが深いキスに、セラフィナは唇で応えた。いずれこの関係に終わりがくるのは覚悟している。だから、今だけ、この一時《ひととき》だけ、あなたをくださいとグリフィンに願う。

「セラフィナ」

グリフィンが身体を起こし、低く艶《つや》のある声で名を呼んだ。セラフィナは小さく頷き、彼の頬を両手で覆う。

「……どうか優しくしないで」

——あなたにとっては気まぐれでしかないこの時間も、私は深い意味を求めてしまうから。

セラフィナは言葉にはせずに心の中で呟いた。

（あなたが好きです。永遠にあなただけ）

長い指がセラフィナの乳房に触れる。

「あ……」

びくりと肩を震わせた拍子に、もう一つの胸がかすかに揺れた。この一年ですっかり豊かになった白い膨らみが、ほのかな薔薇《ばら》色に染まっている。大きな手のひらに力が込められ、柔らかな丘が形を変えた。闇色の瞳に気遣いを浮かべ、セラフィナを見下ろす。

「怖くはないか？」

「……はい。大丈夫、です」

セラフィナが頷いたのを確かめ、グリフィンは胸への愛撫《あいぶ》を続けていく。同時に耳や頬、首筋への啄《ついば》みを切らさない。間を置かずに響く小さな口づけの音が、セラフィナの秘められていた熱を引き出していった。

グリフィンの唇が徐々に身体を下り、不意に左の丘の頂《いただき》を捉《とら》える。

「ひゃっ……」

熱く濡《ぬ》れた舌先に蕾《つぼみ》を転がすように弄《もてあそ》ばれ、知らず背筋に震えが走った。下腹部にもずくりとした疼《うず》きが走り、熱い吐息が漏《も》れ出る。続いて軽く吸われたときには小さく嬌声《きょうせい》を上げてしまった。

その間に手は胸から平たく滑《なめ》らかな腹、腹からくびれた腰を辿り、腰からするりと前に移される。長い指の一本が淡い茂みの狭間に滑り込み、薄紅色の花園を丹念に探り始めた。

「う……ん」

セラフィナは瞼《まぶた》を閉じ与えられる快感を堪《こら》えていたが、かすかに開いた唇から熱い息が漏《も》れ出てしまう。吐き出し切れない熱は身体の芯に溜まり、蜜となって亜麻色《あまいろ》の茂みを湿らせた。そして指がとある箇所をさすった瞬間、身体が大きく震えた。

「あっ……」

セラフィナの反応に気づいたのか、グリフィンは指を二本に増やした。花芯の輪郭《りんかく》をなぞり、巧《たく》みに刺激を加えていく。

「ん……ふ、……んっ……あっ」

セラフィナは声を押し殺そうとしたが、初心《うぶ》な身体は喘《あえ》ぎ声を堪《こら》え切れなかった。たったひとりだと誓ったその人を受け入れるべく、心とともに身体がゆっくりと開いていく。指の一本がついに蜜が湧き出る花の奥に、するりと音もなく滑り込んだ。

「やんっ……」

痛みはまったくなく、むしろ蜜壺は喜びに震えてその中身を溢れさせ、グリフィンの手の甲までもしとどに濡《ぬ》らしていく。唇で耳を食《は》まれながら、指の出し入れで内側を擦《こす》られる。すると、どちらも泣き出したいほど気持ちがよく、触れられた先から蕩《とろ》けてしまいそうだった。かと思えばくいと壁を強く掻《か》かれ、つい腰をくねらせ、より奥へと導いてしまう。その清楚《せいそ》でありながらも艶《なま》めかしい仕草が、グリフィンをより煽《あお》ったのだとは、セラフィナが理解できるはずもなかった。

「セラフィナ」

低く艶《つや》のある声がふたたび名を呼んだ。意識が朦朧《もうろう》とする中で、セラフィナはうっすらと瞼《まぶた》を開け、潤《うる》んだセレストブルーの瞳に、悪魔と見紛う美貌を映し出した。グリフィンは滑《なめ》らかな頬に唇を落とすと、膝ですらりとした足を割り、たくましい腰をぐいと割り込ませる。

「あっ……」

セラフィナは咄嗟《とっさ》に足を閉じようとしてしまったが、グリフィンがそれを許さなかった。腕をシーツに縫《ぬ》い留められ、秘められた園への入り口には、熱い男性の欲望があてがわれる。かたい先端がゆっくりと押し入り、純潔を失う直前の感覚に、セラフィナは喉を仰《の》け反《ぞ》らせた。

グリフィンは隘路《あいろ》を無理に抉《こ》じ開けようとはせず、まずは浅いところで腰を小刻みに動かし馴染《なじ》ませていく。そして、セラフィナがほぅと息を吐いたところで、ぐいと力を込めたのだ。

「ああっ……」

次の瞬間、衝撃と鈍い痛みが腹の奥に走り、セラフィナは小さく叫んでしまった。

「痛っ……」

グリフィンの切れ長の双眸《そうぼう》が見開かれる。

「セラフィナ……君は、まさか――」

「平気、です」

セラフィナは息を大きく吸い、グリフィンの二の腕を掴んだ。

「お、願いです。止めないで、ください……」

「君は……」

グリフィンは絶句したが、両手を亜麻色《あまいろ》の髪に埋《う》め、あらためてセラフィナの意志を問う。

「これ以上いってしまえば、私も止められない。それでもいいのか」

セラフィナがこくりと頷くのに合わせ、グリフィンはより深く腰を沈め、セラフィナの肩に顔を埋《う》めた。

「……力を抜くといい。少しは楽になるはずだ」

言われたとおりに力を抜くのには、受け入れたときより勇気が必要だった。痛みだけではなく、内臓を持ち上げられる圧迫感も大きい。堪《こら》えるのをやめてしまえば、どうなってしまうのかと不安だった。

「セラフィナ」

すっかり馴染《なじ》んだ声と吐息が頬にかかる。

「大丈夫だ」

グリフィンはいつもより低く囁《ささや》いた。

「私を信じるんだ」

セラフィナは目をおそるおそる開けてグリフィンを見上げた。落ち着きのある黒の瞳が自分を見下ろしている。その奥にある闇はすでに得体が知れないものではない。深く温かくセラフィナの心を包み込み、不安や痛みを吸い込むものだ。

セラフィナは息を吐きつつ、ゆっくりと身体のこわばりを解いた。身を任せるとはこういうことなのかと心のどこかで思う。心身に余裕が生まれると、重なり合う肌と肌や、見つめ合う目と目、絡み合う身体と身体を、より感じ取ることができた。

セラフィナはグリフィンの心臓の鼓動《こどう》も、強く激しいのだと驚く。この人も昂《たか》ぶっているのかと思うと、甘く切ない疼《うず》きが身体の芯に走った。

「動くぞ」

一層低い声で告げられ小さく頷く。

「は……い」

息も絶え絶えな返事とともに、埋《う》め込まれた欲望がセラフィナを翻弄《ほんろう》し始めた。

「……っ」

たくましい身体が自分の上で前後する度、乱れた漆黒《しっこく》の前髪が額《ひたい》にかかり、晒《さら》された肌がざわりと粟立《あわだ》つ。動きが激しくなるにつれ腹の奥からは熱と蜜が、喉の奥からは高く澄んだ喘《あえ》ぎ声が漏《も》れ出た。

「……ん……あっ、んんっ……んっ、ああっ」

最奥だけではなく内側の様々な箇所を穿《うが》たれ、甘い痺《しび》れと身震いが止まらない。いつしか二つの感覚は一つとなり、大きな逆らいがたい愉悦《ゆえつ》となって、セラフィナの身体を駆け抜けた。足のつま先が続けざまに与えられる刺激に引きつる。

「あ、あ、んあっ……あ……グリ……様」

初めは穏やかだったその動きが、次第に荒々しさを増していった。常に余裕あるグリフィンの、どこにこうした激しさがあったのか。そうした疑問も時折落ちる深い口づけに奪われ、次いで焼け焦げるような灼熱《しゃくねつ》の吐息を吹き込まれてしまう。

「ん……ふ、ん……」

それでもセラフィナは交わりに我を忘れることはなかった。そうしないと「好き」と口走りそうになるから――


ランプの油が切れたのか室内に光はない。ベッドの中には情事が終わったあとの、気だるく湿った闇だけがある。グリフィンはセラフィナの髪に顎《あご》を埋《う》め、どこか苦しげな声で尋ねた。

「なぜ言わなかった。……なぜ私に抱かれた？」

セラフィナは嘘の微笑みを作り、筋肉質の胸に手を当てる。

「そんな気分になっただけです」

心にもない言葉が次々と出てきた。

「男の方にはよくあることだと聞きました。私もそんな気分になっただけなんです。だから、気にしないでください」

だが、打ち明けられない思いへの切なさが、涙となって頬を辿り、シーツの上に小さなシミを作る。

「あ、あら？　やだ、私、どうして……」

次から次へとセレストブルーの瞳から零《こぼ》れ落ちた。

「セラフィナ」

グリフィンの長い指がその一滴を掬《すく》った。唇の端に苦笑いが浮かび、漆黒《しっこく》の眼差しには愛《いと》しさが溢れ出ている。

「君は嘘つきだな」

グリフィンはセラフィナの目元に唇を当て、涙を切なさごと吸い取ってしまう。セラフィナはくすぐったさに身を捩《よじ》ったのだが、すぐさまその身体を腕の中に閉じ込められてしまった。たくましくも優しい腕に包み込まれ、セラフィナの心臓がまたもや早鐘《はやがね》を打ち始める。グリフィンもそれを感じ取ったのか、セラフィナの耳に低く艶《つや》のある声で囁《ささや》いた。

「だが、身体はこんなに素直だ」

セラフィナの頬が夕暮れ時の空の色に染まる。こんなところでもからかわれたと、そっぽを向こうしたのだが、グリフィンの力強い腕がそれを許さなかった。

「グ、グリフィン様……」

「——セラフィナ」

グリフィンはセラフィナの後頭部に手を回し、自分の胸にその滑《なめ》らかな頬を押し当てた。

「私もだ」

セラフィナはすぐそばから聞こえる、激しく脈打つ心臓に驚く。

「お揃いだな」

グリフィンの口から聞く「お揃い」という言葉は、可愛らしくどこか滑稽《こっけい》で、セラフィナは思わずくすりと笑ってしまった。自分もグリフィンの背に手を回し、その身体をいっぱいに抱き締める。

もっと近くでその鼓動《こどう》を聞きたかった。

その夜、グリフィンがそばにいることで安心したのか、セラフィナはなんの不安もなくぐっすりと眠る。

夢は、見なかった。

エピローグ

児童誘拐、および人身売買事件の収束には、それから数ヶ月を要した。世間の噂《うわさ》がおさまるころには、アルビオンは麗《うら》らかな春を迎えていた。

ウィガードはあれほど執着していた総司教の座どころか、大司教の座すら追われ、現在裁判を待つ身の上である。セラフィナとユリエルの殺人未遂や、教会兵を私的に動かしたことなど、問われる罪は多く実刑は間違いない。

同じころ、セラフィナはクローディアがアルビオンを出国し、今後の人生を大陸の南の国、アウソニアで過ごすと聞かされた。捜査の途中でユリエルとの関係が明るみに出てしまい、アルビオンにいづらくなったからだ。クローディアの父親の侯爵も、田舎《いなか》に隠居するのだそうだ。こちらもアルビオンの社交界では、もう生きていけないと考えたのだろう。

セラフィナは初め、素知《そ》らぬふりをするつもりだった。しかし、ある一点がどうにも気になって仕方なく、結局クローディアを見送りに、港を訪れたのだ。

春の港は風に乗って流れる潮の香りとともに、心が沸き立つ活気に満ちていた。波止場《はとば》には見上げるほどの巨大な帆船《はんせん》が何隻も並んでいる。アルビオン最大の国際港であるため、様々な国籍の船が停泊している。晴れた空になびく国旗が目を楽しませた。

地上では数え切れない人々が所狭しと行き来している。浅黒い肌の船員は船荷の積み下ろしに勤《いそ》しみ、これから船に乗る富裕層は従者に荷物を持たせ、澄ました顔で土産《みやげ》物屋での買い物を楽しんでいた。

そうした光景の一部となりながら、世界は残酷だとセラフィナは思う。人が死のうと生きようと、何事もなかったかのように、ふたたび動き出すのだ。

船の出港までにまだ時間があるのか、クローディアは波止場《はとば》の付近で、従者とともに海の彼方《かなた》を眺めていた。

「クローディア様」

セラフィナが声をかけると、彼女はぎょっと目を見開いて振り返る。魅惑的な琥珀色《こはくいろ》の瞳に警戒の色が走った。

「なぁに。恨みごとでも言いにきたの？」

セラフィナはいいえと首を振った。クローディアの三日月型の眉が顰《ひそ》められる。

「あなたを大司教様に売ったことは謝らないわよ。だって、私は今でもあなたが嫌いだもの」

「……違います」

セラフィナはまた否定し、セレストブルーの双眸《そうぼう》にクローディアを映した。

「どうしても知りたいことがあるんです」

一瞬躊躇《ためら》いはしたものの、もう二度と会うこともないのだからと、目を真っ直ぐに見て尋ねる。

「クローディア様はいつからユリエル様をお兄様だとご存知だったんですか？」

二人が兄妹だと知ってからずっと不思議だった。ユリエルが教えるはずがないし、かといってクローディアの父親だとも考えられなかったのだ。

「……あなたはお兄様から話を聞いたの？」

セラフィナが目を逸らさずに頷くと、クローディアは「そう」と溜め息を吐《つ》いて腕を組んだ。

「お母様が教えてくれたのよ。肺病で亡くなる間際に私にすべてを告白して、お兄様を助けてやってほしいと頼まれたわ。……なにもできなかったけどね」

セラフィナは衝撃的な事実に口を押さえる。クローディアはセラフィナの驚愕《きょうがく》が面白かったのか、くすくすと笑いながらふたたび海を眺めた。

「お母様は苦しんでいたけれど、乗り越えようともしていたの。お兄様に罪はないと知っていたからね。いつか会いたいと言っていたわ。……結局、お父様だけが過去に囚われて、立ち止まったままだった」

白い羽の海鳥が空と海の間を悠々《ゆうゆう》と飛んでいる。その姿はすべてのしがらみから解き放たれ、なによりも自由に見えてならなかった。

「お父様はお母様を愛していたけど、その強さを信じようとはしなかった。自分の憎しみしか見つめていなかった。お兄様を復讐の対象に、私を不安の解消に使って、みんなを不幸にしたのよ」

クローディアは母を汚した男性よりも、父を恨んでいると言い切る。

「その男は死んだのよ？　けど、私は生きていたし、お兄様も生きていた」

憤《いきどお》りをすべて吐き出してしまったのか、外套《がいとう》に包まれた肩がかすかに下がった。クローディアはくるりと身を翻《ひるがえ》し、セラフィナに目を向ける。

「あなたは誰に傷つけられても、どれだけ辛いことがあっても、生きている限りはきっと立ち直るんでしょうね。だったら私がグリフィンを手に入れるためには、いなくなってもらうしかないじゃない」

あっさりと言い放たれ、セラフィナはさすがに絶句するしかなかった。

「嫌いよ」

紅《べに》を塗った唇が力なく呟く。クローディアは今にも泣き出しそうに見えた。

「グリフィンやお兄様がなぜあなたを選んだのかがわかるから……もっと嫌い」

なにも言わずにそばに佇《たたず》んでいた従者が、淡々とクローディアに告げる。

「クローディア様、お時間です」

彼女はさようならとも言わずに舷梯《げんてい》を渡っていった。

クローディアの乗った船が遠ざかるのを眺めながら、セラフィナは今回の事件の結末を思う。

アビーはすぐに売られた先から救い出され、孤児院へ連れ戻されたそうだ。幸いまだなにもされてはおらず、発見された際の第一声が「おなかがすいた……」だったと聞いた。

そのあと連絡を受けたミラー夫妻がすぐに孤児院に駆けつけ、こんなひどい場所にもうアビーを置いておけないと、さっさと引き取り手続きを済ませたという。アビーはアビゲイル・ミラーとして、夫妻のもとで元気に暮らしているらしい。グリフィンはほとぼりが冷めたころに、一度会いにいくといいと言ってくれた。

アビーが無事だった一方で、他の売られた孤児らの状況は複雑だった。殺された子どもはひとりもいなかったものの、貴族の愛人や後妻、従者になっていたのがほとんどだった。ところが、孤児らは誰ひとりとして孤児院に戻りたいとは求めなかったのである。それどころか、衣食住に困らず暮らすことができ、主人に感謝すらしていたのだという。

本人の意思が優先されるため、子どもたちはそのままその地で暮らすことになるのだろう。みんなどのような形であろうと、自分を大切にしてくれる人を選んだのだ。

不意に寒さを覚え、セラフィナはぶるりと身を震わせた。人の温《ぬく》もりを知ってしまったあとでは、ひとりとはこれほど凍《こご》えるものかと思い知る。それでも、あの夜への後悔はなかった。

セラフィナは海に背を向け、待たせていた馬車に戻る。今日はグリフィンに内緒でクローディアの見送りにきているため、気づかれない間にタウンハウスへ戻らなければならなかった。

そんなセラフィナを引き留めようとするかのように、潮の香りを含んだ風が帽子を攫《さら》う。

「あっ……」

青いリボンのついた帽子が、ふわりと宙に高く舞った。セラフィナは結い上げた髪が解《ほど》け、風になびくのも構わずに、懸命にそのあとを追った。帽子は木の葉に似た不規則な動きで遠ざかっていく。人が多く歩いているのもあって、途中何度も遮《さえぎ》られてしまい、帽子にはなかなか追いつけない。もうだめかと思った瞬間、風がピタッと止んだ。ひらりと人ごみの中に落ちかけた帽子を、誰かの手が掴む。セラフィナは胸を撫《な》で下ろして、その人物のもとに駆け寄った。

「あ、ありがとうございます。その帽子は、私の——」

足だけではなく言葉もそこで止まった。濃灰色の紳士服を身に纏《まと》った男性が、唇の端に笑みを浮かべて佇《たたず》んでいたからだ。

「また、ひとりでいなくなる」

グリフィンは微笑みながらセラフィナの頭に帽子を乗せた。

「やはり第七条は必要だな。そうでもしなければ安心できない」

「も、申し訳ありません……」

セラフィナは申し訳なさと後ろめたさに、顔を伏せるしかなかった。

グリフィンは、クローディアがセラフィナをウィガードに売り、その命を危険に晒《さら》したのを知っている。彼は訴訟も辞さない構えだったのだが、セラフィナがどうにか罪には問わぬよう頼んだ。クローディアもまさかウィガードが、セラフィナを殺そうとするとは思わなかったのだろう。それに、彼女の苦しく切ない気持ちもよくわかった。愛する人に愛されない、その苦しみがクローディアをああさせたのだ。

それだけでも相当な我儘《わがまま》だったというのに、グリフィンが心配するだろうからと、なにも言わずに港にきてしまった。どう叱られても仕方がないと覚悟していたのだが、彼からの反応は意外なものだった。

「謝罪は私の台詞《せりふ》だ」

思わず伏せていた顔を上げる。グリフィンは漆黒《しっこく》の双眸《そうぼう》を、凪いだ海に向けこう言った。

「君が危険な目に遭ったのは私の責任だ。クローディアが君をあそこまで憎んでいたとは思わなかった」

グリフィンはクローディアの気持ちは知っていたと呟く。

「だが、彼女の気持ちには応えられなかった。自分の心は偽れなかったのでね」

それは自分も同じだとセラフィナも海を眺める。どれほどユリエルが過酷な運命にあろうと、同情だけでその胸には飛び込めなかった。なぜなら、自分はグリフィンを愛しているからだ。この愛だけは他者に分け与えられない。

グリフィンはセラフィナを見下ろして目を伏せる。

「……すまなかった」

まさかの真摯《しんし》な謝罪にセラフィナは慌てふためいた。

「そんな、グリフィン様のせいじゃありません。どうか顔を上げてください」

グリフィンには堂々とした態度が似合う。自分などのために落ち込んでほしくなかった。

「では、許してくれるのか」

セラフィナは大きく何度も頷く。そもそも許すも許さないもなかった。

「当然です。だ、だって……」

私はあなたの妻だから――そう言い出しそうになったのを堪《こら》える。

「……ありがとう」

グリフィンは礼を述べると肘《ひじ》をくいと曲げた。突然のエスコートにセラフィナが戸惑っていると、彼はいつもの笑みを唇の端に浮かべる。

「帰ろうか。君は私の妻だろう？」

その笑顔にセラフィナも釣られて笑顔になり、素直に腕を取りともに歩き出した。

今日の空はどこまでも青く澄んでいる。春の太陽は祝福するかのように、二人に暖かな陽射しを投げかけていた。

東万里央（あずままりお）
2017年出版デビューに至る。漫画の読破と英会話の勉強が趣味。なおいまだにペラペラにはほど遠い。

イラスト：八美☆わん

本書はWebサイト「アルファポリス」（https://www.alphapolis.co.jp/）に投稿されたものを、改稿、加筆のうえ、書籍化したものです。

天使《てんし》と悪魔《あくま》の契約結婚《けいやくけっこん》

東万里央（あずままりお）

2017年12月4日初版発行

編集ー赤堀安奈・羽藤瞳
編集長ー塙綾子
発行者ー梶本雄介
発行所ー株式会社アルファポリス
〒150-6005 東京都渋谷区恵比寿4-20-3 恵比寿ｶﾞｰﾃﾞﾝﾌﾟﾚｲｽﾀﾜｰ5F
TEL 03-6277-1601（営業） 03-6277-1602（編集）
URL http://www.alphapolis.co.jp/
発売元ー株式会社星雲社
〒112-0005東京都文京区水道1-3-30
TEL 03-3868-3275
装丁・本文イラストー八美☆わん
装丁デザインーansyyqdesign
印刷ー大日本印刷株式会社

価格はカバーに表示されてあります。
落丁乱丁の場合はアルファポリスまでご連絡ください。
送料は小社負担でお取り替えします。

ISBN978-4-434-24008-9 C0093